罪經

陳宗元　著

www.cosmosbooks.com.hk

書　　名　異　徑

作　　者　陳宗元

編　　輯　吳惠芬

美術編輯　楊曉林

封面及內文題字　陳宗元

出　　版　天地圖書有限公司
　　　　　香港黃竹坑道46號
　　　　　新興工業大廈11樓（總寫字樓）
　　　　　電話：2528 3671 傳真：2865 2609
　　　　　香港灣仔莊士敦道30號地庫（門市部）
　　　　　電話：2865 0708 傳真：2861 1541

印　　刷　亨泰印刷有限公司
　　　　　香港柴灣利眾街德景工業大廈10字樓
　　　　　電話：2896 3687 傳真：2558 1902

發　　行　香港聯合書刊物流有限公司
　　　　　香港新界荃灣德士古道220-248號荃灣工業中心16樓
　　　　　電話：2150 2100 傳真：2407 3062

出版日期　2021年8月／初版・香港

目錄

父親在東京留學

母親訂婚照

父親訂婚照

作者四個月於漢口

母親結婚照

上海光復後與雙親

與雙親在上海寓中

復姨於光復後上海

日本鐮倉大佛
與祖母和雙親

祖母八旬壽辰，作者頭排左一

雙親陪伴何應欽夫婦日本賞櫻節

與愉在醫學院畢業

愉於婚後四年

與渝在舊金山灣區寓中

渝在台北縣野柳

作者於美國國立公園

與渝在美國國立公園

作者於舊金山工作時留影

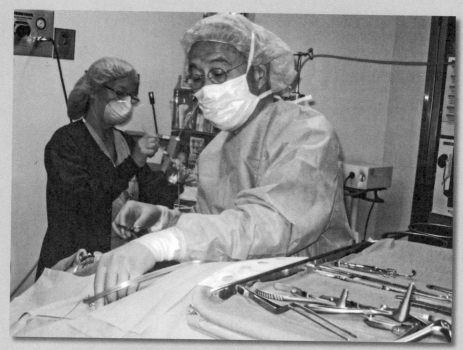
作者於手術室

作者於醫院退休前留影

母親八旬同回北京萬安公墓為外婆掃墓

母親八十二歲與
作者，兒女留影

作者與孫輩在祖母和父親靈塔前

作者於目前舊金山寓中

1999年陳氏家族於舊金山，作者坐前排右一，兒子立後。

女兒二次婚姻於法國波爾多近郊城堡，
作者二排左一，渝四排左一，丁豪三排
左一，兒子四排右一。

序 文

數年前，這本書的英文原版出來，我就提到當時心裏的矛盾。因為最初我要把往事記錄下來的理由是我的母親。而我記憶中的母親是一連串的京片子，偶然幾句俄文，不是英文。

雖然最後決定原著以英文出版，還是感覺遺憾。隨後有許多人表示希望能看到中文版，特別是華裔讀者。也曾考慮請人翻譯，因為多年旅居國外，不知自己能否勝任。即使文豪納博科夫對自己翻譯成的名作《洛麗塔》（*Lolita*）也不滿意。

每個語言，每種方言，都有各自的特色，專用的典故、詞彙，潛藏着文化的差異，不是普通翻譯所能及。翻譯的過程中，發覺自己幾乎在寫一本不同的書。

母親有着不平凡的一生。她生於清末，成長在北京和俄羅斯，經歷四次革命，由辛亥到文革，包括布爾什維克和人民解放，交遊廣闊，許多我只在書報中看到的人物，她都有交往，像溥儀和宋慶齡。我鼓勵她把這些經歷為後人記錄下來，並且買好錄音機放在她身邊。

她雖然很愛聊天，能通宵達旦地把自己的往事說給朋友聽，可是沒興趣對着一部機器說話。她仙遊後，如果還不把我所能記得的寫下來，時光荏苒，往事如煙……

寫下這些往人往事，好比在翻開家裏的陳舊相簿。一張張泛黃的照片帶來無窮的追憶。從母親在北京東交民巷的老家到

幼年在俄國的留影，父親在東京穿着校服或和服，到我在漢口
出生，經過抗戰、撤退到台灣、出國到日本，最後來到美國。
有許多當時父母的經歷，我已不能追尋。

　　不過，我記得一位近代作家李翊雲說過一句很有深度的妙
語：「如果徹底地知道一個人，等於把這人從自己的知覺裏完
全消除。」

　　在寫下先人的歷程，不由地自己的生平異徑也油然而生。
從化工到醫學、成家到離散、出櫃而輪迴到原來。這曲折的路
徑曾把我帶到佛學所說的因緣，中陰中有，再回到現在。

預言

「記得當時我們説試一個星期再看吧。也許，一個月？」渝冷靜的聲音，寒颼颼地，寒意映照着午後窗外常見的濃霧，由金門橋外的太平洋海面湧進而來。

踏進家門不久，聽到她這幾句話，令我憂心如焚地等她繼續説下去。

通過廚房桌前的窗外遙望着雙峰的小山丘，並看不到被曼哈頓化的市中心或那舊金山著名的維多利亞風格的建築。只看到山下的一些矮小房子，有點像我們每年在春秋兩季愛住的意大利小鎮。

我為自己倒了一杯清茶，等候她再發言。

「也許我們的緣份已告一段落。」渝指的是當年同遊大峽谷懸崖開始的情緣。

若以生肖的流轉，我這條老牛已跋涉了六個來回。傳説十二生肖在趕往玉皇神宮時，老牛在途徑上不辭勞苦地當先，老鼠雖小，在將要到達玉皇座前，卻機靈地跳到老牛背上，越過牠而爭先地搶得首位。

2009 年又到牛年。前星期美國第一位黑人總統奧巴馬上任。馬友友的大提琴曲調雄渾而沉重，很配合當時的情景，而且他的就職演説特別令我動容。

這正是我暮年中所期盼的新春。我不甘心迷迷糊糊地赴黃泉。趁我尚未淡忘，我要一一留下印記，不讓春夢了無痕。

與渝共享的這十五個年頭，光陰轉瞬即逝。回首前塵，我們兩人已不是青澀初戀，也曾經歷悲歡離合甜酸苦辣，未曾把暮年的路程視為美夢。

一位摯友曾經語重心長警告渝說：「千萬不要與這種傾向的男人發生關係。他們最終會回到男人的懷抱。」

當時，我又趕回去請教心理學專家，以為自己的性取向，經過了二十多年的掙扎已固定，未曾想到感情竟又回到起點。

我不曾忘卻多年來的掙扎，來否認自己的傾向，拒絕面對鏡中真象。當我告訴一位友人，這些年來付出的心理專科治療費，他打趣說：「足夠為醫生建一座新房子了。」

從醫生給我的許多資料中，了解到關於有史以來知名的同性戀人士，漸漸地明白自己不是一個不可見人的怪物。試想着日本武士文化，男人之間的親密關係。或兩千多年前，史記所記載的斷袖分桃。那時候，洋人宗教尚未入侵社會，男人可以成家育子，同時他們之間可有密切關係。

當年的美國，由紐約的石牆起義（Stonewall Uprising）開始，解放同性戀所受的壓制不久，我找到一位心理專科醫生，同我一樣，已成家育子，才發覺自己的性取向，他為我開啟一條接受自己的新生路。

納粹大屠殺幸存的作家比摩·列維（Primo Levi）在其名著《若這是一個人》（*If This is A Man*）中說：「做為自己，比生存和幸福更有價值（To be oneself is worth more than life and happiness）。」

發覺感情重回原點，令我驚惶失措，雖然這次沒有不可告人的羞恥感。自問不知這種改變此生要承受多少次。即使向知心朋友求教，他們也難作指引。

曾為我治療的心理科專家從未提及我現在面臨的狀況，令

我感到多年花費的診金，足夠他建一座新房子，像突然在我眼前垮倒。

我轉向另外一位心理學醫生求教，知道必須在跟渝結合之前確定自己的取向，以免日後會對她造成傷害。

侷促不安地面對着這位醫生，我屢次三番焦慮地問：「倘若以後再有改變，怎麼辦？」

最後，他沉着地説，「也許你不該不停地問，『倘若……怎樣？』『以後如何？』你該誠心地問自己，現在心裏的感覺。」

我低頭自問的答案：「我誠心地愛她。」

「我們已經有十五年的緣分了。」渝淡然地對着我説，「也許你想回到以前的生活方式。」

前幾天，我的醫生建議：「抗抑鬱藥或心理科醫生？」

現今的社會裏，抗抑鬱藥物已不是禁忌，閒聊也常提到，不足為奇。

我自認是個樂觀主義者，常懷着魯迅筆下的阿 Q 精神。一位患嚴重憂鬱症的摯友告訴我，「你這種不可救藥的樂觀主義，不可能了解我的處境。」

在診所裏，醫生檢查心肺和其他器官後，突然提起憂鬱症，這出乎我意料。

當我告訴他最近精力欠佳，失去往時的活力，滿以為醫生可以稍微調節用藥就很容易解決我的問題。從他口中第一次聽到憂鬱症，我的大腦不能接受這三個字，幻覺醫生並不是在跟我説話。

　　直到我把自身放回做醫生的立場，才驚覺這是醫生理所當然的診斷：在他面前的是，一位從名聲不錯的醫務職位上退休了不久，又經歷了幾乎喪命的心臟手術，亦因阿斯匹林所致的嚴重胃潰瘍而令血色素降低過半，加上不尋常的性趨向而目前與一位女士結緣，不提以前的複雜背景。雖然，我認為和渝的情緣，已不再有矛盾。

　　不過，她卻對我說，「不要以為我未曾注意，你比從前容易煩躁。」

　　我只是以為自己生肖屬牛，雖然平時非常隨和，可是有時候也會固執。還記得心理科醫生早已對我說該提高自己的主見，我回覆他，不是沒有主見，而是不願隨便表現出來。

　　廚房窗外的濃霧開始散開，渝坐我對面，拿起咖啡杯喝下一口，改用英語繼續說下去。

　　我們這一代華裔外僑，不習慣把心事說出來。往往憋在心中，藏在鼓中，不願揭開面對事實。好像用英文就可以越過原有的矜持，並且有些心理學名詞，難以用母語來表達。

　　她借用了一句美國俚語，「這次，我試看這杯子裏的水還是半滿的。」這是以樂觀的角度來看事物。猜想她也是憶起以前和丈夫分離的經歷。

　　那一次，她事後沉默寡言、心神恍惚地避世了六個月，被那個自大學起就互許終生的情人出賣，浪費了自己的大好青春，而對方竟是當今的儒學權威人士。

　　「那麼，讓你星期一到三，自由行動。」她把秀長的頭髮攏到後面，眉宇間流露着堅定，雙頰被陽光曬出幾絲微紋，可

是面容依舊像我們初見般動人。

那是從聖米格爾駛回首都的公車上，墨西哥的晚霞由後窗透過來照射着她的頭髮。當時她短髮飛騰，透出無比的瀟灑自如，把面孔輕輕地靠在我肩上。

我兒子先注意到她，「阿姨的笑容真可愛！」女兒說：「她無疑是一位住在柏克萊的人，扎染的 T 恤，不需熨的衣着。」

我愛用母親的一句話逗她，「衣服皺得像雞屁股裏拉出來的。」

她那張無憂無慮的外表，暢快而自由得特別動人。同時她有一種把愛的熱誠感染給他人的魅力。

在加拿大幽靜的國立公園裏，她穿着涼鞋，像小鹿般由一塊岩石跳到另一塊上面，或帶我前往她最鍾愛的翡冷翠，興奮不已的指給我看，雨後陽光照着房頂瓦片閃耀出的光芒，甚至那些鋪滿小石頭的街邊巷口，就算是常見的狗屎她也毫不在乎。

她令我感覺我可以做為自己，也就是列維的那句話，「比生命和幸福更有價值。」她詳知我的過去，由離婚到出櫃。

廚房的桌面上一堆堆旅行資料，有的是已旅遊過的地方，有的是正在考慮前往的國家。我喝了一口茶，等她繼續發言，「你自由行動的日子裏，不需要告訴我做過甚麼。」

我半信半疑地聽着她說的話，心裏暗忖她是否真的能夠接受？我們的朋友中，好像各有不同的相互默契；有的在出差時候可以自由行動，有的卻不然。

自問如果站在她的立場，我會有甚麼感想。因應各人的性格，各有不同的需要，她肖虎，個性和自信心強、性子急；而

我這條老牛比較隨和，只要農夫的麻鞭趕得不太緊，就寧可得過且過。

手中的茶碗透過一些餘溫，對面山谷下的房屋已華燈初上，一點點的星星在閃亮。

渝回顧到我們已共度的十五年，發覺可能是最近給我的壓力過重。既然從一開始她詳知我的過去，並且我不可能改變傾向，我需要保持「做回自己」，才能夠繼續牽手共同踏在暮年的道上。

我凝視着她，心裏想跟她說，「我愛你」這句話，但硬是說不出來，箇中滋味饒有深意。

良久，我說：「前路，這條暮年的道徑，是你我共選的。在這條生命的途中，你是我最珍惜的人，我願與你齊眉到老。」

說到這裏，我已哽咽失聲，不能再作言語，彷彿又回到當年在大峽谷懸崖峭壁下，猶疑不決，不知彼此情緣的迷惘。

「我們只有再試試看吧。」渝嘆了口氣。

那已是十多年前的往事。

我在漢口出生不久，因為早產兩個月，母親不知存亡凶吉，請教算命老人。他囑咐必須把我過繼出去給別人，也許能夠保存生命，於是這家人為我取名承鼎。

這個名字，我已不用。當時算命先生預言說，八歲後，忌諱已過，可以改用自家姓名。

可是這名字的取意很恰當，在醫院為我退休而設的晚會，銀幕上播出一張我出生後四個月的照片。母親給我穿上一身新裝，天真的我對着鏡頭，卻對於未來的曲折異徑，一無所知。

第一段

昔人往事

第一回：沒有遺憾

　　當年在舊金山半島上的明苑，離史丹佛大學不遠，由五〇年代開始一直火紅達半世紀多的中式酒家，也與我落戶在灣區的歲月不相伯仲。

　　走近明苑，晚霞的餘暉映照在那些琉璃瓦上，令我回憶起第一次母親帶我去北京的故宮。她牽着我的手，好像深恐那建於明朝盛世的紫禁城宮中，會有無數孤魂把我拐走。

　　這個深秋的傍晚，我正趕赴參加醫院同仁為我舉行的退休宴會。明苑的貴賓廂房位置在飯館的最深處，我不想在為我而設的聚會中遲到，所以特別邁着大腳步，趕在渝的前面。多年來跟她一起的經驗，每到公共場所她總不能準時到達。

　　起先我不了解為甚麼像她這樣一個急性子，屬虎的人會有這種矛盾，往往踟躕而行，好像要避免別人注意。直到她的老同事有一天對我說，「第一次見到她，彷彿是個天仙下凡。」

　　這句話讓我領會到在大學時代，剛開始與女生接觸，一個有豐富戀愛經驗的同學告訴我——越是相貌出眾的女生，越不想人家注意她的外貌，不願太出類拔萃，寧可落在人後。

　　當我們步入餐廳，出乎意料已是滿堂嘉賓，感到這些年來我沒有白白地為醫院付出。同事同仁，上至院長下到員工，包括多年前跟我學習的醫生，都已到場，再加上親朋摯友。

　　圍着我坐的家人就有兩桌；女兒、女婿、兒子和不到兩歲

的孫女由華府飛來參加、包括我的前妻也到場，因為她和渝已結為好友。另外一邊是渝的兒子和他的一家。渝的孫子整整小我一個甲子。他在我工作的醫院出生。除了他的父母之外，我是第一個看到這孩子的人，因為我是駐院醫生，可以進嬰兒室去看他；他居然張眼看着我，彷彿早已認識。渝的兒子媳婦也讓我為他們的小女兒取名，這是慣常留給親生祖父的榮譽。

對面桌上是我的摯友丁豪，他和我親如手足，照顧我母親比我還細心周到。他的愛人莫柯，是經年和我同在一個寫作圈子裏的同仁。

桌上最年幼的是由華府趕來的孫女，她不但沒有在漫長的宴席上騷擾，還被渝用照片紀錄下來她站在幼兒用的高椅上，兩手張開對着在場眾人，好像正要為我發表致詞。

宴席的最後一道菜是甜點八寶飯，上桌的時候，法國女歌星伊迪絲‧皮亞芙的歌聲響起來。她刻苦耐勞堅強不屈的精神和生平，多年為我帶來深遠的影響。診所裏與我並肩多年的主任看護，曾問我最喜歡哪位歌星？並要求我給她一些舊照片——從嬰兒到幼年，由大陸到台灣，隨後到日本和美國。

皮亞芙的名曲「我沒有任何遺憾」（Je ne regrette riens）的最後幾句歌詞完結時，在來賓眼前的銀幕上投射出我四個月大的嬰兒照片，配襯着皮亞芙的歌詞，正正反映我當時的心境。

我的生平就像銀幕上的留影，一幕一幕地在我眼前閃過。越過七旬的異徑，無數的演變，也許連到《易經》都未能預測的未來。

第二回：瞎子預言

「不要把他當作你的孩子！」算命先生對母親說。她費了很大功夫才託人找到這位當時在漢口最靈驗的瞎子算命老人。

這不是她所祈盼的祝福預言，那時候我才落地不到一週。屈指算來她說我本該是肖虎年誕生。此時距離發生盧溝橋七七事變已將近一年餘，無能的國軍，面對着日本侵華的全副武裝部隊，誠為國人存亡之秋。

母親始料不及，我會早到了兩個月。而左面睪丸尚未降到該有的位置，當她問可否以手術矯正這隱睪問題，接生的大夫用法語回答，「夫人，為不足月嬰兒做手術，不敢保證生命存亡。」當時，漢口的法國醫院是最好的醫療場所。

法國大夫的警告，使母親非常緊張，同時，她也堅定要保證這個肖牛早產兒的性命。

母親懇求那位瞎子老人作我的指路明燈。

他卻回覆：「必須找到一對夫婦，丈夫屬鼠，妻子屬雞。把這孩子正式過繼給他們。去他們家的祠堂，燒香禮拜祖宗，並承受他們家的姓氏，這樣才能避免觸動老天爺的忌諱。」

這位老人又語重心長地重複，「不要把他當作你的孩子！」

不過，母親卻緊緊記着他最後一句話：「至少要等到他過了八歲！」

雖然母親成長在俄國，並且受的是歐式教育，不過終究還

是受着相當深刻的中國傳統老家庭文化和影響，所以她不敢輕視算命先生的警告和預言。已故的現代國學大師林語堂曾出版過一本書《吾國與吾民》，其中他說過一句妙語：「西方國家成長的人在兒童時期相信童話故事裏的天仙鬼怪，可是中國人卻在成人後仍繼續信仰這些。」

幸運地母親終於在父親經管的平漢鐵路局找到一對這樣的夫婦。依照算命老人囑咐，到他們家族祠堂，供香拜祖，從那祠堂裏懸掛對聯中取得我的中文名字「承鼎」，這兩個字也給母親帶來安慰。有着能夠承當廟前巨大銅鼎壓力的含意，應該可以抵制不祥的邪惡，直到我滿八歲。

可是母親也記得年輕時的摯友，這少女的父親由法國到北京行醫，給朝廷官吏和母親家人看病多年。當這位摯友的母親在京城病重，法國少女就常去離紫禁城不遠的天主教堂為她母親祈禱。

母親不願放過任何能夠保佑我安全的方法，她用流利的法語請求法國醫院的神父給我洗禮，這神父欣然同意，並為我取名安德瑞 André，因為我出生那天正是這位聖徒的命名日。後來到了美國，我的名字變為英文的安德魯，Andrew。

這確實是我出生後取得的第一個名字，因為從他人家族的祠堂對聯取得承鼎二字還是後來的事。

我退休那晚，醫院為我開歡送會，診所的主任看護要求我給她一些嬰兒和幼年照片，以備當晚在銀幕上放映出來，遂由母親留下的舊照相本裏選出幾張。

這本照相簿，跟隨着我們從上海撤退到潮濕炎熱的台灣，

再到東京，最後來到美國的新大陸，原來墨綠簿面上鑲金的文字已磨損，裏面的紙張則像老人皮膚那般泛黃，連簿脊也垮得像再也走不動的老叟，被母親用一條舊絲巾綑起來。

把那相簿打開放在桌面上，小心地一頁一頁翻過去，有母親穿着婚服的，有她最疼的小阿姨在抗戰後回上海的留影，幾乎是《羅馬假期》的女明星奧黛麗‧赫本（Audrey Hepburn）在上海度假的模樣，還有插在相簿最後一頁，是阿姨和姨夫兩人寄給我們最後的照片，在文革初期他們雙雙自殺前的幾個月所照。

有一張是我八歲時的照片，像父親一樣剃着光頭。抗日戰爭後他剛由內地回來，我要模仿他的一切，也正是那算命先生所預兆的厄運尾端。

另有一張是一個可愛的小女孩，頭上紮着一個白色蝴蝶結，小小的眼睛望着我。母親在去世前的兩年才告訴我，這是我的異父同母姊姊。

還有一張是舊金山碼頭上的留影，我規規矩矩地站立在母親身邊，像個又乖又聽話的兒子，我們在陌生的美國到埗才不到一小時。即使目前，六十多年後，有時候我還是覺得這異地相當陌生。那年我已十六歲，年齡早已超越那位算命老人預言的八年危機，他曾對母親說，如果這孩子能度過頭八年，往後將前途無量。

我最早的照片是深褐色懷舊模樣的一張，那時候才出世四個月，很像俄國沙皇時代的留影，一點也沒有即將被日本人侵略，八年抗戰、家破人亡的情景。其實那時候日本已佔領東北，

溥儀被誘惑由天津到長春立為滿洲國傀儡皇帝。

貼近我的照片是母親年輕時在俄羅斯的照片，她身穿軟綢鑲深棕色花邊的開領女裝，若不是一張姑蘇少女的臉蛋，可以錯認為沙皇時代的俄國少女相。

在我四個月大的照片裏，母親把我鋪在一條很大的俄國繡花披肩上，短袖白襯衣上套着鈎邊背心和短褲，短褲被尿布漲得滿滿地，兩隻肥嘟嘟的小腳塞在一雙深色緞子鞋裏，彷彿正要在空中舞動。

母親把這麼貴重的衣裝穿在我身上，好像故意地不願面對當時的危機。兩個英國作家依舍伍德（Isherwood）和奧登（Auden），把他們在漢口所見的當地情勢以寫真方式記載在一本《戰地之遊》（Journey to a War）的書裏。

「我生下你的第二天，法國醫院的修道孃孃逼着，幾乎抬着我跑到地下防空洞，躲避日本飛機轟炸。」母親憶述說，那些法國孃孃也顧不得產後傷口縫線疼痛，堅持需要保命為上。

那時軸心國德國的領袖希特勒，正在準備以特製煤氣爐，趕畜生一般，大量消滅所有的猶太人。前幾年去參觀華府的大屠殺展覽館，玻璃櫃裏放着一些被害之前的猶太人家庭照片，有的穿着貴重的衣飾，闔家團圓，享天倫之樂，表情安詳，彷彿一點也不曾意識到災難將降臨在眼前。

在那張四個月大的照片上，我圓圓的面孔，頭上已長滿了黑髮，臉上流露出天真無邪的笑容，完全看不出算命老人可怕的預兆。

記得母親的一句話，「三歲看到老」。目前我兩眼垂着重

重的眼袋，白髮滿頭，可是還多少能保持着一些嬰兒時的樂天模樣。

母親在臨終前的不久，囑託一位世交摯友來為——也就是當時渝的多年伴侶，以後務必要多多照顧她這獨生子。

她對着來為說：「宗元太天真單純了。」那時候我已年過半百。

母親這話後的一年多，我捧着一束白色蘭花，陪着渝把這位摯友的骨灰撒到舊金山海灣的天使島的海面上，眼看着他的灰跡和蘭花一同飄向這曾經扣留過許多我們的國人，不准他們入境的小島。如果母親在天有靈，不知會有何感想。

來為去世至今將近三十年，母親不會預料到渝和我同守慕徑已逾二十五年，當時的我聽到也不會相信。經過與兩個孩子的母親離婚，踏入自己出櫃的異徑，我還以為這輩子與女人的情緣已盡。

這張照片上的嬰兒，不知道不久便將由出生地逃亡南下。

漢口位於長江中游，是國內東西與南北運輸物資的主要交會點，鴉片戰爭後被外國強行開埠成為主要船運港口。目前漢口已不存在，與漢陽、武昌，三鎮合併為武漢。

十幾年前陪渝和幾位好友同遊三峽，到武漢各處尋問昔日漢口的法國醫院，已毫無舊址可覓。

除了被稱為中原的火炕，這也是當年推翻滿清的武昌起義成功之地，數千年的中國皇朝歷史就此結束，建立了中華民國。這塊土地現在也受中華人民共和國重視，我們那年同遊武漢時，目睹武昌革命展覽館正動工建設。

　　戰前漢口也是兩條主要鐵路幹線的交滙點，當時稱為平漢和粵漢鐵路。那時北京改稱為北平，因為國民政府把首都遷到南京。

　　孫中山數次起義失敗，逃避到日本，遇到一個年輕有為的同鄉——父親那時在東京帝國大學將近畢業，正盼望能回國投入新政府工作。國父推薦他可以在鐵路運輸方面有所貢獻。革命成功不久後國父之子孫科被任名為鐵道部長；父親回國先任孫科秘書，隨後被派為平漢和粵漢鐵路當局長，管理重要南北運輸，那時候他年僅四十出頭。

　　盧溝橋事變之後，日本軍隊由東北南下，父親認為懷着我的母親，行動不便，應該盡快離開即將被困的北京。

　　「別忘了我的舞步比你還要快！」雖然母親的老家在蘇州，她總把北京當做貼心的家園。

　　她終於被父親說服，先到漢口，等我出生後，醫生認定早產的我能承受長途旅行，便乘夜車以避開上空日本飛機的轟炸，抵達廣州，父親所管理的鐵路幹線終點。番禺是父親的出生地，正是我祖母坐鎮的家園。

第三回：呼嘯姻緣

在灣區的家裏，緊貼着書房，我設着一個像小佛堂的龕位。不過上面沒有菩薩或觀音塑像，卻安置着有一些貼心人的照片。父親穿着和服在東京大學時代的留影，放在一個二十年代的舊銀相框裏，右面一張是我牽着女兒隨着音樂漫步到公眾前把她交給新郎，左面是兒子的中學時代，站在金門公園史多湖上的中國式亭子前所攝。還有一張是在南加州的國立公園，渝對着暮色，微風拂動着她的頭髮，逍遙無慮，彷彿是個女神飄到我的跟前來。

母親的結婚照片在一個新藝術式的銀相框子裏。她的婚服是由上海鴻翔時裝公司，按照當時巴黎最時興式樣為她特製，頭上圍着一圈小白玫瑰花朵；父親站在她右側——和尚的光頭，一身黑色長袍馬褂。這是盧溝橋事變之前的那一年（1936年）所照，離偷襲珍珠港還有將近五年。

細看那張婚照，母親容顏楚楚動人而泰然，上唇微微張開露出幾顆雪白牙珠。當我瞇着老花眼，可以看出來兩隻門牙之間有一條小縫，像七十年代的名模特兒珞倫‧哈敦（Lauren Hutton）。

他們結婚那年的南京，生活一方面幾乎有點浮世感，日本已佔領東北，不時策動南下侵佔北京和中原，不知未來存亡興滅。有點像三十年代初的柏林，依舍伍著的《柏林故事》

（Isherwood, "*Berlin Stories*"）所描寫，「人們不顧一切，也有點瘋狂。」

站在母親左側的男士穿着西式燕尾大禮服、白背心，白禮服襯衫打着蝶式領結，漆皮鞋還加上紳士鞋罩，髮式是趨時的三七分頭，好比是個亞裔的羅伯特・泰勒，那時代的好萊塢美男子，正好配上母親的巴黎時髦婚服，做她的新郎。

相對地，父親的禿頭中裝，好像是廟裏的和尚在旁觀一對標準的西式新郎新娘，惟有他身上一朵白玫瑰插在馬褂的鈕扣上能作識別。

直到我八歲那個子夜，父親像個羅漢朦朧地出現在我的珠羅莎蚊帳外，我以為那張婚照裏穿西裝的新郎是我的父親。那段時間母親從未阻止過我，說不該把他當做爸爸，在敵偽的四年間我們同住在上海法租界。

我的生父出現後，我把這位穿着西裝的新郎從婚照上剪掉，因為我只要我親生父母在這相片上。母親也沒有阻止我。隨後，這位我曾當做爸爸的人變為周叔叔。

當時我並沒有任何懷疑，之前的爸爸就這樣在我的意識中無影無蹤的消失。即使跟我們在一起的幾年，他也經常不在身邊，在我的心目中媽媽是我唯一的親人。

到美國進大學的前幾個月，母親跟我一起翻看那本舊的照相簿。在一張黑白的相片旁邊我認出父親的手跡——八個月，那個胖滾滾的嬰兒被母親抱在手裏，兩隻大眼睛直瞪着觀眾的我。

「那時候你父親還跟我們在一起。」母親繼續說，「隨後

他就離開到內地去了。」

　　日軍南下，國府人員紛紛撤退到長江上游的重慶，父親不願等到兵荒馬亂，先把我們由漢口撤到廣州，那是我頭一次與我的祖母相見。

　　「我是不是她的第一個孫子？」

　　「不是。」母親喝了一口香片，再伸手去拿一支長長的波邁香煙。以前她愛抽的 555 和 999 牌英國煙在東京買不到，於是她改抽當時美軍市場能買到最淡的波邁煙。「你大伯父已經給了她兩個孫子了。並且你爸爸還沒有把我們的婚事告訴她，所以那時候老太太不知道你是她最心愛兒子的孩子。」

　　母親深深地吸了一口煙，徐徐吐出一圈煙，朝雲霧中憶述前塵往事，「你爸爸非常孝順，怕老太太不肯接受他要跟張佩瑄離婚。」

　　「張佩瑄是誰？」 我傻傻地問。

　　「她是老太太最鍾愛的姪女，當時老太太說如果你爸爸不答應娶她，自己就不想活了。」

　　我正在看英國女作家艾米莉·勃朗特著作的《呼嘯山莊》，聽母親告訴我雙親的經歷讓我有切身之感。

　　她揭開了茶杯蓋，一陣清香撲鼻。隨之，她嘆了口氣說，「當時我太幼稚，太天真了。因為我自己也很孝順我的母親，所以非常同情你爸爸，太信任他了。」她的回顧滲着同情和懊悔。

　　最近跟一位廣東表姐飲茶，聽說我在寫回憶錄，於是把她知道的家事和回憶詳細地告訴我。

　　這位表姐的母親是父親的同胞姊姊，不幸早寡，帶着四個女兒投奔娘家，可是我們的祖母卻把她們看作外人、白吃娘家飯，當作傭人看待，與街頭乞丐無異，當然更不願負擔女孩子讀書的費用。

　　不過祖母的姪女對老太太倍顯殷勤，無微不至，極討老人家歡心，甚至跟父親一起到日本留學，以致令祖母一心一意逼父親娶她為媳。

　　父親表示反對這門婚事，對他感興趣的對象也不少。逼不得已，他搬進廟裏將近半年，想避過老太太的脅迫；翻看他的舊照片，果然由以前照片裏梳的三七分頭，變成一個禿頭和尚。

　　「不過，畢竟你父親是個孝子，最後都依從母親的要求。因為老太太對父親說如果不順從她做，她只有上吊自盡。但是，你父親申明，絕對不能與這個女子同床共枕。」

　　聽着表姐訴說往事，也令我回想到母親當年激烈地反對我的婚事，在婚禮的一星期前，逼我跟未婚妻取消一切。

　　年前，我讀到一位越裔年輕詩人王洋（Ocean Vuong）的一首詩，裏面一句，簡單地說：「一個母親的愛，可以不顧一切，像炎火不顧被燒者的泣涕。」

　　同時，聽到父親當年曾削髮入寺院，脫離紅塵，也引起我的共鳴。在和渝結識之前，我也經歷過一些風塵細雨的交往關係，最後的三個愛人都不幸仙逝而去，令我滿以為往後會走向入廟修禪，脫離塵世的紛擾。

　　對着那張我才八個月的照片，母親幽幽地說：「只能怪自己太傻了，太信任你爸爸，太同情他的孝心，不願傷害他年老

的母親。」她的興嘆帶着無限的後悔。

我不能忘記在東京跟祖母同住的那段度日如年的歲月，老太太針對母親的種種刻薄折磨，因為她始終不肯接受母親跟她最心愛兒子的婚姻。最後，與日本簽戰後合約的任務告終，父親隻身帶着祖母回到台灣。我沒有再見過也沒有想過要再見這位令我母親喝了這麼多苦水的老人，雖然明知她是我該敬愛的祖母。

母親告訴我，祖母頭一次見我，我才八個月。記憶中，第一次見到祖母時我已經十二歲，她的面容與掛在我飯廳裏那張她九十歲的畫像沒有分別，朋友們看到她在這幅油畫裏的神情，難免對我說，「你這位祖母顯然不是好惹的。」

祖母用粵語叫我「啤啤」，這是廣東人叫孫子的慣稱。她的長孫是「大啤」，大伯父的長子，「小啤」是大伯父的小兒子，他們兩個都比我年長將近十歲。我是祖母最年幼的孫子。

對着她，我一直很尊重、有禮貌。不過每次目睹媽媽跑上樓來，滿臉委屈，淚水在眼眶裏打轉，肯定又是聽了一肚子祖母帶刺的冷言冷語，把媽媽氣得回到自己房裏跳腳，把茶几上的杯子和煙灰碟砸得粉碎，令我不免對祖母起了戒心和厭惡。

她住在樓下朝南的三間套房，一間做為她的佛堂。裏面燒香供着的佛像和菩薩，不准女傭拂塵打掃，這份工作每天清晨必須由尚未沾女性的童男擔任，好在我沒像賈寶玉那麼多情早熟。

閉上眼睛，我還能看見祖母每天早晨雙手捧着黑玉佛珠，坐在佛堂前面，嘴裏喃喃不休的唸着，南無阿彌陀佛，南無阿

彌陀佛，受關節炎引致曲折的手指循環不斷地數動着那串佛珠。她必須坐着拜佛，因為她的膝蓋已經不允許她下跪。

以我現在已達祖母當年的年歲，心平氣和地站在她的立場來看這位多年來誠心拜佛，習慣被服從又有無上權威的一家之主，開始稍微明白她堅持反對父母親婚姻的原因。

祖母費盡心機安排好把她最心愛的、五歲能暢誦唐詩的兒子，婚配給她同樣心愛的姪女，而我母親不但是個外省人，家鄉還是靠近上海的姑蘇。當年的上海，人所共知是最時髦、海派、放蕩不羈，距離崇尚儒家教養和佛教最遠的領土。

當父親終於把他和母親的結合稟告祖母，同時披露母親受過多年西方教育，通曉多國語言，並經常出入外交場合，可想而知裹腳拜佛的祖母，肯定以為母親等同是個天邊怪物，還可能是個名譽掃地的女人。

年前，因為房子修建，我把祖母的畫像由飯廳搬到樓下書房，因為書房充斥了書架，只能把她安置在一面側牆的上角。令我感到虧心。

如今我已到了當時先輩的年齡，料想往後去台北山頭掃墓會越來越難如願，遂決定把祖母、父親和他的第一任妻子，三人的靈灰移置到安葬母親的同一個公墓，以便後人祠奉。

當辦理各項官方手續，包括需要填寫祖母姓名，知道她娘家姓何，父親給她取名連科，因為祖母誕生那年她的父親連中進士、翰林科舉。莫非因為祖母出身滿清高官之女，從小就被寵愛，令她認為可以像西太后一樣，永將自己主意加諸於人。

父親第一次帶母親和我去見祖母是在他們番禺的老家，父

親介紹母親為周太太，他摯友的太太。此後祖母咬定了母親是周太太，即使後來他告訴祖母已跟母親結婚十餘年，老太太到東京來跟我們在一起住時，見到母親劈頭的第一句話就問：「你不就是周太太嗎？」

那時候祖母已七十多歲，若說老太太已高齡善忘，但這事她卻記得清清楚楚。

我年幼的時候，母親好比是天主教堂裏的聖母像，充滿了關心我的慈愛。我把她那張放在小佛堂似的供桌上，身着白色婚服，頭頂圍着白玫瑰花的婚禮照片放大了好幾倍，好像這樣我才能看得清楚，證實母親的確是舉行過婚禮，而不是祖母所一直否認的事實。

因為祖母多年來對父母親結合的否認，加上結婚照上異常出現的兩個新郎，難免令我繼續疑惑，到底我是不是父親的兒子。

第四回：異地更生

「兒子啊！」媽媽的標準京片子，從我有記憶以來，從夜裏被噩夢驚醒時，她趕到我床頭的溫柔聲音，到往後聽她操練京戲裏《蘇三起解》的青衣嗓門，以至《貴妃醉酒》的西皮散板，是我此生腦海裏難忘的催眠曲。

「總有一天你會懂的！」那天晚上她知道我由麻省劍橋搭同學車子趕到紐約。可是我沒敢告訴她我那同學是首次在雪地駕駛，途中幾乎出車禍，如果被她知道，不但會令她擔心着急，不免也會被她責備，明知我是她的獨生子，相依為命的人。

可是由她那晚沉重的音調，我猜想到她的心境，肯定有事憋在心裏，像《起解》裏的蘇三，含有滿腹怨言。

那年她租的小公寓位於西城哥倫比亞大學附近，是棟有些殘破的舊公寓，披着幾十年的灰煙，腳踏着陳舊泥磚的入口。在五十年代，富裕居民已遷往東城，這裏只剩下一些窮學生和初級教職員，再往坡下走就是哈林（Harlem），黑人區。

當年這些公寓受紐約市的租金限制，可是必須賄賂管理人才能租到，不知是否那個粗糙拐腳的愛爾蘭管理人，可憐他眼前這個穿着旗袍，只會幾句英語，還帶着點兒俄羅斯口音的小個子女人，或對她有甚麼特殊好感，總之我媽媽沒給他佣金，就租到這個小公寓，可是卻經常需免費為這人看管孩子。同時他還享受到，他讚不絕口的紐約市最好的中國飯餐。

為了維持生計，媽媽也在第五大道一個貴婦人的帽店做散工，日落後，換上旗袍在時代廣場邊街的中國餐館櫃檯旁迎賓帶位。趁沒客時候她會在櫃檯下拉出書包打開英文課本，準備申請哥大研究院攻讀教育碩士。

多年後回顧這段時期，她掙扎主要目的在於生存。她說，「當時我可以選擇更輕鬆的工作，可是我不願低頭到那程度，我家有句老話：頸可折腰不可屈。」

經朋友介紹後，她曾去第五大道高樓大廈宋氏豪宅應徵做女主人伴侶，那位女主人斜臥在特大床上，不屑下床來打個招呼。

「她把我當作傭人！」雖然工作可能輕鬆許多，但媽媽寧願咬牙吃苦也保持自尊。

那天晚上，她在租到的小公寓裏，兩眼凝視着我良久，充滿煩惱憂鬱，嘴裏叼着一支長長的波邁，不時朝天花板吐出一個煙圈，彷彿深深地吐出一口怨氣。以前在上海，媽媽愛抽英國香煙，後來住東京的時候，要買英製品太貴了。她一向對家裏開支花費很小心，不願花爸爸的錢，知道他經常用薪金幫助部下。當時在東京可以買到美國較淡的波邁香煙，由那時開始她便一直離不開這香煙。另一邊是杯現沏好清香撲鼻的熱香片茶。

我面對着她，等她發言，急不及待想知道她煩惱的原由，「兒子，你別擔心。」她啜飲了一口香片，終於開口了。

「我不會讓你爸爸和五姨把我逼得走投無路！」——那兩隻又大又亮的眼眸爆發出熊熊的火花。我想着，五姨是媽媽的

親生胞妹——當時決定到美國來以為可以依靠的親人，不知道發生了甚麼意外。

「他們休想把我氣死！」她彈去煙灰的右手不住地顫抖着，接着她又狠勁吸了一口煙，好像在給自己打氣。

我本想趕過去摟抱她、安慰她，就像從前我在東京上中學時那樣。那時候阿嫲跟我們同住（阿嫲是我們廣東人對祖母或奶奶的稱呼），而阿嫲對母親的態度就像西太后對珍妃那樣。這位婆婆已把磨折和刻薄的手段鍛煉到極致境界，為了要保持傳統對婆婆尊敬，母親只得低頭忍氣吞聲，等回到自己臥房裏委屈忿懣得不住發抖。

那時我會過去抱着安慰她，她總對我說：「我只有你這個兒子！」這句話也從小就灌進了我的腦海。這固然給了我不少自慰自大的感覺，無形中也暗示着，我該永遠做個標準的好孩子，才不使她失望。

有一次我天真地問媽媽，我可不可以有個小弟弟作伴，她柔聲地說，我有過一個小弟弟，可是他沒生出來就死了——「他還在我肚子裏時候，你在我肚子上蹦跳令我流產了。」

我那時候才五歲，並不了解這事的嚴重，只知道因為我做的壞事，就失去了能陪我遊戲的小弟弟。

媽媽沒告訴我，我還有個比我大十歲的異父姊姊，在她去世前兩年，她才指出相簿裏一個小女孩的照片。歷年來我一直以為那穿着白色露肩帶蝴蝶結衣裳捲髮小眼睛的可愛女孩兒只是個遠親，不知道她是我的姊姊。

在媽媽公寓的那個晚上，我已習慣了幾年來過的大學宿舍

生活，習慣了離家獨立，吸收了西方文化，已經不再是當年那個被呵護的、聽着媽媽含着深愛又寄予厚望的乖小孩了。

另一方面，由童年到青年的生理變化也如潛流一樣在身體裏暗湧，宿舍的同房學友經常凌晨在下舖震動。我裝着還睡熟未醒，又忍不住屏息靜聽，恨不得下床加入他的活動。

其實在我進大學前，跟媽媽到她胞妹的農場住了幾個星期。炎夏白天幫表弟到雞房餵食、打掃，滿身大汗，完成工作後必須在穀倉旁露天淋浴，晚上一同睡在悶熱的閣樓，也被他引導過這些活動。

可是我以為到了大學階段，我已成人，必須學會控制自己的情感和衝動，不該繼續童年時期的行為。可惜我那時候還沒看過聖奧格斯丁自白書裏描寫青少年煩惱的文章〈St. Augustine's Confessions, inquieta adulescentia〉。這聖人早就把這些當作青少年的正常行為。

眼前的媽媽又因悲憤而不住顫抖，我卻壓制了我該做的事——趕過去抱着她、安慰她——像童年時一樣，我唯恐這會令她不能自制，對着我落淚。不安又無策的我沉默無言的面對着她，我以為這才是成人應有的樣子，同時這也是遵循了我從小被教導的，耳濡目染的儒教的節慾謹行。

第五回：溥儀共舞

　　將近大學畢業後，糊裏糊塗去了東岸一個知名化學品公司工作，到再回研究院，我前後一共混了兩年多。不是鄭板橋所說的那種難得糊塗，而是莫名其妙不由自主的境界。難怪媽媽有遠見，不放心把她十六歲的獨子隻身送去陌生的美國讀大學。我在選擇工程為職業和進醫學院深造猶疑不決的那段時期，也恰是我媽媽咬緊牙關來完成她的碩士學位的時期，我常搭車去陪她度週末。除了做些我愛吃的京滬和北方菜，她開始詳細地傾吐出一些她認為我該知道的懸念往事。

　　她跟父親的結合既未遵循傳統，奉父母之命、媒妁之言，確定門當戶對、八字無忌，也沒像當年一些受過維新教育的男女，承朋友介紹相識。

　　「我跟你爸爸頭一次見面是在北京飯店。」媽媽細說從頭。

　　北京飯店是二次大戰前民國的一些社交人士愛光顧的場所，就座落在有威風凜凜的石獅護着的五座大理石橋旁。石橋通向歷代臣子官吏，三跪九叩，朝見天子必經的紫禁城大門。

　　那時媽媽剛從俄國回到這故都——北京，跟她熟稔的舞廳領位人，總是把她帶到前排的桌子。雖然民國政府已遷都到當時離上海還需乘通宵火車的南京，政府和外交人員也跟隨南去，但不少學者名士以及清代的遺老遺少仍留戀這故都。

　　當時日本已控制了東北，還沒有把溥儀拉去做他們將成立

的滿洲國的第一任傀儡皇帝，成為這島國準備侵華的前奏。

「管小姐，我先得給您賠罪，今晚您經常坐的前排桌子有人佔了。」那位舞廳領位人不停地作揖賠罪，滿面窘迫難堪，接着又特別壓低了聲音説，「皇爺今晚在這兒。」

「我們不已經是民國了嗎？」媽媽半帶笑半嚴蕭地大着嗓門反問。

「我把您安排在孫部長桌子旁邊兒。」領位人三番四次地彎腰道歉。

「我們不在乎誰在旁邊。對吧？」她朝着跟她一塊兒來的朋友們説。「反正能看見哪隊樂隊奏樂就行了。」

「在國父兒子旁邊的桌子也算不錯了。」站在媽媽身邊的朋友幽默地搭了腔。「一朝天子一朝臣嘛。」

「沒錯。」媽媽心裏想着，又是一批拍馬屁的跟班。雖然她沒明説，她的朋友可以由她的表情看得出來。

當年一批有才有志的年輕人都出國留學深造，這位朋友由法國留學回來不久。當時他在一位東北軍閥麾下任職，穿着筆挺帶背心的西裝，説一口流利的法語，看上去一表人才，此人也曾一度對媽媽傾慕。

她對這人也有好感，把他當做朋友。跟他在一起使她回想起沙皇時代的俄國，因為宮廷裏用的是法文，他愛逗她，説她在國外呆得太久了，吸收了太多西洋墨水，太天真，直腸子，不宜在國內生存，所以感到有義務保護她。

舞廳裏奏着埃林頓的舞曲《心情靛藍》，一位男士正把他的舞伴在舞池裏連拉帶拖，以炫耀自己舞技。女士們穿着當時

在國內最流行的西式晚禮服或是綴着燦爛小金片的旗袍；旗袍雖是由滿人服裝變化而來，粵人和早期華僑卻把它叫成長衫。男士們身上幾乎是清一色的深色西服。

媽媽對這舞廳的新裝潢並不十分滿意，現今的改裝，模仿上海外灘英籍猶太富豪維克多‧沙遜新蓋的華懋飯店（後改稱和平飯店）。傳說當年沙遜是遠東第一富豪，飯店裏面以裝飾派藝術風格佈置，原先四面掛着清雅脫俗有四季花木宮筆國畫的紅木燈籠，改裝成乳黃色壁燈；先前周圍的鏤空紅木牆板則換成乳黃色背景的巴黎夜總會圖案；只有以前圍着舞台的圓桌未被淘汰。此時名流群聚，這些圓桌已近客滿。

當媽媽那一群人被領往座位時，周圍的人都屏息注視着這一襲黑衣的年輕女人。身穿及腳踝的黑絲絨旗袍，蹬着黑緞高跟鞋，領邊別着一朵黑綢牡丹花，肩上披着一條灰黑的狐狸皮，長及到旗袍開叉的膝旁。

雖然現在她年近八旬，我陪她去一個募捐晚會，旁人都仍然會轉頭注視她。那天她穿着黑錦緞帶金花長裙，身上戴的翡翠能賽過博物館裏陳列櫃中的收藏。她的出眾不僅在於她的穿戴，而是她別具一格的氣質，彷彿是個皇太后，魅力四射又嬌媚誘人，人們都説她的面貌像慈禧。

回到那多年前在北京飯店的晚上，因為我外婆去世不久，媽媽由俄國回來奔喪，因此戴孝穿黑，而牡丹正是她最愛的花朵。

那晚她注意到最靠前的兩桌被屏風擋着。溥儀已遷居天津，不住在宮裏，不過他進城來的時候愛光顧這家舞廳跳舞。

挨着屏風和圓柱設有四張桌子，圍着第一張桌子的客人幾乎都穿着西服。對着舞池的是一位身材不高的男士，穿着帶背心的西裝，腹部幾乎要把鈕扣掙開，兩鬢已開始稀薄。媽媽認出他是孫科，國父孫文的兒子，沒想到跟上次在他父親隆重國葬時見到的他已改變了這麼多。

那時候媽媽擔任了招待外賓引座的工作，國父遺孀宋慶齡令媽媽的印象非常深刻：身着墨黑的孝服比她跟孫文成婚時更顯得清秀美麗。「雖然她為國父統一國土未畢而喪於肝癌悲痛不已，卻反而用溫和的口吻來安慰和鼓勵我們那些年輕招待員，好像我們的哀傷勝過她個人的。而她是那麼年輕，比她繼子孫科還小兩歲。」多年後，媽媽曾這樣感慨。

在舞廳誘人的昏黃壁燈光影下，媽媽還能看到側坐在孫科右邊，一個剃着光頭、身穿深色長袍、腳蹬黑布鞋，與眾不同的男士，他的雙眼正從一副黑框眼鏡後凝視着她。雖然一時間覺得這人無禮，不過從她回國後已開始漸漸適應，國人不像洋人那樣忌諱對陌生人的凝視。

這位男士與眾不同的外表和穿着，加上對她大膽地凝視，引起了她的好奇心。與他同桌的幾位女士看上去很平凡，估計是工作上的同事。媽媽不願向這人示弱，也對他回看了一眼，才跟朋友們到自己的桌子坐下來。

樂隊開始演奏了，那位會說法語的朋友邀她跳舞。她低聲跟他說，該先邀請跟她們一塊兒來的，那位最近因飛機失事而喪命的近代詩人徐志摩的遺孀，他很隨和地就同意了。他的善解人意令媽媽覺得特別可親，而且他也是朋友中最佳舞伴之

一，令人聯想到日後放映的電影，《亂世佳人》戲中，女主角心上人艾希禮的扮演者——男明星萊斯利‧霍華德的那種紳士風度。這位朋友對媽媽千依百順的態度，使她把這人當作自己的親兄弟一樣。

這位朋友伴着詩人遺孀陸小曼來到舞池後，其他朋友絡繹不絕地邀請媽媽共舞，直到樂隊中段間歇。

接着那個領位人托過來一個黃底藍色五爪盤龍蓋碟，一邊放着一個有皇帝標識的封套，碟子裏是前宮中廚師做的甜品，封套裏是溥儀邀請戴着黑牡丹的女士跳下一隻舞。

接着樂隊演奏一個較慢的狐步舞，溥儀的侍從過來接媽媽的時候，她的朋友也隨着陪伴過去。他對媽媽這種體貼，保護的態度，彷彿是個親兄弟，令她更心領他的友誼。

當溥儀從椅子上站起來迎她的時候，她發覺這位清室末代皇帝並不比她高，他托着她的手開始用法文稱呼她，「Mademoiselle……」

「管。」她的朋友代她回答。

「Enchanté」 溥儀接着用法語表示幸會。

她跟溥儀共舞時告訴他，當年她的父親在溥儀曾祖先慈禧時期的理藩院任駐俄外交官，自己居住俄國近二十年，不久前才回國，同時也發覺溥儀舞步優雅嫻熟。

「您說的一口標準巴黎法語。」媽媽對溥儀說。

「那得歸功於我的外語老師。」他謙虛地回答。

一方面她也告訴溥儀她是她爸爸的第三個女兒，並且特愛牡丹花。

「黑牡丹是慈禧老佛爺園子裏她最欣賞的花。」

他隨着說願意送她幾株，可是媽媽推辭婉拒，不敢接受這份厚賜，因為沒有園藝的技術和才能來培養御花園裏這麼貴重的花木。

「沒關係，那麼我叫以前宮裏的老園工過去幫妳種植。」他堅持着說。

當溥儀的侍從陪送媽媽回到自己席位時，似乎當場所有的目光都盯視在她身上，她卻只注意到坐在孫科右側對她凝視的人已離座不見了。

「這就是我跟你爸爸初次見面極短的一剎那。」我引頸以待地想要多聽關於她跟爸爸在第一次相見後的發展，可是她卻滔滔不絕的告訴我關於溥儀贈花的事。

第二天清早，宮裏的老園丁就扛了三大盆黑牡丹來到她家，選了陽光充足的位置，用由御花園裏偷偷取出來適宜培養牡丹的泥土幫她種下。

朋友們聽到溥儀贈黑牡丹的軼事後，不久便給她起了個外號：黑牡丹。

沒多久消息就傳出來，溥儀受日本人蠱惑，離開天津，到長春被立為滿洲國第一任傀儡皇帝。

「你爸爸不是一個隨波逐流的人。」媽媽站起來把菸碟內幾近盈滿，抽過一半的波邁香煙頭丟進垃圾桶。那個黑底牡丹花的景泰藍煙灰碟，是跟隨着她由上海到紐約新生活的極少的幾件物件之一。

「過了兩年他才來邀我。那時候他已經把我的一切打聽得

清清楚楚。」媽媽喝了一口香片，娓娓道來。她的嗓音不由自主地流露出了念舊的溫存，混合着淡淡的茉莉花香在空氣中繚繞着……。

跟前些日子那幾次到紐約去看望她，聽她發牢騷十分的不同！那幾次聽她叨叨念念：她跟爸爸相隔大陸大洋，根生異地，天長日久，陰差陽錯，發生各種矛盾。現在聽她回顧當年，神情激動，按捺不住心底潛藏着的那份無限溫柔，顯出她對那位與眾不同的人，也就是我爸爸的一往情深。他們兩人之間心心相印的情意，令我心滿意足，知道我是這對情侶愛的結晶。

「他首個請帖用的是交通部官銜，邀我參加慶祝平漢和粵漢鐵路通車，並宣佈他將擔任兩條線的局長。」媽媽說，「這顯出他用心多麼仔細，多麼有耐性。他知道我認識交通部長孫科，並且這是個並不私密的公共場合，適合初次邀約，減少被拒絕可能。」媽媽朝我嘆了口氣，不過也帶着一些讚賞的味道：「我永遠也比不過你爸爸那套精細的計劃，那種多層的心思。」

我迫不及待地想多知道些自己父母親結合的前後，可是她說，到該吃飯的時候了。

第六回：異常婚禮

媽媽端出兩碟小菜放在桌上，知道我要回來度週末，她已預先準備好了幾個我愛吃的拿手菜。

一碟涼拌蔥油蘿蔔絲，又香又脆，蘿蔔絲要切得細才好吃。看上去簡單，卻是道功夫菜，得花點時間來做。拍黃瓜加上薑絲麻油和日本甜醋，也是初夏開胃的頭盤，時至今天有朋友來我家吃飯，我也愛做了給他們品嚐，蠻受歡迎的。

在她烹調熱菜時，我把碗盤筷子從櫃子的抽屜裏取出來，放在桌上擺好，她轉過頭來問我，「喝點兒酒吧？」

雖然她自己滴酒不沾，但她的櫃子裏陳列滿了各種美酒。在外應酬交際，當主人給她倒酒時，常聽她回拒說，她聞到酒味就醉了。她的藏酒是備着招待來賓的。又不免聯想到爸爸嗜好嘗酒幾乎到了酒仙地步，是否她備酒的原因是在留戀過去她跟爸爸在一起的時光？

她的酒櫃子裏總有一瓶我父親最欣賞的拿破崙白蘭地，雖然他們久已分居兩地，相隔大陸海洋，尤其最近他們之間起了不少矛盾，可是作為一個孩子，總希望自己的父母親有那麼一天能和好如初。

當媽媽問我喝不喝點兒酒，我明白她總是指白蘭地。她跟爸爸那一代的人，即使住在二次大戰後最洋化的上海，也很少有機會買到好的葡萄酒，父親請客的桌上預備的酒總是一瓶白

蘭地。

還記得抗戰結束，爸爸由內地回來不久的那個夏天，我們一塊兒住在北京，他發現那古都郊外修道院裏的法籍僧人，用園中自己種植的葡萄釀成美酒，興奮不已，不過，往後又聽說這酒只備己用，並不對外銷售。有一次，他心念一動，決定帶着媽媽和我，嘗試讓媽媽用法語跟那些僧人交易，心想也許能達到目的，到達修道院後，才發覺那些法籍僧侶說着一口流利的京片子，跟媽媽暢談老北京人物事蹟，連帶談到他們也認識的幾個戰前住在北京的媽媽的世交好友，隨後賣了一箱他們的葡萄酒還欣然再送了一箱！

我拿出那瓶拿破崙白蘭地，倒了一點在喝白蘭地專用的大肚小口玻璃杯中，那酒撲鼻的花果芳香令我緬懷當年爸爸對酒的愛好。他愛手裏握着那大肚酒杯來回輕晃，把酒的香味以手心的溫暖慢慢散發出來讓我聞，那小小的酒杯口蓋住了才九歲的我的半張臉。

當酒甘醇的溫暖蔓延到我全身的時候，爐灶那兒的烹調香味也一陣陣飄過來。那晚媽媽為我做的是外公家鄉的名菜，蘇州蔥烤鯽魚，我此生從未吃過比她做得更好的。

「別等我！趁熱吃，要不菜就涼了。」這句話我聽慣了，是她上菜時對請來家中吃飯的外國朋友的一再申明，他們不習慣女主人沒坐下就先用餐，可是，對媽媽來說，她費了心血做的菜，尤其是中餐，不趁熱吃，就白費功夫了。

不過我總覺得不等媽媽坐下來就先下筷子，不僅過意不去，也不夠禮貌。從小她就教我怎麼做個好兒子，這些年的教

訓已深深地灌輸到我全身，上腦入骨，所以每逢用餐她跟我好像在唱雙簧，她推我讓。

第二道熱菜是滬式紅燒鴨子。她把那兩旁配着冬菇竹筍，醬紅鋥亮的鴨子放在桌上，脫掉圍裙對着我坐下來。看着我狼吞虎嚥地欣賞着面前的美味佳餚，她臉上才洋溢着無限的滿足。

「一口也不喝？」 我朝着滿桌下酒的菜對她說。

「我有我的香片。」她接着喝了一口。

香片是媽媽最愛喝的香茗，北方人也叫花茶，剛泡的時候偶然可以看到那茉莉花由青磁色的茶露中漂浮上來。大陸改革開放後由北京來的朋友，問媽媽要帶些甚麼過來給她，她總是指定香片。

她愛把茶罐打開湊到我鼻子前面，叫我聞那撲鼻的香味，「你聞聞有多香！我真不懂為甚麼你爸爸愛喝鐵觀音。」她一直不能了解為甚麼爸爸愛喝拿破崙白蘭地和鐵觀音茶。

還記得頭一回爸爸讓我嚐他的鐵觀音，他由一個不大的宜興紫砂壺裏把第二道黑得像墨汁般的茶露，倒進一個比小酒杯大不了多少的紫砂杯遞給我，我嚐了一口，幾乎想馬上吐出來。那味道好像小時候生病媽媽熬給我的中藥，必須捏着鼻子才能咽下去。等到成年後，我才慢慢的品嘗出鐵觀音苦後的甘味，就像有的人生經驗一樣，而花茶撲鼻的香味是可以馬上就領會到的。

不久前，一個法籍好友邀我到她家喝茶，她拿出幾塊100% 的巧克力來共享。我猶疑地說以前試過 85% 以上的巧克

力都覺得太苦，她教我說需要把 100% 的巧克力放在嘴裏，不要咬碎，慢慢等着原味蔓延開來，好比檸檬糖一樣，然後用幾口青茶或好的泉水涮下。這樣來欣賞原味帶苦的巧克力，令我聯想到多年前爸爸賞識的鐵觀音。

我的雙親，不單是對茶的喜好不同，現在回想他們兩人的個性，其實是南轅北轍。父親教我的幾句格言還深深地刻印在我腦中，其中兩句恰好代表他的個性：「守口如瓶、三思而行。」幼時常聽來家裏的朋友稱呼父親為劉伯溫，當時我不知道劉伯溫是那位以神機妙算，幫助朱元璋稱帝的明朝開國元勳，問了我媽媽才知道這人幾乎與諸葛亮齊名於世。

相反的，母親是個心直口快、沉不住氣的人，她自己告訴我，朋友們都知道她是個大炮。父母親兩人宛若磁鐵，極性相反，反而相互吸引，這強烈的吸引力征服了無數的磨難，直到歲月、隔離和環境把它消磨殆盡。身為這相反而相愛的兩個人的孩子，我抱着無限的好奇，想多了解一點內情。

「那後來怎麼樣了？」我追問。

我知道，媽媽把飯做完後，手上夾着一枝煙，旁邊放着一杯滾熱香片的時候，是聽她說往時往事最好的機會。對媽媽來說，做飯後的這種悠閒要比吃她自己做的飯菜更重要，僅次於欣賞我狼吞虎嚥着她特意為我親手做的菜。

「記不記得你爸爸為我寫的那首寶塔詩？」

他寫的那幅寶塔式打油詩一直掛在他們臥室的床邊，他那筆柔潤而帶骨力的王體字即刻在我眼前出現：

睇

傾計

坐下添

寶貝乖仔……

寶塔式的粵語登時一層層地在我耳邊響起。

「最叫我傷心的是……」媽媽的説話，被音調裏難得在我面前表現出來的內疼打斷，只剩下帶着無限餘痛的沉默。

她不語良久，漸漸恢復過來後，才繼續艱難苦澀地説：「我發現他把那幅親筆詩帶走了。」

我還記得那天早上，媽媽帶着我，跟祖母和爸爸坐在一輛開往東京羽田機場的輕車裏，為他們送行。當時，跟日本的戰後合約已簽好，父親的任務已告段落，他決定帶着祖母一同回台灣。

那時候，我並不覺得對他們留戀；跟祖母同住的兩年我沒有一點美好的回憶，只記得她對媽媽的折磨與刻薄。坐在那輛車子裏，我們一句話也沒説，臨別也沒人表示不捨留戀，現在回首，大概那時候媽媽已開始對她跟爸爸的前途取向了然於心。

聽媽媽説到父親把當初給她，那愛情護身符一樣的寶塔詩拿走，相比當年強烈的愛情，那天晚上，我坐立不安地在廚房飯桌前對視着她，雖然心如刀割，為了不讓媽媽看到而更難受，眼淚只往肚裏咽。他們當年那份熱愛，期待着的春夢，經過天長日久共同生活，家長里短，卻化為酷冷無情的冬眠。

我對爸爸會變得這麼絕情感到不可思議，可是又像飯前一

樣，本想過去摟着媽媽安慰她，腦子裏的矛盾使我僵硬得像塊石頭呆坐在椅子上，連一句能夠安慰她的話也説不出來。

媽媽終於回復平靜，她又繼續懷緬下去。

「哎，得怪我自己，開始就服了他。」她啜了一口香片，目光又游走到他們的當年，「你爸爸那首短短的九句寶塔詩把我説得一點沒錯，一針見血。」

睇，瞧瞧看。傾計，聊天。坐下添，再坐會兒吧。寶貝乖仔。當時我只注意到這最後的四字粵語，因為那顯然是指向我説的話，而我才八歲多的幼稚心靈那時候還自私地嘀咕着，為甚麼沒把我放在那寶塔的頂層？我何嘗了解父親需要考慮到，怎樣把九句最典型地形容母親個性和愛好的粵語，順着音韻，堆成這座九層寶塔詩。

「只有你，還沒讓我失望！」她從桌對面伸手過來輕輕握着我的手。

她這句話雖然令我窩心，給我一些得意自滿自足的感覺，可是也令我感到不安，因為我同時意識到她彷彿把我轉移到父親該有的位子上。

我急忙把一口飯跟一塊鴨肉塞進嘴巴，免説錯話。

「陳地球第一次跟我在一塊兒的那個夏天……。」媽媽又在追昔，她的音調已回復溫柔。那天一開始衝口而出的滿肚子怨氣，也被她回顧跟父親在初夏南京玄武湖畔的微風柳浪吹散了。

地球是父親的別號，他在番禺老家排行第九，而粵語諧音「第九」跟「地球」很接近，幾乎同音，所以他就開始取用地

球做別號，隨之朋友們也都跟着叫他陳地球。每當跟朋友談到跟父親的一些往人往事，媽媽也愛用這別號。

「跟你爸爸經常聊天聊通宵，一直聊到聽見外面掃街的聲音。當時我住在你五姨——也就是我的五妹家，他們樓上的書房裏。」

我全神貫注地聽着他們兩人初戀的情景，彷彿是《天方夜譚》的故事，不由地也跟着輕鬆起來。

「我也不知道喝了多少杯茶下去，連由東窗升上來的太陽也沒注意到。」這才令我了解爸爸那首寶塔詩的第二行粵語，傾計，多麼恰當的描繪出來媽媽愛聊天的個性！可以説，她沒有比聊天更愛的嗜好了。

「跟你爸爸聊天，無論甚麼話題他都能談。他告訴我他的抱負，想為國家的貢獻，與眾不同，而令我佩服。他進的是東京第一高等學校，然後從帝國大學畢業，並且下定決心成績要比日本人都唸得好。」

「蔣介石不是也在日本留學的嗎？」我猜想到這可能是父親後來到蔣政府工作的緣由。

「老蔣去的是早稻田，你爸爸唸的兩個學校是日本最難進的學校，即使日本本國人也不容易考進去。」我記得父母親兩人對口舌的時候，她是分毫也不肯讓步的，可是聽她講到爸爸的學歷成就，她卻不免帶着欽羨，我相信這就是令她當年感到終於遇到能齊眉到老的對象。

談話中如果提到蔣介石，我從未聽到媽媽稱呼過委員長或總統，她出口總是老蔣，跟她叫傭人、廚師、司機、老張、老

李一般，因為她一直認為這人品行和人格都有問題。在家裏跟熟朋友閒聊座談的時候，經常聽她批評蔣政府腐敗，勾結上海流氓黑勢力人物走私販毒。

等到我懂事後，她跟我說，「你爸爸一直忠心於國父的三民主義建國的抱負。」這是當時年輕的我，在腦海裏一直纏繞的問題：一向被人稱為劉伯溫的父親，為甚麼會盲目地跟隨着老蔣？

「當然，一方面是因為孫中山也是廣東人，跟你爸爸同鄉。」記得我們在上海家裏經常高朋滿座，父親那些朋友多數用廣東話高談闊論，很少理會坐在一旁的母親，彷彿她在他們的面前不存在，不知道是因為當時社會的大男人風氣，還是母親所認為的對外省人排斥。

「爸爸甚麼時候才向妳求婚？」我好奇想再知多一點父母親當年的情史，而媽媽卻還沒說完早年的民國軼事遺聞。

「我還清清楚楚地記得孫中山跟宋慶齡的婚禮，那時候我還不滿十歲。你外公是外交官，因為我能說一口流利的法語和俄語，所以也把我帶去參加。」

隨後，她告訴我，她通達法語和俄語是因為外婆的三寸金蓮，外公不願帶她出國，所以就帶着我媽媽出任俄國，而當時的俄國宮廷裏用的是法文。因此，她也幸免了被裹腳的酷刑。

記得她曾說過，她面對過俄國的布爾什維克革命軍，他們還教會了她騎無鞍的烈馬。她在俄國的幼年經歷我已聽聞過，不過每次都會聽到更多更新的內容。

「過了一年多你爸爸才提出要跟我成婚。」她終於回答了

我對他們情史的好奇，同時把鯽魚刺最少的腩肉挾給我。因為很小的時候有一次被魚骨刺到喉嚨，從此媽媽就認定我沒有吃魚的技能。

「可是當時我們不能公開正式舉行婚禮。」

我愣愣地望着她，等她解釋理由。她慢慢地道出他們假結婚的前後，我才恍然明白她那張不尋常的婚禮相片。在她的左右側各站着一個新郎：一位穿着典型的西式大禮服，父親卻是一身黑袍馬褂。

第七回：戴笠警言

「我當時住在你五姨的家，她是我第五個親妹妹，那年五姨夫開始在南京外交部做事不久。」媽媽伸手去拿香煙，不過看見我兩眼盯着她，才把煙又擱下來。

「她們的婚禮是我主持的，隨後又把她們安置在使館區附近的房子裏。五姨夫家裏沒甚麼錢，外婆已經不在了，外公的現金存款又已被姨太太和她的情人騙走，所以結果一切費用都是我幫他們出的。」

那時候我已進了醫學院，知道抽煙跟癌症有關係，每次見媽媽都勸她戒煙，她也試了幾次，不過又回到抽煙的習慣。

反常的母受子教，她帶着愧色對我説：「你看，我只抽幾口就不抽了。」她身旁煙灰碟積滿抽了一半的煙頭可以為證，她竟把那包血紅的波邁香煙推開，拿起茶杯喝了一口香片，接着又嘆了口氣。

聽到多年前她對自己親妹妹的恩惠，又連想到不久前她得到的回報，我可以了解她嘆這口氣的原因。

當時她帶着十六歲的我投奔住在美國東岸妹妹家的心情是蠻複雜的，口頭上是説因為我太年幼無知，她需要顧慮到我是否能適應那麼不同的異地和環境，不過其實她早已決定不跟爸爸回台灣。

在東京低聲下氣伺候那位廣東祖老太太那近兩年受盡磨折

委屈的生活，令媽媽難以想像是否能持久下去，但同時她又一直很同情爸爸對祖母的孝心，因為她非常孝順自己的母親，我的外婆，可惜外婆早逝，她一直以未能盡孝為憾，甚至於每年媽媽自己生日，也就是外婆誕生她的那天，她常跟我說這是她的母難日。可是，除了不能想像怎樣繼續忍受跟祖老太太生活下去之外，她生怕一旦回到五十年代初期恐懼「共匪」狂的蔣政權台灣，以她久居俄國又精通俄語的經歷，以後恐怕也難再出來，還很可能被抓入監獄。她已聽聞朋友說過一些受政府懷疑的知識分子，被抓後便消失得無影無蹤。

當時在這種又矛盾又走投無路的情況下，她以為投奔到親妹妹籬下是進了最安全的避風港。

我進大學前的夏末，我們下船後由美國西岸乘飛機到東岸，在五姨和姨夫養雞的農場住了兩星期。到他家不久之後，他們就勸媽媽把所有的錢都存入他們的銀行。

等到媽媽需要用錢，去問他們的時候，他們才告訴媽媽因農場需要一筆款子，已把她的錢先挪用了。

「沒關係，妳需要錢用時候，問我們要就是了。」

當媽媽表示猶疑時，五姨對她說：「別着急，我們不會不還妳的錢。」五姨接着說，她丈夫叫她告訴媽媽，不會不把這筆寡婦錢還給她的。

在媽媽看來，這是不折不扣的恩將仇報：把媽媽的錢花了，還侮辱她是個寡婦！因為爸爸沒跟着我們到美國來，他們漠然把她當作無人可靠的寡婦。其實，那時候離他們離婚還有十三年，離開爸爸辭世還有三十年。

　　當時媽媽並沒把這些前後曲折實情告訴我，不過她突然由紐約市來電話告訴我她已進城去住，令我未免覺得有點奇怪和意外。這段侮辱和委屈，令她永世難忘。

　　回想到自己跟表弟白日在露天淋浴，夜間在床頭的經驗是多麼不同，我的感受與媽媽相反：我還正在期望着聖誕年假又能跟表弟同度。

　　從五姨離紐約近兩小時的鄉間農場搬出，突然要在繁雜無比的紐約大城市找到落腳之地，以媽媽當時一句英語也不通的情況，是蠻狼狽又徬徨的。回想這個幾乎走投無路的境地，她跟我說下了決心，發誓不能讓她那忘恩負義冷酷無情的妹妹和妹夫把她掐住，她不會被看扁，她能夠不依靠他們，到紐約去自力更生。

　　媽媽想到了一個往日摯友，恰好那時候也住在紐約，也就是當年陪她到北京飯店跟溥儀共舞的那位朋友。

　　他託人幫媽媽找到一位住在離哥倫比亞大學不遠的老太太，願把一間客房租給媽媽，哥大附近環境安全，正合媽媽決定為日後謀生而回到學院深造的計劃。

　　那年聖誕節我到紐約去跟媽媽同度，媽媽這位朋友還邀請我們到第五大道聞名的比埃爾旅館用午餐。除了為我慶祝生日，媽媽帶我到過上海國際飯店之外，還沒有去過這麼豪華的場所。

　　這位好友已近六旬，頭髮已花白，西裝筆挺，左胸小口袋裏還插着小絲巾，依然一表人才。媽媽叫我稱呼他為朱伯伯。飯後，他還特意為我們叫好計程車送我們回家。

回到媽媽的房間，把門緊閉後，我急不可待地要問媽媽關於朱伯伯的身世。

「朱伯伯還是跟着宋子文，做他的秘書。」媽媽低聲跟我說，彷彿在告訴我甚麼秘密，唯恐被房東老太太聽見。

「誰是宋子文？」

「宋子文是宋美齡的哥哥，當過行政院長。」她小聲地回答我，以防被別人偷聽，語氣有些不耐煩，暗示我怎麼連這點常識都沒有？

「他跟宋子文多久了？」

「說來話長，得由西安事變從頭說起吧。」她脫下高跟鞋，換上拖鞋坐下來對我說。

西安事變，張學良當時人稱少帥，扣下蔣介石逼他答應國共合作對付日本侵略，而後被蔣軟禁終身，也被國人稱為英雄，這段事蹟我在書裏看過。

媽媽手裏捧着由紐約唐人街買來的蓋杯，是她來美國後添置的第一件物品，她不斷地往香片茶裏添了無數次開水，陸陸續續一五一十地把這段歷史的前因後果娓娓道來。

在西安事變之前，張學良已是知名人物。他之所以被稱少帥，一方面表明他父親張作霖，被日本人在南滿鐵路所經皇姑屯途中被炸死後，他繼承了東北王的位置，同時也貼切地形容他當年帥哥的地位，民國四大美男子之一。對他傾慕的人幾乎不計其數，傳說連宋美齡也不例外。這位風月場中人，當時被詩人批評：瀋陽已陷休回顧，更抱佳人舞幾回。

西安事變前後誕生在滿洲哈爾濱政治評論家李敖，始終認

為張學良是個民族英雄，因為他一直堅持反抗日本當時對中國大陸的侵略，不只為報殺父之仇，更是要組織全國人民一致抗日宗旨。

我出神地聽着媽媽回顧這段戰前歷史，好像在看一部沙粒濛濛的老紀錄片子。

「為甚麼蔣介石不願抗日？」我天真地問她，這應該是當時政府確實推行的方針。

「當時老蔣還沒穩固自己的政權，還有些各地其他軍閥政權並不完全受他控制。」她嘆口氣分析，有些忿忿不平。「歸根究柢老蔣總是以他自己利益和權利為上。他要先消滅共產黨，在一九二七年上海已開始剿共，為了鞏固自己的權益，所以不想對付日本人。」

蔣介石當時去西安目的在拉攏西北軍閥楊虎城，並說服東北軍的張學良，要他們一同消滅已逃到延安的共產黨，不要對抗日本，卻反為他們逮捕後被逼承諾國共合作抗日，這段歷史猜想在我這一輩的人多半已知來龍去脈。

可是媽媽又詳細說明一些蔣介石在黎明被捕的情形，「當時老蔣住在西安的華清池。」我那時候還沒去過，問這是甚麼所在地。

「哎，這得怪你離開大陸時才十一歲，華清池是唐明皇賜給楊貴妃泡湯的御池，在驪山山腳下。」

她把岔開的話題拉回來，「那時張學良部隊於凌晨去捉蔣，老蔣震驚得連衣服也沒來得及穿好，被副官背着由後牆跳出去，結果被張的軍隊在山溝洞裏拉出來，帶到張學良面前。那

時他僅穿內衣，連假牙都沒來得及戴上。」

說到蔣介石這般狼狽不堪的窘態，媽媽忍不住嘲笑起來。她一向看不起這人，為了自己利益，穩固爬到國民政府最高地位，並與國父孫文遺孀的妹妹宋美齡成婚。

不過，她的得意情緒很快就冷靜下來：「張學良放蔣並陪伴他回南京國府後，馬上被軟禁。那時國民黨右派人物領袖是何應欽，其中也有主張槍斃張學良的人。」

媽媽提到何應欽這名字，令我回憶起我在東京上中學的時候，媽媽還特別招待過這對面目安詳的老人夫婦，那時他已經被蔣介石排斥，夫婦只以私人身份遊日。

「從那時開始朱伯伯才跟隨宋子文。」 媽媽終於回歸正傳。

「為甚麼？」 我還是不明白。

宋子文當時陪同宋美齡到西安，跟張學良和楊虎城談判釋放蔣介石，另一方面他也同情張學良的抗日理念。他們跟蔣一同回到南京後，張學良就被軟禁在宋子文的家裏，他們兄妹間日後在張學良的問題上產生矛盾。

張學良原配夫人于鳳至是宋母的乾女兒。傳說宋美齡也曾傾慕這民國四大美男子之一的少帥，而宋子文曾到過美國名學府深造，所以思想比較開通民主化。

當張學良被判終生軟禁後，他把張的親信，也是弟婦的姐夫朱伯伯收從做自己的私人秘書。

「這樣朱伯伯就跟了宋子文一輩子。」媽媽把蓋杯端到嘴邊，嫻熟地用杯蓋推開漂着的少許花瓣和茶葉，喝盡了最後一

口茶之後，彷彿這段驚天動地，完全改變中國命運的歷史事件，也隨着茉莉的清香和茶露一同告終。

多年後，周恩來關心張學良在台灣的處境，因為在西安事變中，周恩來不但是要張勸蔣放棄滅共，一同抗日的主要人物，而且他和張學良也同樣懷着愛國抗日精神。此外，他也欽佩張當年的捨己精神，周託人從朱伯伯那名已分居多年的妻子，也就是當年馬君武打油詩裏的那位朱五，張學良弟婦的姐姐，把信轉交給張學良。

在那段時間我每年都回台北探望父親，有一次與這位當年鼎鼎大名的張少帥及他的第二任妻子趙四小姐同席，一個在加州的朋友託我帶了一件東西給他們，當年的英勇少帥和風流趙四，已變為與同桌餐友漫談微笑的祥和老夫婦。

蔣氏父子去世之後，繼任他們的台灣本省人李登輝總統，終於釋放了被軟禁五十四年的張學良，那時他已是將近九旬的垂暮老人，不過次年趙四卻灑脫地親自把他送到美國，讓他獨自在紐約貝聿銘的繼母家住了三個月，那時貝太太的丈夫已去世將近十年。

貝太太也就是當年的京滬交際名媛蔣四小姐，在宴會中結識張學良，後來發覺這位少帥已有了趙四，隨之毅然離滬去歐洲求學，正好遇到喪妻不久的貝聿銘父親，兩人幾乎是同病相憐，故此成婚。

在紐約已達九旬的張學良，接受近代史家唐德剛訪談時，毫不隱瞞地透露蔣四小姐是他最愛的女人。

媽媽受了爸爸的影響，能打橋牌，不擅麻將，不過有時候

也被貝太太拉上桌湊熱鬧打幾圈。

　　有一次正逢假期我去紐約陪媽媽過週末，被媽媽帶去參加貝太太外甥的婚宴。這位當年的京滬名媛已屬徐娘半老，可是依舊風韻猶存，難怪俗語說蘇州出美人。她活潑地過來打招呼，問我在哪個大學攻讀。媽媽已跟我說過貝伯母老家也在蘇州，並且她父親以前也是外交官，不過出使歐洲，不像我外公出使俄國。

　　那年我回到媽媽在哥大附近的公寓，她已被研究院錄取，專修兒童教育；她課餘依舊在餐館工作，離取得碩士還有兩年時間。那個春末正值俄國波咯薩伊芭蕾舞團著名女演員烏拉諾娃（Galina Ulanova）訪問哥大獲獎，媽媽被選出來向她獻花，當這位著名女演員聽到眼前嬌小的中國女人，對她說着一口流利而標準的俄語時，令她驚嘆不已。

　　後來媽媽在紐約的生活已穩定下來，她跟我東聊西扯時提到的往事，於是我又把話題拉回到她初遷紐約的那個晚上。

　　媽媽站起來，忽忙把煙灰碟裏的煙頭倒進垃圾桶，以免又被我提醒她需要戒煙。再次坐回到桌前，她默默微笑地看着我大口大口地吃着她為我親手做的菜，眼神流露着無限的溫柔和滿足。

　　「在南京跟你爸爸剛認識的時候，我住在你五姨和姨夫房子，也就是我幫他們安置的新居的二樓書房裏。那是個老房子，空間蠻大；牆角兩側都是挺高的玻璃窗，能看到街外的法國梧桐樹，夏天把窗打開，挺通風涼快。」算起來，這時與後來媽媽從日本投奔到五姨育雞農場相隔也有二三十年了。

　　「『你有沒有注意到在馬路那一頭那部車子？』那天晚上你爸爸正好來看我。他指出這就是藍衣社在監視我和來訪客人的出入。」

　　「藍衣社是甚麼？」

　　「就是老蔣手下特工頭目戴笠搞的特工殺手，那時候沒人不怕的。」

　　戴笠這個人我忘不了的，那是光復後，不到幾個月，我跟媽媽剛搬到茂名南路的房子不久發生的事情。

　　我們從一個陰沉沉的小公寓遷到一個白俄擁有的三層樓房。媽媽把整個二樓租下來了，非常寬敞，普照的陽光從街上高大的法國梧桐樹的葉子間透過來，照射着整個樓層。房東住在我們樓下，後面還有個頗大的院子，盡頭有幾排鴿子籠，傍晚牠們咕咕、咕咕的叫像小夜曲一樣經常傳到我的房間裏。

　　媽媽把抗戰時期收藏起來的書畫掛出來，捲起來的地毯鋪在地板上，還僱用了一個廣東女工打掃和一位揚州廚師做飯。雖然那時爸爸還沒從外地回來，我們的家裏彷彿突然從冬眠中甦醒過來，經常高朋滿座。

　　有個晚上，吃完晚餐不久媽媽就對我說，該準備睡覺了。

　　「還沒到我該睡覺的時候呀！」 我嘟着嘴提出抗議。

　　「我要你待在自己房間裏。」

　　「為甚麼？」 我還不服氣地提問，因為家裏只有我一個孩子，即使有客人來我也不用避諱。

　　「待會兒我再跟你解釋。」 媽媽的聲線明顯沉重下來，表示沒有再商量的餘地。

接着，我聽媽媽跟女傭說，把茶和切好的水果拿到客廳後，不需要她再出來服侍。

這更引起了我的好奇心。我把耳朵貼在靠近客廳的走廊門外，想悄悄地偷聽客廳裏的動靜，女傭過來要把我拉開，卻被我推開了。

好像等了好久，我幾乎等得不耐煩了，其實只不過是十分鐘左右，我聽見一陣皮鞋踏在客廳地板上的腳步聲，跟着是從未聽過的一些陌生男人跟媽媽說話的聲音，不過聽不清楚他們在說甚麼。我正開始覺得無聊，準備回到自己房間去，突然聽見腳步朝我藏身的那扇門走過來，幾乎沒有時間讓我逃避門就開了，我只得假裝正要往廁所方向走。

這種應急隱瞞方法我早已駕輕就熟：很小的時候，臨睡總怕一個人在黑漆漆的房間裏，怕會有鬼怪出現，哀求媽媽把門開着；長大一些後，她藉着把門開着，會突擊查看，以防我手淫。

媽媽雖然自以為照着當時最新的育兒理論，其實還是跟十九世紀沒有多大分別，她依舊認為手淫對孩子智慧發展有害，甚至導致孩子癡呆或手心上會長出毛來。

眼前的這個陌生男人跟媽媽身高差不多，身形瘦削、額頭特高，穿着敞領襯衫黑褲子。最引我注目的是他蒼灰的面色，像個抽鴉片的人，令我想起跟着媽媽去給陸小曼拜年時對她的印象。

「叫戴叔叔。」 媽媽開口了。

「長得像妳。」 那人對着媽媽說。

他沒跟我說話，不過我記得他冰冷的手，冷得好像有一次我們的廚子在我苦求下，讓我碰一條他剛殺掉，放在砧板上的魚。

我更對媽媽這位朋友臉上奇怪的表情產生厭惡感，他似笑非笑，好像帶着譏諷的模樣。媽媽有一句話形容這人——皮笑肉不笑。

不過這人好像跟媽媽蠻熟的，喚她作三妹。

他始終沒對我說一句話，卻給了我一種說不出來的恐懼感。我熬着看他轉身回客廳，其他的人好像都在軍式立正樣地站在一旁，也沒有一個過來跟我打招呼。

媽媽注視了我一眼，目光裏有幾分警告，就喊女傭過來，帶我回自己房間去睡覺了，我也不想再待下去。

第二天在早餐桌上，媽媽也沒再跟我提戴笠的事情。他和那批跟班兒的人還來過我們家裏幾次，每次都在天黑之後，而且沒有預先通知，神出鬼沒，最令我抱怨的是每次媽媽都要我早點去睡覺。

有一天下午，戴笠的一位跟班兒突然在我們家出現，那次媽媽沒堅持要我避諱。這人在沙發椅另外一頭低聲地跟媽媽說話，我只發覺媽媽的臉色剎那間變得青白。

這人走後，我迫切地想知道出了甚麼事情，因為從來沒見過媽媽這樣花容失色。是甚麼令一向處之泰然的她，突然驚惶失措？媽媽黯然地告訴我，昨晚還到我們家來的戴笠飛機失事。

「他死了？」我天真無邪地問道。

「對。飛機上跟他在一起的那些人也都死了。」她從壓得幾乎透不出氣的胸口擠出這句話。

飛機失事，第一次體會它的恐怖是跟媽媽去給陸小曼拜年回來。我問媽媽為甚麼這人那麼蒼老乾枯，記得媽媽告訴我她竟是當年的青島美人，徐志摩的遺孀，而徐志摩就是因飛機失事而斃命的。

我又想到那批跟戴笠同斃一命的人，其中一個，年紀輕輕，相貌端正、一表人才，好像我正在聖約翰大學唸書的表哥。那位來報訊的人後來還繼續跟媽媽保持聯絡，多年後他們又在舊金山重聚。他和太太也跟着在媽媽的墓穴旁買了一個墓穴，每逢清明掃墓都會看見他們，他是跟從戴笠的那批人裏最幸運的一個，得以頤養天年到壽終。

「我以為戴笠跟你是朋友。」我不明白為甚麼媽媽說她跟爸爸當年不能公開成婚的原因之一是戴笠。我納悶地看着媽媽，卻沒忘記挾一塊爽口的黃瓜放進嘴裏，她等我又吃一塊紅燒鴨子後才回答。

「沒錯，不過他也希望我會跟他結婚。」聽着的就像中學時沉迷閱讀的福爾摩斯偵探小說。

「可是為甚麼你不能公開跟爸爸結婚？」

在我更年幼的時候，她跟我說過，當時不能跟爸爸公開成婚，可是她沒把前因後果錯綜複雜的情況詳盡地對我說明。

「當年在南京的時候，我經常在交際場合給法國大使做翻譯，也有不少人在追求我，戴笠是其中的一個。」說到這兒，她彷彿情不自禁地把腰挺直地坐起來，嗓子也無形中帶着點兒

自傲。

當她看見我依然帶着一點納悶的樣子，忍不住微笑，「我的寶貝兒子，你受的是西方教育，難怪你這麼天真單純。」我心想這不就是當年她回國不久，在北京飯店那位朋友對她的評論？

她喘了口氣，把手裏的香煙又點上。

「你看，我並不吸進去，我就愛點着了煙，陪我做伴兒。」如果我再苦勸她戒煙，她會把習慣的一套話端出來，也就是說一旦我學業完成搬去跟她一塊兒住，那時她就肯定會戒煙。

「歸根要怪我，太早就把你帶到美國來。你太年輕了。」媽媽又把話題一轉，我忍着不打斷話題，耐心聽她繼續娓娓講述她那不尋常的婚姻。

「戴笠當年警告我，如果我跟另外一個人結婚，那個人的生命就會有危險。」

近幾十年出版的戴笠傳記不少，他被比喻為蔣介石的希姆萊，也就是希特勒的特工頭子，惡名昭彰的殺人魔。一九二五年辛亥革命後成立中華民國的國父孫文逝世，遺權於三人，蔣介石只是其中之一，擔任消滅蔣的敵手或反蔣人士的首領就是戴笠。

「他是殺人不眨眼的。」媽媽的話裏透着股寒氣。

「不過你還是跟爸爸結婚了。」他們的婚照浮現到我眼前。

「沒錯。」媽媽接着正色道，「不過，在公眾眼裏，我當時是跟你爸爸的助手，姓周的成婚。」

　　這位姓周的就是婚照裏站在媽媽左側穿西式大禮服的人。從抗日到光復，我跟媽媽住在上海的那段敵偽時期，我都叫這位姓周的做爸爸，後來，親生父親從外地回來，我才改稱以前的爸爸為周叔叔。

　　媽媽把跟父親的不尋常婚姻始末道出，接着把錯綜複雜的細節再一一敍述。

　　「這計劃是你爸爸想出來的。」語調中充滿溫柔和愛慕。「在舉行婚禮前的一個晚上他才把請帖發出去，宣告我和你爸爸的助手，也是他的摯友周雅忱成婚，這些請帖由鐵道部人員親自手遞。」

　　「你爸爸估計周雅忱不是一名知名人士，不會引起戴笠的注意。」

　　媽媽終於挾了一塊鴨肉放進嘴裏，慢慢咀嚼，跟着又嫻熟地點了根長長的煙捲，分不清她在細細品味自己的拿手菜還是在讚嘆爸爸當年的妙計──怎樣逃過令民眾聽了就聞風喪膽的藍衣社的警網。

　　「同時，你爸爸又秘密關照鐵路局，準備好一輛掛車在南京城外的小站等候，準備在婚禮後即可使用。」

　　「那麼你們走了周叔叔不會被戴笠整死嗎？」我擔心戴笠那種殺人不眨眼，不擇手段的行為將落到周叔叔身上。

　　「等到消息傳出去，我已成婚，米已成炊，並且周雅忱也沒有甚麼名望，不值得追究。隨後也傳說戴笠開始對胡蝶感興趣了。」

　　「胡蝶是誰？」媽媽口頭上這些當代知名人物，我這輩的

人多數沒聽過，她告訴我胡蝶要算是中國電影界的第一位影后。

「跟着不久，就是盧溝橋七七事變，日本人正式對中國開戰，全國人民，連帶老蔣也不得不把注意力放在抗日救國活動了。」

聽到這裏，我腦子在慢慢細琢，肚子在慢慢消化。

媽媽看到我雙眼帶着倦意，站起來開始收拾桌面餘食碗筷，我正要準備幫她洗碗。

「你長途下來夠累的，去睡吧。」

我正思量不能讓她再勞動，要動手之際，她已搶先收拾及半帶慈愛笑容地説：「我比你做的快。」

我準備上床時經過她房間，發現她的床頭桌上放着一本新出版的戴笠傳記。不知道內裏可有記載她的事蹟，後來我也忘記追問她。自她仙遊後這套傳記就安置在我的書架上層了。

那天晚上媽媽沒再提起我踏入家門時，向我抱怨的憤怒事，也許重提往事令她暫時忘憂。

睡在床上，我幻想着父母親婚後，坐進一輛黑色轎車裏，簾子拉緊，司機繞着偏僻小巷，以防避藍衣社的追蹤，急駛到南京城外的小站，趕上掛車，即刻叫車長起程……。

至今我還是對臥車抱特有好感，雖然我作夢也沒資格或財源坐到掛車，可是在我的幻想裏，母親在那個深夜的掛車不住晃動時受孕，成為我生命的始源。

躺在床上許久未能入睡，也不知是因媽媽的片言絮語不住在我腦子裏盤旋，或是那杯白蘭地酒使得我昏昏沉沉。爸爸沒

把他那非凡的酒量遺傳給我，媽媽對我說他在日本求學時期與人賽酒量時，以多少個榻榻米為數。那個時代有好酒量才能證明是個好漢子。可惜我沒這福氣，只遺傳到媽媽幾乎聞酒欲醉的特性。

腦中不斷千旋萬轉，疑問着，不能了解媽媽首先怎麼會讓像戴笠這麼可怕的人接近她，而後居然能把這個不擇手段的人拒於千里。是否她被戴笠威脅住了？還是被這人的懾人魔性吸引着？

回想戴笠稱呼她為三妹，這個稱呼不是尋常朋友之間隨便使用的，其中含着親切溫柔。我也記得當媽媽得知他飛機失事消息後花容失色，那種失去摯友的哀傷、心碎的感覺。

第二天的早晨她才告訴我正令她揪心的煩惱，一件印有台北郵戳的信封平放在早餐桌上，信封面的字穩健有力，明顯是爸爸的筆跡。

前一次到媽媽家看她，已經知道她從朋友那裏得來消息，爸爸另外有人了。而媽媽以前一直把這女人當作朋友，她有一次還從香港帶來一塊別致的英製羊毛呢絨料送給媽媽。

「她的丈夫以前在陳納德手下工作，陳納德的飛虎隊遣散後，你爸爸還給他安排了工作位置。」她抱怨的說。

陳納德這名字我早就聽過，他發起的飛虎隊和最早的中國空軍在抗日戰爭的時候，跟爸爸管理的西南運輸總局經常都因供給內地物資而有聯繫，他的華裔太太後來在美國華府變成支持國民黨的知名說客。

媽媽面對着早餐桌上那杯滾燙的咖啡，兩眼發出我少見的

紅紅火焰，手上不斷地把煙灰彈到灰缸裏，彷彿在設法把心中怒火抑壓下去。

我把爸爸的信拿出來細讀，裏面的詞彙口吻跟他當年的那首寶塔情詩截然不同。在那信的中段我看到了一行矚目的字：我懷疑他非由我所出。

往後信裏寫些甚麼，只覺我眼前的字已迷糊不清了，無力抬頭面對媽媽，心胸好像突然被尖刀刺進，連腸子也被割斷。我當初像隻小狗一樣，忠實追隨着如偶像一般無比崇拜仰慕的爸爸，現在竟被他遺棄。

恍然明白，我是個私生子，在我成長的世界裏不會有讓我存在的空間。

剎那間，我不想面對任何人，包括我母親在內，因為把我帶到這地步，她也有份。

雖然那時覺得不能面對她，可是也不能迴避她的雙眼，只覺淚水令雙眼模糊不清。

媽媽終於打破沉默，「這就是當初我在上海服毒的原因。」

第八回：初見生父

「你愈來愈像你爸爸了。」渝指着我書架上爸爸六十歲時，在台北院子裏坐在籐椅上的留影對我說。身穿短袖敞領白棉紗襯衫，周圍圍着茂盛的熱帶林木，他臉上帶着難得一見的笑容。那是跟媽媽離婚前十年他寄來給媽媽的照片。我們的前輩認為拍照，帶着笑容是反常的，尤其認為有自尊的男士們應該要正正經經，一板一眼、不苟言笑。

渝對着我說的話是出於好意，可是我卻不以為然，因為我從來沒有覺得爸爸長得帥，迷人的相貌遺傳着我媽媽，私心下我總希望自己長得像她。

「兒子像娘金子打牆」，是一句媽媽愛聽的北京俚語，她的朋友們也常當我面跟媽媽這麼說。那張我六歲時站在她旁邊，在上海相館照的用手工上彩的舊照，無可否認地證實我長得像媽媽。

不過當媽媽告訴我這是我的親生父親，我渴望要模仿他，把自己完全變成他的化身，一絲一毫、一模一樣。

那是我八歲的一個深夜，蜷睡在由天花板上掛下來的蚊帳裏，只有放在地板上的風扇呼嚕呼嚕着搖動作聲，風扇轉到一邊盡端會加上喀啦喀啦的聲音。全靠這把風扇來降低上海炎夏蒸籠一般的高溫兼高濕度，也許可跟武漢的火爐媲美。悶窄的蚊帳，像風扇一樣，也是維持生存的必需品。雖然上海還算是

遠東最摩登的城市，有亞洲巴黎的美名，那時美國的殺蟲劑DDT 還不曾普及。

一個像廟裏羅漢頭模樣，被走廊燈光照得發亮的影子突然把我驚醒，隔着蚊帳的紗網，迷迷糊糊彷彿從廟裏供香的煙霧間浮騰而來。看到媽媽的滿面笑容，和那件她慣愛在家裏穿着的法國製、淺綠泡泡沙印花連衣裙，給我帶來一點安全感，令我知道那晚並非《聊齋誌異》裏的鬼神出現在我半夢半醒之間。

「你爸爸回來了！」她那過份興奮和熱情的語氣，是當她要我服從她的意見時慣常用的。

我用手背揉着模糊不清半醒未醒的視線，試把腦子裏一片混沌矇矓思維整定下來，一方面心裏疑惑着以往這些年來我叫爸爸的那個人到哪裏去了。連他也並不時常在我身邊，不定時隔幾個月才出現幾天而已。那段住上海的敵偽時期，我們過着遮頭掩面像老鼠避貓的生活，我也學會了默然不多問事的習慣。

不過當時才僅僅八歲的我由夢中猛醒昏疲，依舊呆呆地不知所措。

「叫聲爹哋！」 媽媽催着我稱呼面前這座像羅漢模樣的幻影。

「爹。」 我終於含含糊糊擠出一個字來。

「讓他睡吧。」一個陌生的男人聲音輕輕地對媽媽說，「他還沒醒來呢。」

把父親稱呼做爹哋，母親稱呼做媽咪，始於當時受西洋文化的影響，也就是變相的 Daddy 和 Mommie。

　　爸爸從外地回到上海，八年抗日戰爭結束，敵偽時期的恐怖生活恍然消散，街頭小販老少民眾都充滿了陽光氣息。同時美國物質，如奶粉、蘋果、橘子、巧克力和口香糖充滿了霞飛路（今改稱淮海路）上的店舖。

　　在從白俄羅斯房東新租下來的房子裏，媽媽置了一套摩登的紅木臥室傢具。那長大的梳妝枱有三面大鏡子，彷彿意味着我們終於能光明正大地看到自己的相貌。藏在樟木箱子裏面多年的絲綢綉花旗袍，也被拿出來掛在衣櫃裏備用。

　　爹咘，我新的爸爸，給我起了一個新的名字，紹球。他的外號叫地球，也就是說我變成地球旁邊的一個小球，於是我就開始期望我這小球，能以地球為偶像模仿他的一切，圍着他旋轉。

　　次日早晨，我這位羅漢現身的爸爸已被一群朋友圍坐在客廳裏，他們以一口我從未聽過的方言在高談闊論。這些陌生的音調既與北京話或國語不同，也一點不像當地的上海話，這群人好像在捏住了鼻子指手劃腳興奮地不停發言。

　　其中的一人笑着用帶廣東腔的國語對我說，「你這個小球如果要模仿地球，必須先學會說廣東話！」

　　父親決定請他的摯友盧毅安做我的粵語老師，盧叔叔認為最好以唱詩歌方法開始，就像他和我父親小時候家塾學四書五經詩詞歌賦一樣。第一首詞，他選了《出師表》。

　　盧叔叔先喝了一口鐵觀音，潤一潤嗓子，隨後諸葛亮的前《出師表》開首就以流水潺潺，順耳的音調在我跟前歌頌：

臣亮言：先帝創業未半

而中道崩殂，今天下三分

益州疲弊，此誠危急存亡之秋也。

　　這首粵語歌詞音調溫順，我彷彿在聽催眠曲一樣，跟我頭一次聽到父親跟他朋友們七嘴八舌的粵語感覺完全不同。可是盧叔叔同時意識到我對詞意一句也沒聽懂，他隨之耐心的把內容解釋給我聽，而且慢慢地叫我跟着他一字一句用粵語唱出來。

　　就這樣我學會了重用鼻音、比普通話多五個音調的廣東話。多年後我跟渝在成都觀賞武侯祠，面臨碑石刻有孔明前後《出師表》，當初學粵語時盧叔叔的頌詞音調，不由地在我耳邊迴響。我原想多逗留片刻，能細嚼慢嚥地回憶當年盧叔叔的音調，不過與我們同行的朋友催着去看都江堰，我沒有告訴他們我想多懷念童年的黃金時代。

　　媽媽常愛逗爸爸，笑他說的南腔北調官話——天不怕地不怕，就怕廣東人說官話。他也總以宰相肚裏能撐船，耐着性子地置諸一笑。

　　有一天我聽他笑着回敬我媽媽，「你要知道唐詩的押韻，用粵語比國語順耳，證明粵語的始源早過你的北方官話。」估計他的話有根據，二十世紀初旬瑞典漢學語言學家伯納‧卡格蘭（Bernhard Karlgren）研究中國歷來的語言音調，證明粵語較恰合於唐詩音韻。

　　難怪媽媽早就承認她比不過爸爸那套精細、複雜的心機，

所以朋友稱他為劉伯溫。

　　每天清早爸爸會把我叫醒然後跟他到書房，教我練書法習字。由研墨執筆開始，他選好紅木硬椅放在長條書桌面前，他說硬椅子適宜挺背端坐的姿勢。隨後把穿着的米白色對襟綢子上衣袖子捲起來，水壺裏滴了十幾滴水在大硯台上面，慢慢地要把硬墨研成墨汁。爸爸把這程序說明後我興奮地接過來試着照做，自以為研磨的動作愈快任務可愈從速告成，結果幾乎把墨水潑到桌面，好在沒挨罵。爸爸站在我後面把着我的手慢吞細活地在硯台上旋轉，也不知磨了多少功夫，爸爸看我開始厭倦的樣子，就接過去繼續研磨到墨汁濃厚得幾乎要凝結起來。

　　然後他為我選了一枝寫大楷的毛筆放到我手中，他說，「這是學寫字最重要的——怎麼執筆。」他拿着毛筆給我看，手指和手腕要作垂直角度，並且肘子必須距離桌面兩寸，與桌面平行，往後我才知道這就是所謂懸腕書法。

　　我一時感到懸腕非常費勁，把手腕放在桌面上彷彿容易得多，爸爸耐心的解釋道，如果手腕擱下來，就會限制毛筆在紙上有活力的運轉。

　　最初他讓我用九宮格棉紙，臨顏體碑帖。這樣無形中令我必須在毛筆落到棉紙之前預先考慮怎麼把一個碑帖上的字妥當地安排在那九個方格上面，不宜猛看一遍就馬上把黑字落到白紙上。

　　媽媽說父親寡言少語出了名，他認為以他的行為來教導我要比無憑無據的訓話來得有效。等到我長大成熟後才覺悟父親以教我書法，同時也把他秉持兩個潛移默化的特性給我，那就

是「耐心細緻、三思而行」。

當着我面，對着熟人時，媽媽愛逗着説，即使把大卡車壓在爸爸身上，他連一個屁也不會放出來的。

我聽着媽媽的京片子説出這句俏皮話，總忍俊不住地發出傻笑，像連鎖反應令媽媽也跟着我笑出來。

即使現在我已臨屆父親仙遊時的年歲，一旦聞到研出來墨的松馨，當年他握着我手研墨的情景，就不由自主地浮現在我眼前。

身為小球的我，不但不時圍着爸爸團團轉，我要外貌也模仿跟他一模一樣。有那時候的照片為證，我的分頭變成了光頭，並且也懇求媽媽給我做一套像爸爸穿的中山裝。

現在旅居美國，西方人士一般把中山裝叫做毛澤東夾克，簡稱毛夾克。可能是在他們的意識中，毛澤東以肥嘟嘟的手從天安門閲兵樓台上，朝下面平民百姓揮動着的印象，再加上那本幾乎傳為聖經的紅皮書，毛澤東思想，十足一幅帝皇天子神態，比孫中山的那幅莊嚴國父相更要值得留名於世吧。

父親回來不久後我就變成了他足下的一隻寸步不離的小狗，他給我加了一個粵語小名，狗仔。

按照廣東人習俗，一個被寵愛的孩子，為了避免引起老天爺的憤怒和妒忌，常被父母叫做小貓小狗。相等於俗語那句話，喜極生悲。即使美國的西南部原住民，閩勃勒族（Mimbres）會根據他們的信仰特將做好的精美陶器打破一洞以致巫氣消散。不過我猜想這與爸爸的用意有異，當媽媽提起一些傳統的習俗，他總打趣説她是個迷信婆。

　　媽媽常愛提起我剛出生就被那位法國醫院大夫宣稱我孱弱，難養大成人。他的斷言致使媽媽向各處救助，由請法國神父為我施洗，到找瞎子給我算命，各種加持以保我生命。

　　可能一方面媽媽的意識是要爸爸知道，她獨自把我這麼一個脆弱的孩子培養到八歲很不容易，可是，以爸爸自身經歷來說，他認為毅力能夠征服一切。像他在日本求學時期把自己鍛煉到能勝於同班高手，賽酒量也居眾人之上，都是一些男子漢的特質，難免面對像我這樣脆弱、弱不禁風的兒子，不以為然。

第九回：母親服毒

「醒醒！我帶你到大華醫院去。」復姨急切地把我從夢中搖醒來。那個秋初的三更半夜，就在親生父親回到我意識中的幾個月之後，是我這一輩子不能忘懷的第二個深夜。

反常地，眼前的復姨沒有穿着姨夫由美國寄給她的時髦衣料做的旗袍，而是隨便披上一件外套，連頭也沒來得及梳理。

「媽媽在醫院裏。」她解釋説：「別着急，她沒事。」其實我並沒了解復姨在説甚麼，只注意到她顯然很緊張的樣子，這麼突然深夜把我叫起來，卻又想説幾句安慰我的話。

那晚，臨睡前母親還特地到我床前，輕輕把絲綿被拉到我肩上，臉上並沒露出任何不尋常的神情。那天晚飯吃得比較簡單，只有我跟母親兩個人。父親為公事到南京去了；他不能忍受臭豆腐的味道，就像母親不能忍受他愛吃那些有濃味的外國乳酪，趁他不在，母親特地叫廚子到街上去買了炸好的臭豆腐。

復姨是母親最小的妹妹，母親最親的妹妹，也屬羊，比她整整要小一輪。因為差那麼多歲，母親叫她做小乖。她們之間，不但是姐妹關係，也有近似母女的情感。

抗日勝利後復姨隻身帶着我的兩個表妹由昆明到上海來，因為姨夫已出國深造。首次見到復姨，我就對她感覺特別親切。她的音調很像母親，也許還更帶着溫柔，像隻小綿羊。在我八歲的眼中，只有復姨能跟母親媲美，而且，她能賽過當年剛由

美國傳進來的好萊塢影片《玉女神駒》（National Velvet）裏的女明星伊莉莎白·泰勒。復姨才長我十八歲，偶爾母親出去應酬的夜晚，就請她來陪我，她就是我的守護神。

還清清楚楚地記得，有一個初夏的晚上，外面雷雨交加，只有突然的閃電把漆黑的天空劃亮，接着就是幾乎要震碎玻璃窗的雷聲，我緊緊地靠着她，她則緊緊地抓住我的手，兩人擠成一團，相依為命的感覺。她跟我同樣的既驚惶又害怕，令我對她比其他的家人更覺親切。

十來年前，正值毛澤東文化大革命四十週年，為追念復姨，我為她寫了一篇悼文寄給她的女兒獻給她的陰魂。

「當年，您受不了胸襟掛着罪牌，屢次受毆打跪地，被當眾吐沫的那種羞恥侮辱，就這樣您和姨夫雙雙同日自盡。國家失去了中國第一位精密機械儀器專家和精密儀器工程系創建人，而我失去了幼年最親密的復姨。」文革數十年後我母親向當局請願，為她最疼愛的妹妹伸冤，在埋着七百多人的土墳堆裏終於掘出他們兩人的遺灰。表妹回信説她把我的祭文帶到復姨和姨夫靈塔前焚化，按照我們的傳統信仰，期望她老人家在九泉下能聽到一兩句我的哀禱。

復姨把我叫醒的那個黑夜，下樓的梯階和通門口的走廊都是一片漆黑。她手裏電筒射出一線亮光，在我還沒醒透的眼前搖搖閃閃像鬼火一般。司機在街門口已為我們打開後座車門，看他的樣子也沒來得及穿好衣服，不像慣常的襯衫長褲，只把棉襖套在睡衣褲上站在車門旁。我也沒機會詢問母親怎麼被送到醫院裏。

　　車窗外，法租界的街頭巷尾是我從未見過的冷清黑暗，在日光下搖曳的梧桐樹和斑駁的樹幹變為一片片沉默的陰影，白天熱鬧的人群和街頭那個吆喝天津糖炒栗子的小販都消失得無影無蹤。

　　轎車後座上，復姨緊執着我的手，嘴裏不斷地對我說，「別着急！媽媽沒事。」彷彿在喃喃地唸經。

　　大華醫院的門牌對我並不陌生，院長金醫生是母親的熟朋友，我經常跟他的小女兒在隔壁花園裏遊戲。三姨媽由美國產婦科留學回來後，也常在這間醫院裏為病人做手術。我跟金醫生的小女兒同時割扁桃腺後，就住在醫院頂樓他們家裏接受特護照顧。當時冰淇淋在上海還不是很普遍，手術後我們卻可以無限量地享用，像每年一次的慶壽宴會。那個年代，醫生一般都鼓勵把扁桃腺割除，報紙還曾登出全家孩子們同時割除扁桃腺的新聞。雖然金醫生是母親的好朋友，她說當時我的手術費也花了足足一兩黃金。後來我們聽說文革時候金醫生也被抄家批鬥，在我當時住過的醫院四樓跳樓自殺。

　　那天黑夜裏，司機把我們快送到醫院的時候，眼前一片漆黑，不像我以往來遊戲時的歡樂氣氛。前面幾盞螢火蟲一般、小小的夜明燈，情景就像以往夏夜在金醫生的虹橋別墅作客，保母給我們講鬼故事時，常警告我們這些孩子們說的，螢火蟲出現的時候，鬼怪也就跟着要出現了。

　　一位看護走過來，我瞥見掛在牆上黑框子裏的時鐘指着凌晨兩點五十五分，在那幽暗的光線下我不太肯定正確的時間，但那位看護居然對我微笑，彷彿想安撫我的恐懼。我認得這位

看護，割扁桃腺手術後她曾照顧過我，也記得我回家痊癒後母親帶着我到醫院來送她們一些謝禮。

不過這位好心看護的笑容並未令我安心，我看透她的表情是故意安慰我，不肯告訴我母親的真實情況，那時刻我全副心思只想盡快地趕到母親身旁。

這位看護領着我們搭上電梯，電梯的齒輪嘰哩嘎啦轉動，漫長地終於上到三樓。拉開電梯門呈現在我面前仍然是一片漆黑，比醫院的入口更黑暗，等到我眼睛適應了這周遭的黑暗後，終於看到走廊盡頭有那麼一絲微光。復姨把我的手握得更緊了，大概是為我也為她自己壯膽。我抬頭想看看她的面色，可是走廊裏光線太暗實在看不清楚。

好不容易走到有燈光的病房門前，終於看到媽媽的面容 —— 她躺在一個比家裏的床還要高許多的病床上。復姨情不自禁地衝到床邊，激動地叫出來，「三姊！」隨後又記起遺留在身後的我，馬上回過頭來牽我過去，她眼眶裏噙滿了淚水。

接着我聽見媽媽的聲音，「別着急，我的寶貝兒子！」氣若游絲的她，上氣不接下氣，全不像往常那麼樣開朗響亮。她臉上帶着勉強擠出的笑容，而眼神又彷彿充滿歉意。

我腦中一片混亂，完全不了解為甚麼母親要對我道歉，比在夢中被叫醒，初次面對陌生的父親時還要混亂。至少那時候還有媽媽在一旁讓我安心，而這次面對的只有冷酷、無情、陌生的病房。

媽媽向我伸出手來，我趕緊過去握住她，恨不得再也不放手。

六十多年後，經過一場幾乎喪命的心臟手術後，看見女兒

踏進加護病房來到我的床前，我才終於體會到當年母親在危急的時候，見到我出現在她身邊時的安慰。

復姨隨後到床的另一側去牽着媽媽的另一隻手，她看見那手膀上插着靜脈管子，心如刀割忍不住咬着顫抖的下唇，淚水流向兩腮，我卻聽到媽媽在安慰復姨，「小乖，你別難受掉眼淚了，要不我也忍不住了。」

大華醫院院長金醫生的太太突然來到病房門前。

「實在對不起，這麼夜深把你們都打搞起來！」母親喘着氣地向金太太致歉。就在那時候，我發現墊在母親身下的白床單上染了一大片鮮血。也不知道那時自己怎麼會想到這是鮮血，雖然割扁桃腺時我住過院，也見過鮮血，不過從未見過這麼多的一大片。

「有沒有通知她的丈夫？」 金太太對着復姨說。

「他已經由南京搭夜車趕來。」復姨嚴肅地回答金太太，令我察覺到她對金太太有所不滿。

金太太這時也看見媽媽床單上的鮮血，她馬上吩咐看護更換床單，我們也隨着被驅出病房。臨離開病房前我聽見看護低聲說：「沒關係，很容易洗掉。她月經來了。」雖然不了解月經是甚麼，不過因為我是個獨生子，聽慣大人談話，可以意識到金太太對我媽媽並不是真正的關心。

記得以前有些看護私下對母親發牢騷，說這位金太太待人刻薄、斤斤計較，不像金醫生的第一任太太，自己也是醫生，很和善地對服務人員一視同仁。

多年後聽說大陸解放後，金太太帶着愛女和珠寶家私逃到

香港，紅衛兵抄家時，金醫生由屋頂四樓跳下自殺。

我們回到醫院門口時，復姨對我說，「你媽媽沒事了，金醫生是她的熟朋友，會好好照顧她的。」她臉上帶着強顏歡笑，眼睛裏依然閃着淚光。

回程路上復姨好像比較放鬆一點，她對金太太很不滿意，好像對血染的床單比我母親的狀況還要關切。

我問復姨媽媽為甚麼進了醫院，她把手指放在嘴唇上表示不要多問，然後用低得幾乎聽不到的聲音告訴我，「她吃錯了藥。」

我想再問是甚麼藥，復姨卻表示不要再說了，我多問也不得要領。

那晚復姨就陪我在客房裏睡，第二天清早父親趕到。傭人們各自忙着，好像有意迴避跟我說話，不過我經過廚房時無意間聽見他們竊竊私語，只聽到陌生的兩個字「服毒」，看到我大家馬上閉嘴不語。

當我問復姨服毒是甚麼意思，她立刻反問我從哪裏聽見的。我答傭人之間鬼鬼祟祟在傳說，復姨叮囑我不要聽他們之間的鬼祟話，他們懂得甚麼？

接着下來的幾天，上上下下忙個不停：由家裏到醫院病房，來來往往，為母親送替換衣物，讓廚子做她喜歡的食物，可是母親還是堅持我必須每天回家午睡。

雖然復姨和傭人們非常周到地照顧我，但是我等不及媽媽回家的那一天，家裏有一種難以言喻的空洞感：彷彿在逛永安公司的新傢具部，樣樣俱全，可是默默無言，缺少了最重要的生氣。

　　媽媽終於可以回家的那一天，爸爸攙扶着她，生怕她會不慎跌倒。慢慢地走進家門口，她慣常活潑神速的腳步彷彿被遺留在病房裏，媽媽的面色很蒼白，幾乎像京劇裏唱白臉的。她平時最引人注目的炯炯雙眼，卻顯示着我從未見過的慘澹無神。

　　父親對她的殷勤照顧，無微不至，生怕母親倒下不起，是我以前從未見過的。他取出一個錦鍛盒子裏裝着陳舊象牙似的高麗參，吩咐傭人拿去熬給母親喝，另外又吩咐傭人去買各種補品藥材、烏骨雞、鱉魚等用來燉湯為母親補身壯力。這些補品的烹調不是我家揚州廚子所能勝任，都由那個廣東女傭代勞，無形中引起這兩個傭人之間的摩擦和妒忌，因為廚房本來是揚州廚子的領土，他不喜歡別人干預插手。

　　在種種精心的調理下，母親終於日漸康復。有一天她起床坐在客廳裏，看見我憂心的樣子，便把我拉近身邊說：「別着急，我的寶貝兒子，為了你我會迅速復原的。」她的聲音特別細軟溫柔，把我抱得更緊一點。僅八歲的我並不能完全體會她話中所含的深意，不過我明白她非常愛我，並且知道她會盡快痊癒，讓我安心。

　　那天晚上她病床上的鮮血和她膀子上的插管，形成我心中揮不去的陰影，令我警覺到我幾乎失去了生命中最親愛的人。母親的歸來，令我能重回她的懷抱，令我感到無限慶幸，並且領悟到她是天下最好的母親。

　　不過她以往光彩奪目的眼神卻不復見，我已不記得多久以後，才再次見到她回復昔日的神彩。

第十回：美意延年

　　母親從醫院回家後的一個多月，父親就被國民政府派到東北去接管中長和南滿鐵路。那時候蘇聯已在暗地裏幫助中共開始內戰活動，東北就是八路軍的大本營，也就相等於內戰的前線。

　　因為在中日戰爭的中期，東岸物資鏈供應被日本切斷，內地政府需要的物資轉由緬甸輸入。以父親當時管理西南運輸總局的經驗，政府認為他最適合接管東北前線運輸的重要幹線。

　　媽媽留在上海繼續慢慢休養生息。仲秋是待在上海的好季節，在法租界馬路上的梧桐樹尚未落葉，那五角形、狀如手掌般肥大的樹葉，夏天趁吹微風時，可拿來當扇子用；一到秋後碧綠的葉子就轉成橘紅或鮮黃色，彩色繽紛加上斑駁的樹幹，尤其像在為行人們打着多彩的陽傘，非常宜人。

　　那年的初秋媽媽為我找到一位家庭老師，在敵偽時期她不敢讓我上學或跟外人多接觸，以防被人發現我們的真實身份，因為父親在內地擔任重要工作。

　　「你會喜歡這位老師，他是你三表哥的同學。」她知道這是我第一次正式讀書，特地要消除我的疑慮。也是因為她自己正在準備前往東北，認為突然把我送到一個陌生的學校，沒有她在跟前不太適當，不過她還沒把北上計劃告訴我。

　　三表哥是姨媽三個兒子中長得最帥的。這位姨媽其實並不

是媽媽的親姐妹，而是遠房親戚，在敵偽時期他們也住在法租界，離我們家不遠，對我們也頗為照顧。為了表示親切，媽媽就叫我稱呼這位表哥為三哥。

光復後三哥在聖約翰大學就讀，同時加入了共產黨地下工作。他父親是個公子哥兒出身的銀行家，母親是位賢妻良母，老式家庭婦女，非常能幹，不過沒受過高等教育。三哥知道我媽媽思想前衛，戰前在北大修俄文，所以愛來我家跟媽媽談話，討教她的意見，他對我也很和善，見面總是笑臉相迎。

記得有幾回他趕到我們家，神色慌張，媽媽就讓他留下過夜，清早我起床時他已不見了。後來才知道他來是為躲避抓捕，因為當時我父親在政府的身份能給他一些保障。解放後聽說他被派在劉少奇手下工作，最後一次我和他見面是在平反後八十年代中旬，他因研究經濟學被派遣出國，途經舊金山來拜訪我母親。我帶他到北海岸去度了一個週末，當年的帥哥已老邁，當年那個滿懷雄心壯志想為新中國貢獻的青年，被無情歲月和時局折磨成為一個愛談生意經和雷根總統的庸人。

在上海三哥給我介紹當家庭老師的那位同學姓阮，阮老師待人非常和藹，聲調溫柔，口裏從沒一句厲言。他親切的眼神不但令我感到安心，也讓我覺得他是一位可以信任的人。

第一課講的就是三國，漢朝末年劉備、關羽、張飛在桃園結義為患難與共的兄弟。他把背景歷史、地理、人物，編成連串的故事，足可賽過現今電視台風行的連續劇，令我聽得全神貫注如癡如醉，不願課終，只求下一課趕快來臨。

最精彩的是諸葛亮，這位幾近萬能的臣相我已經在父親的

摯友教我粵語時接觸過，阮老師把前因後果、人情冷暖、利害衝突，像孔明敍述，宮中府中、上下左右，一一為我解説。

在我八歲的腦海裏，孔明借東風的故事簡直是神乎奇技，可是阮老師把諸葛亮的天文知識，再運用祭神的幻局來操縱人心，這些妙計耐心地為我講解，就這樣把枯燥而複雜的歷史，活靈活現地展示在我眼前。

一個多月後，母親準備要隨父親北上，我已被阮老師的連續故事所吸引，每天早上引頸以待。晚上母親安排好請復姨來陪我吃晚餐，直等我上床後她才回家，當我求她陪我過夜，她溫柔地對我説：「如果我待在這兒，瑾瑾和瑂瑂就沒人看顧了。」那是復姨的女兒，我很喜歡和她們玩耍的兩個表妹，尤其是只比我小兩歲的大表妹，跟我玩得很投契。

「那我跟您一塊兒回到您家去。」我還不肯放棄地懇求。

「週末我一定帶你去。」復姨答應了。

復姨和表妹們住在英租界，房子是用紅磚建成。後來我看了狄更斯著作令我回想到當年的英租界。記得她住在二樓，客廳朝後面是天井，有個很大的陽台。

有一次我拿了洗米用的竹簸子，再用綁了細麻繩的筷子支起來，問傭人要點兒剩飯放在簸子下，我跟表妹們躲在室內，一旦麻雀進入竹簸取食，我從裏面把繩子一拉，就可把麻雀困在竹簸裏面。

兩個較我年幼的表妹全神貫注地看着我的動件，頭兩次我拉得不夠快，讓麻雀飛掉，第三次終於成功，我們都非常興奮。想到在馬路上看過賣炸好在串子上的麻雀，我就得意地把麻雀

放進鍋子堅持自己加上醬油烹煮，開飯時叫女傭拿到桌上，只是我沒想到需把羽毛和內臟預先去除。

復姨看了嚇一跳趕緊叫傭人從桌上拿走，臉上一副哭笑不得的表情，雖然我沒挨罵，但她的神色告訴我，以後也不要再做這些頑童事。

其實兩個表妹家中有足夠我們玩的遊戲，除了撲克牌、麻將和用兩手挑出繩子各種花樣之外，最令我們百玩不厭的是姨夫由美國剛寄來的「大富翁」。這不但幫助我們學習加減法來算錢和理財，也讓我們第一次接觸到英文詞彙。那塊印得精細多彩的版面令我們把玩不已，直到復姨催我們上床睡覺。

每次待在復姨家，我都覺得週末過得太快，恨不得多待一天，不過一旦回到自己家，第二天清早又可以聽阮老師講那連續劇模樣的課程。

有一天老師剛結束了一段曲曲折折的三國歷史，我抬頭問他：「服毒是甚麼意思？」

他發愣地對我看了一下，好像絕沒想到這句話會由我嘴裏吐出來，不過也沒像當初我學了一句粗話，被母親聽到後對我的教訓責備。

他斟酌了一下，低聲地說：「吃毒藥。」

母親那晚躺在血淋淋的病床上的鏡頭即刻重現在我眼前，為甚麼母親要吃毒藥？

阮老師發覺我的臉色煞白，馬上關切地問我：「你從哪裏聽到這句話？」

「我聽見傭人之間在說的，不過沒聽得清楚。」我連忙含

糊地説。

「大概是他們在報紙上看到的新聞吧。有些事太複雜了，不是你這個年紀該知道的。」

他接着開始講下一課的故事。阮老師對我的解釋是出於善意的，正如第一次見面時我對他的直覺，他充滿了善良和溫柔。聽說文革平反後，他曾發表過一些關於佛教對中國歷來影響的學術文章。

不過，當時他的答覆並沒有解答我心裏的疑問，八歲的我無法理解為甚麼我最心愛的媽媽要吃毒藥。為甚麼如此愛我的媽媽要服毒離開我？到那時為止我的腦海裏只有陽光普照的童年樂園，從未面臨服毒那種陰暗和恐怖。

我知道再去求復姨，她也不會跟我多說甚麼。這椿心事就像百日咳，讓我咳得日夜不停，甚至把剛吞下去的一口米湯都吐出來，心想連命都快沒了，可是終於，一時難忍的苦楚慢慢消失，身體也漸漸恢復過來，繼續活下去。

次年春末，樓下後院街頭的樹木長出綠芽，白俄房東養的鴿群也在巢裏嘰嘰咕咕熱鬧起來。媽媽從東北帶回來一本織錦冊頁，封面左側「美意延年」，是母親多年摯友褚保權的先生沈尹默題的四個篆字。裏面有許多當代書畫名人讚美父母親結合十週年的書畫與賀詞，我拿在手上翻來覆去，欣賞着秀麗的國畫和書法，母親不耐其煩對我詳細解釋內容，並特別囑咐我小心不要把這本寶貴的冊頁弄髒。

多年後我才終於看懂父親在這冊頁裏書寫的草書，他借用慶祝母親的四十壽辰，向外宣布十年前由於當時環境所囿，不

便透露他們兩人的秘密婚姻。同時，他也當眾向好友周叔叔致謝，在敵偽時期幸得他照顧我們，接着父親的宣詞就是周叔叔的數頁答詞。

在那本陳舊的相冊裏有一張很大的照片，紀念母親四十壽辰的宴會。一個丁字形的長桌佈滿酒席，丁字的盡端一個三層高的生日蛋糕，母親身穿嫩綠色緞料旗袍，胸前繡着一朵盛開的玫瑰花，我記得是在上海時，她叫裁縫來家裏選料訂製的。她滿面春風，恰臨要切蛋糕時所攝；父親坐在她的右邊，抬頭看着她，充滿了愛慕溫情。

見到這些實證，我才能逐漸揣摩父母親兩人結合那複雜的前因後果。

「這就是我當年服毒的原因。」在她紐約小公寓的早餐桌上，母親終於解開箇中真相。

這句話後，正接着讓我看到父親否認我是他所出的那封信，前後這短短的兩句話，像岳飛母親在他背上刺的字，經過這許多年的風風雨雨，還是深深烙印在我的腦海和皮肉中。

這些往事，伴隨着父母親不尋常的婚事，令我好像在迷魂陣裏打轉，至今依舊未能釋懷。

母親入院的第二天，復姨帶我去探病的回程路上，我又忍不住問她媽媽為甚麼會吃錯藥了。「媽媽為了要保護你的名譽。」我未能了解她答案中的深意，只隱隱感到媽媽入院所受的這些苦楚，我也要承擔責任，她是為了我而承受的。

幸虧那晚復姨深夜給母親掛電話卻沒人接聽，於是立即通知醫院搶救而保全了媽媽的生命，但她為甚麼選擇服毒保護我

的名譽？

　　從小我就聽過母親對姨太太的深惡反感，她認為外婆的早逝也是因為外公的第一個側室，我能想像在母親的眼裏沒有比予人為妾更令人羞恥的。

　　由那本錦繡書畫冊裏的宣言，她跟父親的結合發生於十年之前，那麼在這期間她肯定認為我沒有法律的保障，所以她決定以服毒來促使父親，對公眾正式宣布他們十年前的婚姻。

　　那麼母親的用意並非要離世，而是要保護我不是私生子的名譽。

　　在我所看的中文文選或史記裏面，兒子不至於被家人族人遺棄，即使在皇室朝廷，繼位皇子也不一定屬於正宮所出，所以母親促使父親當眾宣佈，證實他們的合法婚姻，也是為了證實她不是妾室。當然，可能當時母親認為她確實在保護我的名譽。

　　母親的生平撲朔迷離，不是做兒子的我能透徹了解的，猜想若被稱為一個神秘的女人，她也會置之一笑。

　　有許多關於她的身世，等到多年後我才發覺。譬如說，在她仙遊前兩年，才告訴我，有位比我長十來歲的異父姊姊。她曾提過第一次婚姻的曲折過程：剛成年不久的母親，就被外公逼迫下嫁給她切齒痛恨的姨太太的親信──外公手下的一個駐俄外交官。

　　她告訴我，最後外婆懇求她答應這樁親事，「孩子啊，如果不順從你爹，娘就會沒命。」

　　母親接着說，她的洞房花燭夜如同被陌生人強姦的血夜。因婚後她始終不肯屈服，還被迫忍受丈夫喚進俄羅斯妓女到家

裏來教她的恥辱。

所以當母親得知外婆去世的消息，就即刻由俄回國，堅決要離婚。根據當年的法律，他們的女兒被裁定屬於丈夫，並且作為母親的她必須放棄一切接觸女兒的權利。母親只保留了一張女兒的照片，她叫亞都，是外婆取的名字，受孕在俄羅斯的西伯利亞，出生在北京。

「以後有沒有她的消息？有再跟她聯絡？」我聽後趕緊追問。

「等我安定下來，接着就是抗戰八年。最後跟她分手是在哈爾濱。勝利後我去東北也找過好幾次，大陸開放後又曾經向這裏的中國領事館詢問過，因為共產黨對各處居民的遷入遷出都有紀錄，但也沒查出下落。」

「也許在戰亂時候被日本人殺了，也說不定。」她嘆了口氣，我聽着只覺一陣心酸，默默無言。

當時外公激烈反對母親與丈夫離婚，甚至翻臉，隨之母親跟外公斷絕父女關係，原來家族名字管義芬，從那時候改為管鈺章。

母親去世了幾年之後，我去拜訪她的一位世交摯友，那位高齡阿姨跟我閒談時無意地說：「你媽媽跟你父親結合是她第三次婚姻，不是第二次。」我聽着覺得簡直不可思議。「那以前，她還跟教育部的一位秘書長在一起。」我啞口無言，不便向母親的老朋友多追問下去。

我母親確是一個神秘的女人，她上了西天已三十餘年，可能還有其他的、我這輩子追尋不完的故事。

第十一回：瀋陽春秋

「吃了飯沒有？」我好高興聽到媽媽的聲音，這從東北傳來的長途電話中的聲音。可是當復姨把電話交給我，讓我跟她說話，我卻幾乎像啞巴，只回答了短短的兩個字「吃了」。當年的長途電話音色也不十分清楚，聽着好像是由千萬里外傳過來，挾着雜音，有一次才說了幾個字，電話就被切斷。

雖然復姨跟傭人照顧得無微不至，阮老師的課程依舊令我引頸以待，可是心頭想說的話：媽媽我好想念您，卻總卡在喉嚨裏說不出口來。

春末的上海漸漸地暖和起來，傍晚街上梧桐樹的綠葉裏摻雜着嘰嘰喳喳的麻雀飛舞。每個禮拜都會收到兩封媽媽的來信，可是到達時日期不很準確，因為由東北來的郵運火車軌道經常被共產黨的八路軍炸斷。

阮老師督促我每週寫一封信給父母親，等他們看到我的信時，內容卻已經不是新聞了。

「出去的時候一定要穿件毛衣。」媽媽在電話裏囑咐我說。「在瀋陽院子裏還有雪哪。」她知道我沒見過雪景，其實，當時我對東北三省的位置都不十分清楚，只有模糊的概念——東北在北京以北。

「那裏冷嗎？」

「不冷。我這兒有絲棉襖跟皮斗篷，也給你做了皮斗篷。」

「媽媽，您甚麼時候回來？」

「就快了。阮老師的課怎麼樣？」

「挺好。」

「有沒有好好吃飯？」

「有。」

「乖乖地聽復姨的話啊！」

「我會。」

「三姊，別擔心，弟弟又乖又聽話。」復姨把聽筒接過去跟媽媽說，使她安心。

我不願在電話上說太多，因為我的音調正在開始轉變，有時候不由自主地發出像癩蛤蟆鳴叫一樣又啞又低的怪音調，跟傭人說話的時候這音調就會突然由我喉嚨間跳出來，她們聽着也忍不住遮面而笑，令我又窘又羞，不想再開口多說。

母親還囑咐那女傭人幫我洗澡，怕我自己偷懶洗得不夠乾淨，這也令我覺得愈來愈窘，因為我注意到自己身體的其他部份也在開始變化。

好在媽媽不久就出現了。我的興奮不僅是為了跟她團聚，也是因為她就要帶我一塊兒到從未去過的東北。

「我們先在北京待幾個禮拜，再帶你去東北。」

「那我們會待在你以前住的老房子裏嗎？」常聽母親跟復姨閒聊的時候提到北京的老家，也看過她們在那裏的照片。

「不，另外有人住在那兒。我會帶你去看看，也會帶你去看故宮。」

「爸爸也會跟我們一起在北京嗎？」

「他只能來幾天，因為他不能離開他工作的地方太久。」

「那麼我們會跟他去東北？」 我等不及要去看那地上有雪的地方。

「別急。我們會一塊兒去東北的。」

父親認為去東北最安全的路程，是由北京搭飛機到瀋陽，我有點失望，因為我盼望着坐火車去，重複他帶我們坐掛車去逛杭州那次不能遺忘的旅程，不過當時東北的鐵路軌道常被炸斷。

我們搭乘的那架雙螺旋槳飛機兼作軍用。跟我們由上海去北京的四螺旋槳 DC4 客機完全不同，軍用機艙是芥末綠色的；位子也沒有椅墊，秋收後的天氣，臀部坐在鋼鐵板上像坐在貨倉裏的冰袋上。

飛機升到雲層後溫度很快下降到零度，好在母親為我備有厚呢大衣、絨耳罩和手套。可是母親未能為我減少那架軍用飛機在深秋的東北上空所遇到那些淘湧狂暴的氣流，我用盡全力來壓制胃酸的波動以防嘔吐。

「想法子像我這樣深呼吸，」媽媽看着我臉色發青，緊緊地握住我的手，一方面做給我看怎樣深呼吸，另一方面安慰着我，一直到飛機終於在瀋陽機場降落。

好不容易走出飛機鐵門，兩腳踏到實地，可是還覺得身體有點晃盪，面對着父親和其他來接我們的朋友，突然間不由自主地把胃裏的酸水和吃喝過的早餐全部吐在他們面前。

父親一臉僵窘難堪的神色似乎在告訴我：好強的他，目睹着像我這樣一個坐了當時最先進的交通工具，卻表現得弱不禁

風的兒子，是多麼叫他失望。

就這樣，我踏進了期望許久的東北家園。當轎車開往我新的家，我沉默無聲地坐在父親身旁，低頭看到自己新大衣領上還未擦淨的嘔吐痕，恨不得有地洞可以鑽入，只有坐在另一側的媽媽給我一點安慰。

新的家園是一棟西式的日本房子，前院林木修葺整整齊齊，全然是歐洲官邸模樣，後面卻有個深闊的日本庭園，有着假山和錦鯉魚池，以前是日治南滿鐵路總裁官邸。

車子開到大門口，全體服務人員穿着制服在門前接待我們，令我回想到母親為我慶祝生日而去的上海國際飯店場面。下車後我低着頭，害羞自愧地緊跟着父母親走進了這所房子的大門。

入口的大廳像是十九世紀法國殖民地豪宅的款式，正中掛着一盞燦爛奪目的玻璃枝形吊燈，地板擦得錚亮，映照着那燈的亮光。

臥室和我的房間都在二樓，每間臥室，除了正房外，還有一間被日本式紙糊拉門隔開的榻榻米側間。拉門一打開，一陣微香的鮮草味送進我的鼻子來。

最新奇的是樓下三間套房的日本澡堂，包括第一間更衣室，正中一間專為把身體刷洗乾淨，最裏面一間較小一點，一開木門一股熱氣撲臉，往裏看彷彿在騰雲駕霧，屋子盡頭放着一座跟我一般高的巨大木桶，是專為泡澡使用。

父親由年青時在日本留學開始，就蠻欣賞一些日本習俗，特別是日式的熱澡堂，日文漢字稱為御風呂。我們到達瀋陽後

不久，寒冷的冬季就來臨了，父親認為這是利用家裏現成風呂最好不過的機會。

傭人已將浴室衣着和毛巾都準備好了，父親洋洋得意地領着我們進入這浴室套房，教我們怎麼享用這風呂設備。他先在更衣室脫下衣服，然後走進中間浴室用木刷和肥皂把身體洗乾淨，隨後踏進那蒸汽撲面的內間。

「這熱水泡着舒服極了！你們快進來呀！」他的聲音由那朦朧的熱霧中傳出來。

母親正幫我把衣服脫下，我在她面前卻不像在女傭人面前那麼尷尬，因為自小她就與我同浴，從來沒有給我羞恥感。然後她又照着父親教的方法，幫我把身體洗乾淨。父親已經不耐煩地在那大木桶裏等着我們。

我踏上木桶前的兩級木階，把手指戰戰兢兢地放到水裏面試探有多熱，沒想到水的溫度那麼滾燙，唯恐下去就會被燙熟了。

父親看我猶疑不定，一把手將我拉進木桶，令我驚叫出來。

「不要害怕，一會兒就不燙了，熱水對你身體有益的。」

不顧一切地像逃命一般，我爬向站在桶旁的媽媽，希望她會把我拯救出來，可是她並未對我表示同情。

突然父親把我從水裏一把拉將起來，他用的那份猛力令我直覺到他對我的不滿。顫顫抖抖地面對他那水淋淋的強壯身軀，使我初次領會到，他比我大多少。不由自主地我把頭轉開，不能面對，而又潛意識地欽慕父親的雄壯體格，同時體會到自己之不足。

也不記得最後怎麼從那滾湯裏逃出來，找到一塊遮身的浴巾，聽見母親追着說：「明天你再試吧，我會再待一會兒出來。」

一時我只想逃回自己的房間，逃離那個浴室，離開父親，離開他們兩個人；包括母親在內，因為在那艱難的時刻，她並未對我表示同情。

父親沒有再要我嘗試那個熱湯浴，也沒再提起那天的經過。他終究是個守口如瓶不多話的人。最近我在望着金門橋和灣區東山域的臥室，那一端安置了一個日式風呂。七十餘年後，我終於也可以欣賞當年父親期望與我分享的日本泡熱水澡堂的習慣了。

住瀋陽的一兩年間，我們父子之間的情感，彷彿跟着時局轉變一樣，即使不完全像時局那樣的惡化，至少是日漸疏遠了。中共的八路軍炸毀鐵路幹線愈來愈勤，幾乎是家常便飯。在飯桌上，我目睹着父親情緒惡化，每臨路線被炸斷，好像是對他個人的攻擊。蔣介石把知名大將陳誠調去東北，保衛日本人留下的重工業核心。

也就在這東北危急存亡的短短一兩年時間，促成了父親與陳誠維繫多年的持久友誼。

「他是一位清白的忠誠愛國官員。」我還記得這是父親對陳誠的評語，他沒有明言，當時一般蔣政府的官員多屬於利己貪污的腐敗分子。

國民黨喪失大陸，撤退到台灣島嶼，不久父親被派出國到東京協助與日本簽戰後和約。母親聽到由台灣來的朋友說，陳誠的肖像出現在台北總統府蔣介石的巨大肖像一旁，她冷笑着

説：「老蔣把這位老實人請出來，鎮壓一般人對政府腐敗的不滿。」陳誠卸下以前的軍裝，改穿西服領帶，那副誠懇的眼神和長長具有智慧的高額頭依舊未變。

我在麻省理工學院讀書的時候，住在劍橋的一個閣樓學生房間，陳誠的兒子是我的近鄰。他沒有父親那雙透徹澄明的眼睛，不過為人隨和、文質彬彬，並且寫得一手流利好字，不像他父親為我父親賀七十壽辰，送的一幅橫匾下款所題的那幾個僵硬的楷書。

跟陳誠的兒子我避談政治，料想他會支持蔣介石政權。我已經由母親那裏旁聽到很多關於老蔣政權的腐敗，更不要說我那時正沉迷着閱讀美國記者埃德加‧斯諾所寫的《西行漫記》（英文版："*Edgar Snow, Red Star Over China*"），把當年在延安的中共領導人物，像毛澤東、周恩來，幾乎恭維成中國的救星。

父親不僅因為堅決反共的思想，跟他的老戰友陳誠站在同一線上，此外，他們兩人都欣賞書法。陳誠的岳父譚延闓不但是當代知名楷書家，也是名收藏家和開國元勳之一。

陳誠送給父親的那幅何紹基橫匾，如今仍掛在我的客室，是父親與陳誠兩人在東北開始成為戰友，和多年同盟反共友誼的見證。

在瀋陽的最後那一年，跟父親接觸的機會愈來愈少。他經常工作到深夜，即使回到家也常在會客廳裏閉門開會重門深鎖，令我憶起戴笠黑夜到我們家的那種機密情景。

要務纏身的父親卻為我找到一位家庭老師，李老師的父親

曾任駐美外交官，也是父親同鄉。老師能說一口流利的美式英語，上午到家裏開始教我英文字母和一些簡單詞句；下午常帶我到叢林深處的小溪畔，找些還沒變成蝴蝶的青綠毛蟲、靜水區的蝌蚪、各種爬蟲和濕泥下的蚯蚓，為我揭開了奧妙無窮的小動物世界。最合我心意的是李老師沒有反對我把一些毛蟲、蝌蚪和蚯蚓帶回家裏的後院，放在由廚師找來的大醬菜缸裏，觀察和等候牠們的成長。

最近看到記者訪問較我大兩歲餘的著名音樂指揮家小澤征爾，回憶他在瀋陽的童年，雖然那時候是日本人的奉天天下，卻令我聯想到被李老師引導下的質樸宜人初夏。更記得我正準備要進醫學院的那年夏天去紐約探望母親，偶然在街頭遇到李老師，一時幾乎沒認出來。當年在瀋陽的那位英俊少年，已鬚髮灰白，整口無牙。請他到母親家稍敘久別重逢，談話時卻聞到他酒氣撲鼻。

八路軍游擊隊破壞鐵路幹線日漸增多，修理工人來不及修補，由江南供應的北上糧食物資遂告停頓。家裏由白米飯改用黃豆為主食，母親並未抱怨，不過有熟朋友來吃飯時，她會向他們道歉：「到這個局長家連米飯都不能招待供應，反而得給你們吃大豆。」一般來說大豆是餵豬的食品。

可是父親認為在危急困苦時，做長官的人更要與庶民共度艱苦，他堅持對母親說，老百姓一天沒飯吃，我們也不該吃飯，該與他們共患難。

母親善於適應環境和隨機應變。敵偽時期我們在上海已飽受各種困難危機。她想出各種方法煮食大豆，我尤其喜歡她做

的雪裏紅燉黃豆，不過現在回想到母親當時善用雪裏紅，幾乎是預兆着紅軍不久就將奪取到這塊常見冰天雪地的東三省。

　　母親不但精明能幹地適應了這段危難日子，並且從未在我面前抱怨被紅軍圍攻的苦楚，所以我未產生像父親的那種反共精神。

　　即使臨到極危急的那段時間——父親幾乎需要晝夜不停應付紅軍所造成的危局，以他寡言少語的個性，也未曾對我解釋過他堅持反共的抱負由來。慣常地，他認為以行為來傳達自己的意志優於滿嘴喧嚷口號，我認為像他那種為老百姓服務，己所不欲勿施於人的偉大理想，更接近最單純的共產主義，不像他所隨從的蔣政府政策。

　　最使母親抱怨的是父親在腐敗的烏鴉群中，堅持自身清白的意志。在這段危急時期，一般官員家裏依舊不改其樂，吃着白米飯，而我們家裏卻以大豆招待客人，她認為這反而把我們孤立了，使吃白米飯的官員在背後嚼舌説父親要顯出居人之上的傲慢行為。雖然她知道父親不是個隨群的人，不像老蔣——口是心非，未履行國父孫文的三民主義。

　　多年後，當母親已脱離被蔣政府控制的範圍，我問她怎能證實蔣政府的腐敗，她才直言是戴笠私下親口告訴她的，身為老蔣的特工頭子，他也暗地裏為老蔣主持由緬甸進口的毒品，包括跟上海青幫杜月笙的私通，更不用説暗殺政敵的地下工作。

　　在飛機出事前，他曾對母親披露真心話和顧慮：「我知道的太多了，可能會被消滅。」

母親說：「他懷疑宋美齡要討好美國老大哥，戰後美國顧問和高級人物必將細查老蔣背後醜事，而戴笠是對這些地下工作醜事知道得最詳細的人。」

我記得杜月笙這個名字，有一次跟母親翻舊照相冊，看到一張慶祝許世英壽辰照片。這位外公的老朋友伉儷坐正中，母親以世交晚輩坐在右側一邊，她指出坐在許世英右邊的一個人，然後對我說，「這就是杜月笙。」後來我才知道他就是上海青幫的龍頭。

當母親批評蔣政府腐敗時，父親保持慣常的無言。母親從不當眾批評，而父親始終堅持着那份埋頭苦幹，以身作則的精神，估計，他在潛移默化引導我以後怎樣做人。

就這樣他堅持不肯提早由瀋陽撤退，幾乎等到完全被共軍包圍，才帶着我們坐最後一班飛機離開。

第十二回：父子之情

　　我們從瀋陽撤退下來時已經是上海的中秋，父母親認為應該送我進一個正規的學校讀書。

　　雖然他們知道我非常喜歡阮老師和李老師的教學方式，但父親認為我缺少跟外界同學和同輩小朋友的接觸交往。以他自己的經驗來說，一個嚴格和艱難的學校，像他在日本的第一高等學校所得到的學習經驗，不論從增長知識立場來看，還是身體的鍛煉，都會對我的成長有裨益。

　　父親認為「南洋模範中學」最適合我所需要的學業進展，中秋後，學期早已開始，經過朋友介紹，校長認可，把我插進那學校的附屬小學四年級。

　　準備去上學的前一天我就開始擔憂，除了短短幾個星期的幼稚園，我從未上過正規的學校。我的玩伴和小朋友都是比我年幼的女孩子，像媽媽的朋友金醫生的女兒和我的兩個表妹，我跟她們在一起玩也斯斯文文，連足球都幾乎沒見過。唯一一次跟足球的接觸，還是去金醫生的虹橋別墅，幾個大男孩在踢球，一下正打到我，又驚又痛的我忍不住大哭求救；雖然媽媽馬上趕過來慰問，可是令我對踢球這運動，產生無比懼怕憎厭，好比近鬼神而遠之。

　　進學校的第一天，就覺得被拋進一群陌生的男孩子堆裏，又僵又窘、不知所措。那群男孩子至少從開學已一同度過兩個

月了，有的由一年級開始就是同班同學，好像是一個群集，緊湊組織好的小集團，在一起有說有笑，到課程中段，休息時候，嘻嘻哈哈地奔到操場，搶着去踢足球，跟我格格不入。

另外，阮老師和李老師都沒教過我數學，母親只教了我一些簡單的加減乘除。班上老師的四則運算題目我從未見過，譬如一個母親交給孩子五塊錢，有五分、一角、五角這三種銅幣，一共給了二十個，試問這孩子手裏的銅幣，各種有多少個？

母親看我每天早上愈來愈怕去上學，把父親拉來幫我解開這對學校憎厭的心結。

當他坐在我面前，我卻結結巴巴地說不出來揪心的問題。他只能把他年青時在日本求學，克服一切困難，越過東京最難的高中和大學的經驗講給我聽：

當年他和大伯父隨着一批青年人，因孫中山提倡推翻滿清朝廷腐敗、啟發三民主義而受到鼓動，加上孫中山又是他們的廣東同鄉，國內有志青年紛紛出國學習革新，有的前往歐洲各國，有的乘船東渡去日本。現在我書房桌上，一個青玉相架裏有一張父親在日本求學時的照片——身穿筆挺校服，一頂黑色四角軍帽罩在頭上，一臉正經莊嚴，那時還沒戴上眼鏡。

在我身旁他教訓着說：「你必須立志超越那些同學，做給他們看，比他們的成績更優秀。」他特地在日本柔道武術方面加倍鍛煉，做給日本人看——我們中國人不是容易被欺負的。他那種堅強克服困難的毅力和志願，我雖聽進耳朵裏，可是卻未能輸入大腦作化解。

一邊說着，一邊用他強壯的手，抓住我的臂膀繼續他的訓

誨：「你的手臂一點肌肉都沒有。必須好好鍛煉身體，不可讓人把你當作不中用的弱者。」

五十年代在大學裏，我才由書裏看到近百多年來，由鴉片戰爭開始、八國聯軍、火燒圓明園、被奪去的領土、不平等條約等等，中國所受的欺凌、恥辱，難以數計。

我九歲的心靈未能理解，不要說體會到當時父親對我說的那幾句訓言，所含的深刻意義。他那些鼓勵我的說話，絲毫未能減少我對校園的恐懼感，只令我更顯著地領會到自己對處理現實問題的無能。

我不知道怎樣強迫自己趕快去學踢足球，不但兩腳無力，即使把球放在腳下，我也不知朝哪個方向踢去，只令我更懷念和李老師在瀋陽，他陪我到叢林水邊尋昆蟲撲蝴蝶的快樂。

一個星期天的下午，我為一些數學功課愁眉苦臉地，不知如何解決那些四則運算題，母親說父親的數學很棒可以教我，於是他試把怎樣化解四則題的原理，幾次三番地分析給我看。花費了將近半小時，我還沒學會如何應用他所解釋的原理。

「等一下再試吧，先去吃點心吧。」從他的聲調和臉色我可以意識到他已耗盡了他的耐性。

當我經過他們的臥室，竊聽到他對母親說：「這孩子太蠢了，我沒法教他。」我沒聽到母親的回答。我垂頭悄悄地溜回自己的房間，滿懷羞愧把門關上，為自己的無能又令父親失望而感到恥辱。

晚餐時候，母親不見我出來，開我房門進來查看，我不願面對她，怕自己會看見媽媽而忍不住流淚，只能躺在床上以背

對着她假裝着説肚子不舒服，不想吃飯。

她到床邊用手摸我額頭，「好在沒有燒。」她鬆口氣說。她慣常認為自己的手比探熱棒更準確，「煮點稀飯給你吃吧。」紅棗稀飯的清香是我有病時最開胃的食物。

幸虧母親沒在旁多待，我怕如果她多加追問，自己也不懂表達內心所感到的委屈和自卑，也辜負了父親對我的期望。

直到我自己將近五十開頭，也就是當年父親教訓我的年紀，心理醫生與我面談，「以你這些年的成就，由麻省理工學院學位到醫學博士，現任耳鼻喉、面部整容兩科專家，你還自認無能嗎？」

父親那兩句話，不由從我未滿十歲的心靈，每個字清清楚楚地再次浮現我眼前。

我和父親的關係達到決裂，正值父母親談離婚的時候，那時候母親的處境正達到最艱困的階段，她需要把在紐約的小公寓臥室出租，才能勉強過活。

父親已帶着祖母由日本回到台灣，朋友傳告母親，他在台已另有對象，這消息促使她向父親提出離婚。

我從波士頓醫學院趕到紐約探望母親，她反常地不像以往看到我那般眉開眼笑，可是她還是做了我愛吃的菜，等待我來臨。

她卻等到次日清晨才對我説：「陳地球真會對付我，想活活地氣死我！」

一手顫顫抖抖地把煙灰彈到已半滿的灰碟裏，另一隻手把一封信遞給我看，父親那手娟秀有力的筆跡便出現在我眼前。

那已是半世紀前的事，懷着一肚子青年人的理想抱負，我怎麼能接受父親的宣言，否認他是我的生父？母親見我那個激動的表情對我說，「你要記得他畢竟是你的父親。」可是那時候我的耳朵根本聽不進她的勸言。

我強烈的反應，充滿了青年人的魯莽盲目，完全沒想到父親的教訓：三思而行。我把幼年對父親的崇拜、羨慕、敬畏一併拋入海底，隨之發給他一封短信：既然他懷疑不是我的生父，我跟他斷絕父子關係；控訴他對母親的不忠，對蔣政權的盲目支持，更堅定了我的決心。

為了安撫自己內心的悲痛，我還到圖書館去尋找一些沒有記載父親的名人傳記，譬如最近因為現代歌劇紅得發紫的美國開國元勳之一，第一任財政部長亞歷山大・海茂頓（Alexander Hamilton），並且也幻想着變成一個波希米亞風格的浪漫者。還記得有一次聽母親說，私生子通常聰慧超眾。

另一方面，我開始幻想哪一位對母親傾慕的朋友可能是自己的生父，當我成長後，聽她說過當年很多人都跟她有過一段傾慕的緣分。

這些朋友包括周叔叔，敵偽時期我叫他做爸爸，他也是父親的同事和摯友，西裝筆挺、一表人才，結婚照片站在母親左側的那位。我可以幻想自己再過二三十年，像他也說不定。

也有那個神出鬼沒、殺人不眨眼的戴笠。他曾威脅過母親，如果與他人結合，那人的性命難保。

或是毛叔叔，老蔣的內弟。他留法回國後，當年也在外交場合周旋，不過母親暗示過，在智慧方面並不和她相稱。其他

還有一些傾慕她的人，幾乎不計其數。

除了戴笠，私下我都能接受為生父。

這些幻想，我從未告訴過任何人內心的糾結，不能與同學或朋友分擔，但心頭的怒火只遮蓋了內心深處的傷痛。

一如慣常，守口如瓶的父親，未答覆我的決裂書。像母親所說，即使被大卡車壓在他身上，也擠不出一個屁來。

他繼續給我來信，彷彿這問題不存在。那些信，我當時都丟在抽屜底下，一封也未開看，不過，雖然在盛怒心情下，也沒有把他的來信銷毀。

最近清理抽屜底下的舊紙張和信件，父親的書信又出現在我眼前，紙已泛黃，難忘的手跡絲毫未變，關於父子關係，一個字也未提。

在他仙遊之前，我未能跟他直接再提起他給母親的那封信，這些年來我也發覺母親的話不是句句都沒有偏見。譬如在我將要行婚禮的前一個星期，她逼我取消一切，因為她認為我未來的丈人在電話中侮辱了她。

不過，我未曾忘卻她當年的勸言：他終究還是你的父親！從他入院開始，我每年回去探望他一兩次，暑假也曾帶着兩個兒女回去見他們的爺爺。他在世的最後六年，我落機後就直接由機場趕到他的床前。

他的病房位於走廊的盡頭，三間套房，包括一間小廚房，看護休息室和蠻大的一間正房。靠窗那頭放着一張圓桌，以備招待賓客，或有時父親精神尚可，可以容他在病房開董事會。

每次我回去探望他，看護小姐肯定把我的椅子放在最靠近

父親的位置，遺憾的是，這未能縮近他跟我之間多年的距離。我們只談一些其他的瑣碎事、他的孫子的成長、我的診所的狀況、他的醫療問題，從未談到藏在心裏，我們之間的隔膜。那好像是密宗廟裏，藏在對外開放大殿的後面，那永不能重見天日的藏密室。

現在我已超越他與母親談離婚時候的年齡，十幾年前也發現自己的指甲長得像父親，尤其是右手的第四個指甲的中間，凸出一條直線，跟父親的一模一樣，也不知是否父親給我留下的靈證。

經過我自己的離婚經驗後，與當時的青年理想世界已有不同，也開始能站在父親的立場回望，他寫給母親那幾句傷人的話也許不該給兒子過目，不過，在我活到現在這把年紀，即使做一個不知生父的私生子，也不會給我像當初那種沉重的打擊了。

最後一次我乘飛機趕到他的床前，他說話已經上氣不接下氣，鼻孔裏插着管子，用着加護病房的氧氣。我把耳朵湊近他，才能聽到他微弱的聲音，「你要好好地照顧你媽媽，我這輩子欠她很多。」

這句話令我暗地流淚，想到父親對母親依舊存有愛心。那個當年他違背了自己的母親，冒着被戴笠謀殺之險，再經八年抗戰的離散而不棄的心目所愛，他們之間的恩愛該是多麼難得可貴。

雖然被無情的歲月、時局、遠距和風雨侵蝕，像泰山經石峪的佛經，過半已被磨滅，可是還留有一些餘跡。

　　上海炎夏的午夜，他像羅漢現身地突然在我的蚊帳外出現，直到台北的正午陽光下，等候火葬場的火爐員工把他熱乎乎的骨灰盒放在我手裏，父親和我在同一個屋簷下只有四年。他在這紅塵的其餘八十五年日子，我彷彿是面對着廬山的雲霧，難以看到真面目。

　　也就好比我目前的家，坐落於舊金山的西城小山坡上，經常有濃霧在仲夏把炎熱遮擋，免得我承受難堪的真相。或許這是父子之間所難超越的距離和隔膜，也可能是因為自己當了半世紀父親後的覺悟。

　　父親和我在一起只不過四年多，那一千五百個晝夜，像是一串久握在手心的佛珠，令我不住地在腦海裏唸着，不斷地觸動着我的心弦。

　　在這深秋的子夜，舊金山炎夏的濃霧已漸遠散，幾盞夜光燈，遠遠在對面山頭如星星閃爍，好像回到我才六、七歲的時候在上海郊外，媽媽朋友的虹橋別墅後院裏聽鬼故事，螢火蟲在林木中像鬼火般地閃亮閃亮，那時父親還沒有出現在我眼前。

　　每逢清明前後，仰望着他的碑文，惘惘然不知他那羅漢模樣的頭頂，會否又像我八歲的那個午夜突然出現。

第十三回：永別母親

　　小嬅踮着腳輕輕地走近手術台，小心地拍了一下我的後肩。她不要驚動正在進行的手術，我和一位受我教導的實習醫生，正全神貫注地割除患者面部的口水腺瘤。

　　紙棚一般大的天藍色被單——消毒過的手術台專用品，把病人遮蓋得嚴嚴密密，只露出半張臉，認不出來她是一個消瘦的中年廣東婦人。也許必須把病人的獨特徵象埋沒，外科醫生才能夠用鋼刀切入一個活人的肉體。

　　兩小時前這婦人緊緊地抓住我的手，兩眼瞪着我哀求地說：「我把性命交託在你手裏了！」我答應她肯定會盡我能力做到，她才閉上眼睛讓麻醉師把她麻醉入睡。做一個好的外科醫生必須了解病人的心理和處境，並令病人對你有信心，同時需有強大的理性和信念去執行對病人所需要的手術。

　　手術開始前，在籌備好手術所需用的一切工具後，小嬅有幾分鐘空閒時間，她關懷地問我母親的狀況。前幾天我告訴她母親已陷入昏迷狀態。

　　雖然她不是最有經驗和最能幹的手術室看護，因為她的業餘興趣和喜好眾多，有時候不能全神貫注留意到手術進行時的一切需要，長久相處我們發覺彼此的業餘嗜好蠻投契，有時也相約在外面共進晚餐。

她為着一位已婚教授對她猶疑的態度心煩，而我也和她分享交男朋友的瑣碎煩惱，有時候也為難於應付的同事，同病相憐地互相發牢騷出口怨氣。譬如，幾個難於伺候、目中無人的外科醫生，把手下看護或助手當作奴婢看待。也有時候因為醫院管理人員的官僚態度和政策，影響工作程序和效能，雖然我們偶然也能了解他們的處境。

每臨小嫿被派到我的手術房裏，總令我感到有一位知己同仁在側的安心好感，尤其是當手術遇到傷腦筋的緊張關頭，能抬頭和她交換莫言而互助的溝通感覺。

有一年為了反抗戰爭，群眾遊行示威到市政府，我在那裏和小嫿巧遇，講台上的女歌手瓊・貝茲（Joan Baez）正在以她那超凡動人心弦的高音，唱着《我們能克服一切》（*We Shall Overcome*）。

在手術台邊小嫿輕輕地拍了我的後肩，另一隻手舉着要給我看的紙條：五分鐘前，母親嚥了最後一口氣。

照在台上那盞巨大的無影燈鋥亮的光線，像是突然間從不鏽鋼的手術器具上反射到我的眼裏，幾乎令我一時目眩。眼前突然一陣朦朧，我盡力強迫自己不可分神，繼續把全副精神放在面前正進行着的手術：必須保留和避免損傷病人面部的一根主要神經，同時記住自己對那位廣東婦人在麻醉前的承諾。

其實母親仙遊的消息並不是突然，也非意外。在一週前她的醫生已加重她所需要的嗎啡止痛劑，令她昏迷不醒。她最後對我說的幾個字還在我耳邊迴響：「你不會想用嗎啡把我毒死吧？」醫生開給她的嗎啡劑量，每次都是由我親自點進媽媽的

嘴裏，雖然僱有菲律賓看護日夜守在她床邊。

為母親診治的大夫跟她已是多年的朋友關係，每次去他的診所，母親都帶着他太太特愛從唐人街肉舖買到的雞腳送給她。他們之間幾乎是朋友往來，大夫對母親另眼相看，甚至於母親在世的最後幾年，大夫反常地不再勸她戒煙。

等到發覺母親的肺癌已到無法痊癒狀態，大夫把實情告訴她後，母親堅拒入院，認定要留在自己家裏度過臨終前的幾個月。

去醫院做手術前的那個早上，我踮着腳走到母親床頭，她安詳地昏睡着，除了一點呼吸的起伏，沒有其他的動靜。本來她的個子就小，現在萎縮在被窩裏面，像個嬰兒在安息着，令我回想到幼時，媽媽經常在深夜裏，輕輕地走到我床邊，把被子為我拉上，怕我夜裏着涼。

當我由她房間退出來，心想母親這情形不知會維持多久，可能幾個星期，也可能幾個月。還記得做實習醫生的時候，照顧過一位年輕女人。因遭車禍昏迷已達十年餘，她的男朋友每天下班後都來到她床邊，牽着她的手輕輕地安撫着，嘴上喃喃低聲地叫着她的名字。

那天早上我原有可能請同事代我檢導實習醫生的手術，但是牽連到其他人當天的公務，而我也不能確定母親哪天會去世，可能一個星期，也可能一個月。她一向好強、不肯認輸的個性，我估計她最後也不會輕易放棄寶貴的人生。並且她在昏迷狀態，即使我在她身邊她也不會知道，或者我轉身去衛生間的時候，也可能錯過她最終的那口氣。

　　這些都是為了要減少我的內疚，找出來的理由。我不願承認自己未能像那個男朋友，待在床旁守着昏迷十多年的愛人。連那個手術台上的廣東婦人，我都承諾了她的哀求。

　　難道我不曾體會到媽媽雖然在昏迷狀態下，還是可能會感覺到她最貼心的人的手在安撫着她？為何我在母親嚥氣前沒想到這一點？連帶着許多點點滴滴，我未能好好地當她在世的時候，照顧她的晚年。現在，我不斷地責問自己。

　　即使看到那張條子，一時間我也不曾感到悲哀，只有一陣朦朧的麻木。同時好像在看着凍結的水面，喳喳地破裂開來，突然醒悟到失去了母親這一層保衛，下一層就輪到我了。

　　掙扎着，我只得強迫自己去面對事實——我未能達到母親僅有的要求：要我在她嚥氣的時刻在她身旁。

　　我未能達到對母親的承諾，她對我最後的要求。

　　醫生說她的肺癌沒有痊癒的可能性後，母親要求我搬到她家去同住。

　　「也許有六個月的壽命。」她拒絕電療後，醫生對她説。

　　「假如電療不能使我痊癒，只是治標不治本，何必延長我的死亡。我不要！」

　　我沒有應承母親的要求，情願每天在醫院下班後前去照顧她，不願再聽她訴説已重複多次的往事，譬如二三十年前她突然臨時阻止我婚姻的理由。我僱用了菲律賓看護日夜在她身邊，以代替自己的責任，直到她已昏迷不省人事，才搬到她家去住。

　　那個實習醫生抬頭對我同情地説：「緊要關頭已過，其餘

的我可以單獨地完成。」他已跟我實習了好幾個月，我也詳知他的技能超卓，不到幾個月即將自己掛牌做外科專家。可是我沒接受他的建議。我記得對那病人的承諾，遺憾地未能達到母親對我唯一的要求。

手術室變得異常的沉默，缺少了慣常麻醉師和看護間輕鬆的閒談，只剩下輔助病人呼吸機器沙沙的興嘆聲調，和時刻在記錄她心跳噠噠的波音，在場的人都在等我發言。

「首次紗布數正確（First sponge count correct）。」小嬋打破沉默地宣佈。

這個回報是看護在手術將近完成而表皮尚未縫閉的責任，以免萬一紗布被遺留在病人體內，需要再破皮取出。

「謝謝。」我也依照慣常地回答。

「三號，利針；五號，你專用特快外線？（3-0 chromic on a cutting and your fast absorbing 5-0 for skins?）」

這些都是我慣常所用的針線。我雖然明白每次看護必須向做手術醫生肯定，那天我卻不耐煩，無法再忍受這些囉嗦。但我沒發言表示自己的情緒，因為我記得小嬋對我說過，她不堪忍受有些外科醫生的無禮行為。

當我踏出手術室時，小嬋低聲同情地對我說：「好好保重！」以表達我們之間的友誼。

走出醫院的後門，陽曆正月底傍晚的陰涼迎面撲到我臉上，抬頭看到灰暗的天空隱隱約約地掛着一絲上弦的月亮，一顆星也沒有，正值農曆除夕。

我一時體會到必須盡快趕到母親身邊，必須在她屍體僵硬

前，把她六層壽衣、春夏秋冬，加上內衣褲、外面皮斗篷給她一一穿好。

行屍走肉地我踏進車子，從半島小城醫院向城裏駛去。四個月前，同樣地經過小城的古橡樹下，突然間車子彷彿被一陣冰雹打下來，我前面的轎車好像在水面左右晃蕩，同時聽到無線電廣播：「現在正值6.9級地震⋯⋯」隨後電台廣播就被中斷，無聲無息。

數週前母親的醫生告訴我，發現她肺部透視有個陰影，可能是瘤。我心裏一陣顫抖，地震不是個好預兆。等我車子開到城裏，一片漆黑像踏進了鬼城。

這次車子開到母親家的小山坡上，我感受到和地震那晚同樣的失落，不過這次母親家周圍的街燈明亮，人群正趕着前往山坡下的戲院區。

我提醒自己必須全神貫注地把車子開進母親公寓地下所指定的狹窄停車位置。我手指摸摸索索地按着電梯按鈕，徬徨地不知母親的家是否依然存在。

母親的家，以前來過不知多少次。下班後從醫院到她家，她總是做好一些我愛吃的菜，葱烤鯽魚和涼拌蘿蔔絲，又可口又能下飯。

或者有時候帶着男朋友到她家來，雖然母親表面總是客客氣氣的，問東問西，閒話家常，可是母子之間，我終究可以觀察得出她的心裏是否不以為然。固然我辦離婚手續時候，也曾告訴母親我的情形，但是我還是不能相信她內心能夠真正的接受。

　　當時她還問我可記得在北京的那個夏天，我才九歲，她帶我去拜訪一位民國初年總理的兄弟，那位半年老的伯伯住在一個園子蠻大的老宅，迎接我們的時候穿着一件手工考究帶花的和服。母親對我說：「傳說他是個兔子。」這令我推想母親腦子裏的兔子跟我這一代的同志，有不少的區別。

　　離婚後我也帶着兩個孩子，當他們在週末跟我在一起的時候，來看看他們的奶奶，母親常愛帶他們去逛離她家不遠、小山坡另一面的唐人街，給他們買些小禮物，吃些他們喜愛的中餐小點。

　　那天晚上，我踏出電梯，面對着她的大門，把鑰匙插進門鎖，猶疑了一陣，沒有推門進去。心裏明知道再也不會聽到她喚我的名字：兒子啊。

　　她的純正京片子，把這兩個字拉得像她所愛唱的京戲裏《貴妃醉酒》的西皮倒板，楊貴妃等着皇帝還不到她身邊，深深地嘆着一口氣，又哀又長、有愛有怨。這兩個字再也不會由她房間裏傳到我耳邊，可是也永不會從我心坎中消失。

　　有母親在，無論自己早已成長、成家立業，走到她跟前，我還是她的孩子，得到她心靈上的照顧保護，也從不會想到自己的壽命還有多少，現在她走了，彷彿突然間一層護身沙簾被揭開後雲散。

　　推開大門，母親的公寓是一片黑暗，只有在走廊的小桌子上，那根紅蠟燭因一陣從她臥房裏吹出的微風，正在搖晃得像盞鬼燈。我的摯友丁豪，已經過來把母親的眼睛閉上，臥房的窗打開一點，讓房間裏有些新鮮空氣，也把蠟燭點好。他住在

城裏，母親有任何問題，呼則必應，遠比我做兒子的細心孝順。

我步履蹣跚地走到母親的臥室，生怕會驚醒她。跪在她床邊，兩手和着她的手，雖然已開始冰涼了，可是還沒涼透，像我第一天去醫學院報到，在冷藏室裏摸着死屍那股冰冷的感覺。

我握着母親的手，心頭酸楚，可是淚水彷彿被凝結，一時被塞住，流不出來。

抬頭看見，在她梳妝台的大鏡子面前，排着她愛用的法國香水，當中有一瓶是她最喜歡的，上海臨行時朋友所送，一直跟着她。那是老牌卡倫的 Fleurs de Rocaille，目前已停產，是她從年輕時候就開始用的，香味清淡溫柔，不像現在流行的香奈兒香水那麼濃得衝鼻子。

我握着她的手——好像盼望能使她重得溫暖，不過卻感覺到她的手指已開始僵硬，我還沒有把她的壽衣穿好。

母親開始昏睡之後，我就把裝着她壽衣的樟木箱子，從儲藏室抬上樓來放在客廳裏。箱子蓋打開，樟木味就蔓延開來，好像祖母早晨在佛堂上香禮拜的味道。

母親早已囑咐過我穿壽衣的程序，最先把腳上絲襪穿好，然後薄的夏天衣服套在軟綢內衣褲外，再加上春秋兩套袷的衣褲，隨後冬季的織錦絲綿袍；最外層披上皮領斗篷，因為她懷念在俄國成長的少女時代；再踏上繡花壽鞋；最後必須放一顆珍珠在她嘴裏，為着引領前往冥府的路徑。

我小心翼翼地把蓋着她的薄被揭開，好像還怕她會着涼，再把那套軟綢內衣褲放在一旁，然後才把手臂伸到母親背後，

準備把她的頭抬起來。

　　突然間她吐出一口氣來，彷彿在深深地對我興嘆：「兒子啊，你終於回來啦。」我吃驚地忙把母親安放回她的枕頭上，情不自禁地對她說：「對不起您，媽媽。」

　　我趕忙查看，媽媽的雙眼還是安詳地閉着，沒有一點動靜。

　　我心想：難道媽媽真的在等待我回到她身邊才嚥氣？不過，我猛然記起人死後肺部還會留有一口氣在。我不能否認，母親的身軀已開始僵硬，媽媽業已離世。

　　房間裏不會再聽到她至少直到最後的兩個月還是那麼敏捷的腳步聲，再也聞不到她用的手絹所散發出來的那陣法國香水的清香，她親手為我做的菜香。

间奏

　　雙親的生平在我眼前，一幕幕地閃過去，好像在面對着湯顯祖的整齣崑曲演奏。同時，也情不自禁地添進我自己的足跡。

　　他兩人的背景、個性、留下的情曲，差天共地，幾乎像水火之別。母親無論出現在任何場合，耀眼的光芒令人炫目，而父親像一潭靜水，水面一點波紋都少見。

　　母親的家譜始於管仲，經歷代變遷落戶姑蘇虎丘之鄉，明朝書香門第多出於此。外婆娘家姓祁，父親當過京滬縣官，可惜早喪，由叔父做主婚配蘇州。外公雖家貧但好學，不久進京被派往俄羅斯做外交官；他嫌外婆三寸金蓮，不適宜國外的社交場合，遂帶母親出國，由沙皇時代，經過俄國革命，直到民初之後，使她吸收了西方文化，同時從布爾什維克革命軍，學會無鞍騎馬技能。

　　外婆去世後，母親回國奔喪，面對國內許多變化，由歷代皇朝到民國革新，她常被人指出個性太直爽開朗，尤其身為女性，不適應國內生活習俗。

　　她的摯友朱伯伯早對她說過，因吸收外國墨水太多，使她不能接受歷來對中國女性的傳統枷鎖；所以當外婆方去世，母親即違抗父命，提出與外公選就的夫婿辦離婚手續。當初這頭親事遭母親嚴詞拒絕，她知道對方是姨太太的親信，而外婆已因為這姨太太受盡外公欺負，但是最後外婆哀求着說，如果母親不依從、答允，外公就會把外婆沒命打死。

　　那個時代極少許可女性離婚，尤其像母親的那種官吏家庭出生的，可是她堅決到底，以致與外公脫離父女關係，追尋獨立自立生活。她一向不以強人為懼，甚至那知名兇手戴笠，也

不例外。這也許因為她從小慣於應對專橫外公的經驗，也可能是她那雙帶魅力的眼神，及對強人特有吸引力，但我想我這輩子也不會琢磨出來。

可是也因為這樣好強的個性，使她一生不知吃過多少虧。她很少對我透露。譬如直到她仙遊前兩三年，才告訴我當時堅持離婚的條件，包括必須放棄一切權利，與她那時唯一的孩子斷絕所有關係，而那時候這孩子是她最親的人。她不能容忍被強迫的婚姻，即使和我生父結合之後，也經過八年抗戰、與父親隔離和不斷地受婆婆的排斥，幾乎是獨自把我撫養到八歲。

我卻從未聽過她開口叫苦、自憐自怨，記得她興奮地幫助美國第一個黑人女議員 Shirley Chisholm 競選拉票，當時的口號是「我們能克服一切！（We Shall Overcome！）」想必恰好形容母親的一生。

父親的家譜始於明末浙江山蔭，也是王羲之寫下《蘭亭集序》之地，後人遷居廣東番禺。他的外祖父官至翰林，可是我的祖父早喪，祖母帶着孩子們依靠族人勉強過活。

父親早年被族人認定聰慧、個性頑皮，唯獨對母訓一一順從，直到去日本讀高中和大學才接觸到外國文化，不過日本社會文化雖經明治維新和武士道精神，基本與我國相差不遠，和母親所經歷的西方文化不能相比。

因知祖母早年守寡，生計困苦，且父親生性孝順，所以他一生順從祖母之言，即使當年不同意祖母為他決定的婚事，迎娶祖母所愛的姪女，為此甚至修髮隨禪長達六個月，最後還是依從母願舉行婚禮，儘管他堅持絕不與這女子同床共枕，令她

後來決定獻身追從耶穌基督。

當他遇到知心愛人——我的母親，起初也未曾公開或讓祖母知悉他們的結合，唯恐使老人家不安，影響她安享晚年，雖然最後他還是沉默無言地陪着祖母回到台灣，離開他冒着殺身之險、違背老太太之言而結合的結婚對象。這令我想到跟父親同一個年代的美國女詩人 Marianne Moore，她相當欣賞中國文化和教養。她有一首詩，可以翻譯為《沉靜》（Silence），錐心的情感總是看來沉靜；那不是沉靜，而是克制。

不過最後一次我趕到父親床前，他知道大限將至，連呼吸也相當費勁，也把我拉近耳邊，上氣不接下氣地囁嚅說：「我辜負了你母親。」

我雙親那一代的人，成長和經歷到中國最軟弱受外人欺辱的國恥時代，耳濡目染國土被強國兵砲軍艦侵略，領土變為殖民地，委屈地容忍不平等條約，不計其數。

他們的生計也必須時移世易，由清末到民初、抗日到內戰、遺棄親人、離開家園和慣常的生活，最後撤退到台灣。在母親來看，一直到離開蔣政權爪牙，來到美國後才感到安全，因為她精通俄語，在當時蔣政府的紅色警戒下，她唯恐會被認為是間諜。

母親無形中把她那種能夠克服一切困難的精神遺傳了給我，從父親我也幸運地得到他那一份超人的耐心，可是我也無可避免地承受了一些他們倆個性中包含的各種矛盾。

父親把他對書法的愛好傳下，從我八歲起把着我的手教我懸腕，到他把家族第五世祖留下摺扇上的書法交給我時說：「這是我傳給你最寶貴的遺產。」後來我才從家譜裏發現，族人始

於紹興府山蔭縣，也就是書聖王羲之的故鄉。

　　不久前在舊金山現代藝術博物館，看到西岸名畫家 Rich-ard Diebenkorn 的回顧展，包括他那些一睹難忘、碧綠鮮藍狂大的加州景觀，和毫無修飾而強壯的肖像，由抽象到具象再回到抽象。他回憶錄裏討論到這些相對派別對他影響的始末，結論是他自己也不能確定，不知其所以然。

　　這位知名現代藝術家的幾句回顧，令我感到可以作為我雙親兩人所難以預料的生平隱喻。雖然母親曾對我說，等到我自己有了孩子才會對她有更徹底的了解，我卻不能肯定她的預言會否成真。

　　這許多年來，也不知多少次我試想踏進一些他們所遺留下的足跡，那些曲折離奇的迷陣和異徑。希臘古詩人荷馬所著史詩，奧德修斯裏面主角的兒子，曾嘆曰：「我們不能真正了解我們的先人。」

　　固然我們的俗語說「知子莫若父」，德國教育家斯普朗格曾盼望着，喚醒現代的孩子們該多諒解父母親，把俗語倒過來說，即是「為子應知父」。

　　也許我不可能完全了解我父母親生平所經歷的異徑，因為即使我自己，也彷彿在無數異徑道上一直徘徊着。

舊景何在

第十四回：媽彌陀佛

離我上初一的台北校園往西走，過了幾個街口就是渝父母親最後的住所。那棟高樓的位置也是她搬到台北來最早的住址——當年是她父親創辦的土地銀行宿舍。現在的高樓面對着新建的森林公園，感覺像極小型的紐約中央公園，種植不久的林木已開始為在這熱帶炎日下暴曬的行人提供一些應時的遮蔭。

幼時，放學後常與一個比我大幾歲的同班同學，走過那些廣闊的農田，運氣好的時候能找到幾個野鴨蛋，帶回家給母親醃作那時台北市面上還買不到的鹹蛋，作為我們下粥的可口小菜。

因為我在班上年紀最小，又沒甚麼在公立學校上學的經驗，開學後不久就被同學欺負，甚至被威脅將在放學後給我點顏色看看，幸虧這位較成熟又塊頭大的同學出面護送我回家，途中偶然也會在田埂遇到頭戴尖頂草帽、穿着薄布短褲的農夫，手拿鞭子趕着水牛耕種。還記得靠近家的街上，有一位老人搭起書攤子，小學生走過，花不了幾個銅板，就可以坐在街旁的小板櫈上，津津有味地埋頭在武俠小説裏。

現在這棟高樓對面的空中有一架巨大的吊車，正在挖地建造門前的新捷運站。在大陸旅遊時，導遊指着佈滿了天空的一群龐大奇鳥樣的吊車，幽默地説：「美國有它的老鷹，這些卻

是代表我們新中國的國鳥。」

　　早先的農田已變成熙來攘往的街道和店舖，有各種食品店和餐廳，由快餐到美食或時尚素食，任君選擇。從名牌的服裝店到只要一塊半美元的運動褲廉價批發商，晚上的霓虹燈照耀得比陽光還要奪目。

　　從渝母親的臥室裏傳出像唱詩班的喃喃歌聲，卻是一些和尚和尼姑吟誦着：阿彌陀佛、阿彌陀佛，順着焚香傳到面前。

　　渝的母親只差一個月就享百歲大壽。在她房間的供桌正中，安放了一尊金身菩薩，兩側點着粗大的紅蠟燭，香爐裏插着奉祭的佛香，前面還擺着四盤新鮮水果，除了蘋果和橘子，也有熱帶的楊桃、香瓜，以及碗筷和茶水。

　　往昔的喪禮要頌讀佛經七七四十九天，現在台灣的風俗已簡縮到八小時；然後老人家的遺體會被送到殯儀館準備安葬。

　　我坐在渝的身旁，面對着她母親。和尚們已把一張金黃色的絲綢被單蓋在她身上，她兩眼緊閉，臉容安詳。和尚和尼姑們領着我們，一同循環不斷地唸着：「阿彌陀佛，阿彌陀佛，阿彌陀佛，阿彌陀佛……」，好比國語的四聲，平上去入，寧靜地延續着。

　　這催眠的咒語不經不覺地把我帶入浮生的境界，彷彿在經歷着這一生的過程，由誕生到離世，一代又一代地循環。

　　十七年前，我的母親親撰的遺囑就指定要我為她執行這樣的佛教祭禮。當時我把四季壽衣為她穿好後，即刻連絡當地佛教寺院，記不清電話撥了多少次都無人接聽，許久後，才終於有一位語氣不耐煩的女人回應。

「你能出多少錢？」她反問我為母親舉行佛教儀式葬禮的要求。

我本以為佛教的精神是普渡眾生、超度苦難、行善人間。當我吃驚又猶疑之間，她馬上叱責：「你知道這是除夕夜嗎？」

除夕是家人親屬團圓的日子，媽媽在世的時候她總會從早就準備好許多口彩吉利的美食——蛋餃是元寶；年糕代表年年高升、高高興興。還有我愛吃的爽脆可口的荸薺。她跟父親離婚後，每逢吃荸薺的時候，我總隱隱地為她難過，不知象徵齊眉到老的彩頭會給她甚麼感受。總之，除夕是個歡聚的夜晚，不該談喪事。

我家的日曆沒有農曆節慶，我也沒有注意母親廚房裏掛的農曆。每年的佳節，端午吃糭子、八月十五吃月餅，不是母親就是摯友丁豪，由他們提醒我。

「反正，我們在正月十五之前不出廟辦儀式。」我猜想她大概認定我在電話裏的猶疑，就是擔心付不起甚麼費用。

「讓我來看看有甚麼辦法。」丁豪又成為我的救星。多年前，正當我將要帶女兒去大陸遠行，不巧母親進了醫院，雖然她不要我取消一年前就計劃的旅行，我卻進退兩難，固然明知母親不是重病，但她不能接受醫院供應的涼水，喜歡喝熱茶。丁豪爽快答應每天送熱的飲料給母親，他對母親無微不至，多年來相處，我們已成為一家人。

丁豪的祖籍是潮州，祖父落戶泰國後長袖善舞。在曼谷成長的他，能操一口流利泰語，並熟悉當地文化和習俗，但仍心繫祖國。他與駐柏克萊泰國寺院的和尚們聯絡上，成全母親的

夙願，舉行了泰語佛教儀式。

每想到母親最終對我的幾個願望——要求我搬到她家去住、臨終時要我在她身邊，我都沒有做到。那天坐在渝母親的遺體床旁，耳邊不斷地聽着佛經喃喃的吟誦，供桌上安放着這位老人家的遺像，因我淚水已在眼眶裏打轉，朦朧的視線下漸漸變成了我媽媽的面容。

回想起我才六歲，曲臥在朋友的虹橋別墅後院草地上，媽媽像母雞那樣飛來我身邊保護她的小雞，因為大孩子的棒球打到我。她的保護令我停止哭泣，但我未能自省到自己的膽小無用。

又有一次，在台北我們住的日式房屋，母親把茶几和條桌放在園子裏，把所有的銀器，包括她由俄國帶回來的宮殿式用具，一堆堆的放在茶几和桌面上，好像在準備重要的祭禮，其實是準備拿去變賣後作為我去美國讀書的基金，那年我才剛完成初中一年級。

最令我感到內疚的回憶是那年的母親節，我預訂了座位接她到美國銀行大樓的瑪瑙餐廳吃晚飯，匆忙之際沒注意到媽媽的手指還按在車門上，就匆匆把車門關上，車門夾着她的手指，她沒喊痛，也沒責備我。只見她痛苦的表情和滿眶的淚水痛得快掉下來，她原諒我的無心之失，而沒有責備我，其實這內疚感比狠狠罵我更難受。

最後一幕，是在她的臥室裏，丁豪已經過來把媽媽的眼睛合上，點上蠟燭，把日式窗戶略微打開，她在等我從醫院回來為她穿上壽衣，遺體已開始僵硬。我沒有趕上她嚥下最後的一

口氣。

和尚們連續地吟誦，阿彌陀佛、阿彌陀佛、阿彌陀佛、阿彌陀佛……，好像是一位母親在喃喃細語地哼着給孩子聽的催眠曲，室外斜陽已往西下。

我合上眼睛，兩唇輕輕地跟着吟誦。阿彌陀佛，阿彌陀佛，不覺地化為媽彌陀佛，媽彌陀佛……

十七年前的淚水，已不由自主地湧滿了我的眼眶，淚流滿臉。

第十五回：憶老上海

　　老上海的法租界街名都改了。以前，母親帶我去買栗子蛋糕的 DD's 俄國咖啡店所在霞飛路變為淮海中路；拉斐德路上的法國公園，是現在復興路上的復興公園；美國僑民辦的美童公學所在的貝當路，改成衡山路的酒吧地帶。小時候從我家，經過霞飛路口的國泰戲院，可以走到以前的「十三層樓」，現在的錦江飯店，這是曾招待過首次訪問大陸的美國總統尼克松的場所。

　　數年前我決定在這附近租個落腳的地方，一手挾着本上海法租界導遊記，一手牽着渝，希望追溯我的童年，找到八歲那年父親在深夜出現的家園。

　　幸虧茂名南路是唯一未改名的街道。從前霞飛路口的國泰戲院，往南走就是法國公園的方向，年幼時候，這段路上的法國梧桐樹，在立春後數不清嘰嘰喳喳的麻雀在飛舞，眼前只剩下零丁幾棵不知怎樣逃脫被砍的老樹，當年毛主席下令除四害之一的麻雀。夏天陰涼的街道現在變為閃亮的霓虹燈所照着連排的時尚店舖、茶館和酒吧。玻璃櫥窗裏誘人的陳設——由最好的英國呢絨，到埃及的細棉布和各種絲綢，一日內可以製成西服時裝交貨。館子裏不是日本壽司廚師打扮，就是巴黎蒙特瑪特舞廳藝人的場面。

　　我們由淮海路一直走到復興路，也就是以前的霞飛路到拉

斐德路，沿着一個個店面和茶館找來找去，也看不到以前我住過的房子。有一個街頭小販嚷着：「糖炒栗子、糖炒栗子。」猜想這中年人在三十年前，可能曾熱烈地擁護過毛主席，高喊打倒儒教和孔老夫子的口號。

抗日戰爭結束後不久，媽媽和復姨穿着薄綢印花旗袍、手上挾着時興皮包、腳踏高跟鞋領着我逛霞飛路。國泰戲院對面路口的一個老頭，用滬語聲調唱着：「天津糖炒栗子。」像麻雀頭那麼小的栗子和紅糖的焦香撲鼻，那時的街頭小販如果聽見顧客説上海話，售價就較便宜。

滬語的音律與普通話很不同，有的詞彙在童稚的我聽來特別有趣，我記得在街上聽到一句話，很順耳，在晚餐飯桌上我好奇地問媽媽：「操倻娘個屄，是甚麼意思？」忽然臉上吃了兩個火辣辣的大耳光，接着媽媽嚴厲地警告説，「再也不要聽見由你嘴裏説出這種髒話！你聽清楚了沒有？」這是我第一次也是唯一的一次吃她的耳光。我沒敢再追問這句話究竟是甚麼意思，猜想是一句粗話。

多年後，在大學裏和一個上海同學提起被母親賞耳光的事，他聽罷抱腹大笑，「難怪你被賞耳光！」隨着譏笑説：「你太被嬌生慣養了，沒聽慣這種街上的粗言穢語！」

可是有一回，當我重複了司機説的俏皮話，母親並沒有責備我。這個廣東人多年跟隨着父親當司機，當時上海有汽車的人不多，有一天他看我對各種汽車的好奇，就向我介紹和解釋各款車子的不同——林肯為上，然後有別克和帕卡德，奧茲莫比爾居中，我們用的福特排得最下，最普通。這位廣東司機的

國語已很勉強，不要說英文，尤其當他看見我記不住那個中等車子長長的英文名稱時，就用粵語告訴我：「你就記住，屙屎屙尿。」果然，我永遠不能忘記這個車名。在飯桌上，母親雖然沒笑出聲來，但那忍俊不禁的表情，還是逃不過我的法眼。即使來美國後，我說英文已駕輕就熟，每當看見這種車子，那四字的廣東諧音不期然地脫口而出。

國語現已全國普遍，這不是蔣介石的功勞，而可能是毛澤東唯一無可否認的成就吧。不過，據研究方言的專家所說，保留於各地的方言，有其存在的獨特和重要性，惡意消滅後果會很嚴重。我這一生周遊列國，略懂幾句當地方言的話，對當地人來說，感覺自然要親切得多。舉例說，在上大學的時候，華裔同學不少，多數說國語，也有些通粵語的，少數說上海話或四川話；我和前三者交流都可如魚得水，因為我能說他們的方言。

上世紀五十年代末，有一本書《醜惡的美國人》（*The Ugly American*），批評美國人對外國——尤其是東南亞文化習俗的麻木無知，以致政策失敗。小布希總統當年競選時，就被批評連美國領土以外的地方都沒有去過，怎能擔起世界強國領袖的重責。

「我們不可能錯過了你的家門口而沒發覺。」渝堅定地說。我們把茂名南路這一段，由法國公園的復興路轉上來，直到霞飛路口的國泰戲院，家家店舖，間間茶室酒吧都看遍了。

雖然她不像我，童年不在上海，可是旅遊和發現新天地是她最熱衷做的事。我們同遊歐洲多次，由巴黎到翡冷翠，無論

甚麼街頭巷尾、僻靜的巷口角落、彎曲的小道，她都會充滿信心可找到。

在香港淪陷前夕，母親決定帶着我回到上海。雖然那時上海已被敵偽控制，但至少不像香港那麼人地生疏。南京大屠殺的消息已傳到上海，我們必須用假姓名住在那裏，因為父親在外地工作，如果被日本人發現我們的真正身份，我們不但會有麻煩，連性命都難保。

母親在邁爾西愛路找到房子，後改為茂名南路，屋主是位白俄。那時史達林還未加入聯軍，所以日本人未把俄國人抓進集中營；另外一個好處，俄國人對我們用的假姓名不會有懷疑。

那個俄國房東聽到母親的一口標準俄文，興奮地與母親分享對聖彼德堡的回憶，並且母親要我稱呼他「伽巾噶」——俄文叔叔的意思。那人欣然地把二樓全層租給了我們。這所三層樓的洋房離法國公園不遠，在街角轉彎就是，從家裏走過去不到十分鐘。母親僱的保母早上常帶我到公園去玩，在孩子的眼裏，那片碧綠還帶着露水珠的草地，好像可以延伸到天涯海角。公園的入口掛着牌子「犬與華人不准入內」，這是法租界的規律，日本人佔領後，就沒有繼續執行。

「試試看由法國公園往回找。」渝建議說。「順便也可以歇歇腳。」

按着手上那本導遊老上海的書，來到公園的復興路大門口，我正四處張望想指給渝看以前掛牌子的門柱。

「你往哪裏去？」嚴厲的女人聲音對着我喊，我未曾留意到門柱後面掛的入園收費小牌子。

「我們想進花園看看。」我誠懇地回答。我已知道在大陸最好不要招惹任何官方的管理人員，以避免吃眼前虧。改革開放後第一次回來，還必須有嚮導每步緊緊跟隨，雖然我不像外國人，不需要找人翻譯自己的母語。

「我小時候常到這裏來玩。」我用滬語加上一句，因為我竊聽到她和身旁坐在板櫈上的女人用上海話寒暄。

「入園費是兩塊。」相等於美金兩毛五，她的語氣已轉和善，還給我們指引往園內湖邊的小路。

那小湖畔是我童年時保母最愛帶我去遊玩的，她給我一些剩飯或餅乾渣子讓我餵鴨，那我就不會再纏着她。現在路邊的杜鵑盛開，由小湖邊的廳裏傳來三十年代的音樂。

當走近音樂廳認出那曲子是百老匯（Broadway）上世紀二十年代的流行歌曲，一對對的中年和老年人在舞台上隨着音樂翩翩起舞。我一時之間又回到八歲的那個夜晚，母親帶我到跑馬場不遠處的國際飯店，當時這二十四層的高樓有遠東最高大樓的美譽。這個飯店的舞廳在我的記憶中，就像在大學生時代第一次看見，紐約洛克菲勒中心的音樂廳那樣宏偉。

我們順道往公園後門走去。公園出口有一個小販的自行車上搭着架子，花紅柳綠地掛着不少給小孩的玩具，也有空竹和毽子。一個可愛的小女孩，身穿一套粉紅嗆白色、加繡小貓的童裝，正在哀求她母親給她買個毽子，看上去跟當年保母牽着我手時候的年齡差不多。

走過這對母女之後，我好奇地回首看那女孩可曾如願，發覺大陸的父母對這些獨生子女異常地寵愛，那孩子果然正在得

意地踢她新買的毽子。

我們在公園後面的小街上晃蕩，不知該往哪個方向，再繼續去尋找那失蹤了的洋房，突然看到一個路標：「孫中山故居」。

「找不到你的故居，去看看國父的也不錯啊。」渝幽默地安慰我。

走過了幾條街後，找到的二層法式洋房，走近細看，原來是宋慶齡故居。渝的臉上流露出一點失望，但我卻不然。

宋氏三姐妹我唯獨欽慕慶齡；靄齡愛財、美齡愛權，唯有慶齡愛國。三姐妹中她也長得最清秀，可惜後來被毛澤東利用，未能做出甚麼偉大的貢獻。

她的故居令我回想到徐志摩和陸小曼的故居。

那年我才過了六歲生日後不久，再過兩年就可以避過算命老人的預咒。

適逢農曆初一，母親帶着我去給陸小曼拜年，這也是一年一度母親和我敢穿像樣一點的衣着。在敵偽這段時期母親非常小心，不敢輕舉妄動，做出任何令偽政府或日本佔領軍留意或懷疑的行為。

黃包車夫把我們拉到她的弄堂口，走進去是一排排紅磚洋房，與我們住的附近街道和法式洋房不一樣，看不見花園，不過紅磚的弄堂好像深不見底。

進入她家大門，發現比外面紅磚更覺陰暗無光。傭人把我們帶上二樓廂房。已經是午後三時，窗簾還沒有拉開，我抓緊着媽媽的手往裏面張望，一線陽光由深處透過來。只見一隻小

手從一張兩面掛簾的羅漢炕裏，朝我們招呼着要我們進去，同時一陣從未聞過的帶甜微香湧進我的鼻子。最新奇的是在一面牆側的小茶几上，放着一件未看過的方盒子，上面有個大喇叭，正面貼有一塊小牌，上面畫有一隻正在注視着一個小喇叭的小狗。

「過來！」穿着紫玫瑰色拷花絲絨睡袍的瘦小老太太，正要從羅漢炕上下來，紮頭的絲巾上別着一顆像鴿蛋大的碧綠翡翠，打扮得像個戲子。母親忙着過去攙扶她。地上有一雙我從沒見過的繡花半高跟拖鞋。

「你不用起床招呼我們，就這樣隨便談談，給你拜個年。」

「我在整理他的詩集和遺稿好半天了。」她用手把炕上堆滿的書籍往後推了一下。

「過來叫陸嬸嬸。」母親朝我招手。

「不用磕頭，鞠個躬就夠了。」稍帶倦意，可是含着溫柔口氣的老人家對着我，似笑非笑地說，露出幾個殘缺不全的門牙；手上夾着細長的煙筒，盡頭的煙斗已被燒黑。

「她有多老啦？」回程坐上黃包車，我急不及待地問母親。

「只比我大幾歲。」

「她怎麼像個老太婆？」

「她很可憐。」母親嘆了口氣，繼續說：「從前她是鼎鼎大名的青島美人，後來嫁給徐志摩。不久，徐志摩就飛機失事死了。」那時我也不懂這是甚麼問題，只是由母親的語氣中知道不是好事。

「她在抽甚麼？」我好奇地問，因為從未看過那麼長的煙筒。

母親只是把手指按在嘴唇上，示意我不該再多問。雖然車夫已把遮風布簾為我們掛上，她繼續用眼色示意不要讓車夫聽到。

「為甚麼陸嬸嬸手上拿着那麼長的煙筒？」回到家我繼續問，剛才母親的忌諱，更加深了我的好奇。

「等你再大一點才跟你說吧。」她把話題岔開繼續說：「她以前的嗓子好，也唱青衣，還能畫一手很好的國畫。」雖然母親沒有完全滿足我的好奇心，但我知道她很欽佩陸嬸嬸。

到我上中學時候，有一天聽見母親跟朋友提起徐志摩的名字，令我想起陸小曼。母親這才告訴我為甚麼她這麼憐惜這位老朋友。那詩人飛機失事後，陸小曼以鴉片解愁而上癮；雖然抽鴉片觸犯國法，但因為情況特殊，官方隻眼開隻眼閉，默許陸小曼使用。

在大學時代我特別崇拜徐志摩的詩詞，尤其愛詠他的《再別康橋》，每次讀到最後幾句——

悄悄的我走了，
正如我悄悄的來；
我揮一揮衣袖，
不帶走一片雲彩。

總令我回想到脆弱淒涼的陸小曼，穿着玫瑰紫的拷花絲絨睡袍，如薄雲飄浮到我眼前。

我正在指給渝看一棟像記憶中的法租界老房子，不過門柱

上釘着七八個住戶名牌，從門裏面走出一位白髮老人。

「你們是觀光遊客嗎？」他用的是一口正統紳士派英文，想是看到我挾着那本英文版的老上海導遊。

「我以前住在隔壁街上的房子裏。」聽他和善的語氣我就用國語回答。

「那是多少年前啦？」他帶着微笑用帶滬音的國語問我，猜想他可能是本地人。

「差不多已經六十年了。」我用滬語回答，自己聽着都覺得不可思議。

「喔唷，六十年。那麼改變太多了！你大概不認得了吧。」他這句話好像邁過不知多少的辛酸苦辣。

「你一直住在這房子裏嗎？」看上去他的年紀比我長十來歲。

「不，」他搖着頭說，隨後他降低了聲線，而且改用英文繼續說下去，「我是文革後搬到這裏來的，原來的房主逃出國去了，也沒有人管理這棟房子。」

他歇了片刻，好像這又勾起了他沉痛的回憶，「同時，我們被驅出了自己多年的老家，正走投無路，結果找到這裏的一個房間落腳。」

他的話中蘊藏着一言難盡的苦楚，令我不忍再詳加細問，馬上轉到不再令這老人揪心的話題。

「你的英文依舊非常流利！」

「以前我是教英文的。」他挺一挺腰板自傲地說，本來已開始彎曲的身軀挺高了兩寸，「所以遇見國外遊客，我會試着

跟他們練習練習英文。」

「遊客多嗎？」

「自從這本書出版後，來的遊客特別多。」他指着我挾着的老上海導遊書說。

「你曉得茂名南路的老房子已拆掉了嗎？」我猜想這老人會清楚附近的歷史。

「起初只開了幾個酒吧。」他嘆了口氣，繼續說下去，「後來一個跟着一個，連串的開出店舖來，不只是酒吧、時尚服裝店和食品店，應有盡有。老房子也被買去拆掉，因為這些店舖可以開出高價，現在一到夜裏就繁雜喧吵不堪，連我們相隔一條馬路都聽得見。」

「怪不得我們尋找了大半天也找不到我曾住過的老房子。」

「你住的是哪一棟？」

「一棟白顏色的三層樓小洋房，離拉斐德路口不遠。」說着我還可以看見門前那些梧桐樹葉當微風吹過時擺動。

「房主是不是一個羅宋人？」

「你認得他嗎？」

「後院還有些鴿子籠。」

「我以前住的是二層樓，你進去過嗎？」

「我曾經教過那個小孩子英文。」他回憶着說，「那是六十多年前啦，直到他全家移民到美國。」

我估計那時候他大學剛畢業，他接着說，「那時我由聖約翰出來不久。」

　　我記得當年三表哥也在聖約翰就讀，並且，好幾次忽然在我們家出現，面孔蒼白無色，好像剛遇見鬼魂，逃到我們家躲避被老蔣特工逮捕，因為他知道父親在政府工作，我們家不會被搜查。

　　本想問這位老先生是否也會認得三哥，不過當時大陸文革前後把人性和歷年來的道德觀念弄得天翻地覆，以至多年好友，父母手足都難免被批鬥。

　　「你還有那家羅宋人的消息嗎？」雖然我也知道那段期間與國外聯絡，就是反革命入監獄的罪名，目前已算開放，於是我隨口問這老人。

　　「沒想到，」他神情一變，我不知道他將報凶還是報吉。「去年，那個俄國孩子竟然領着一些遊客經過這裏，就像你現在這樣……。」他的聲音開始有點沙啞，眼角含淚。

　　「你看是不是奇蹟？我不忍告訴他，他爸爸那所洋房已在五年前被拆除。」

　　「多謝你把這附近的歷史告訴我！」我的嗓音也不禁有點沙啞，已想不出如何對這位老人表達內心的感觸。

　　代表我童年的上海，只剩下幾棵未被犧牲的老梧桐樹根與這位老人的回憶，當年那些茂密的林木已砍除殆盡，其中的麻雀也不見蹤影了。

　　從口袋裏我取出一張名片遞給這位老先生，雖然明知可能性不大，還是邀請他如果有機會來加州，請到舍下稍坐再談。

　　「以後再來玩！」老人客氣地說，告辭的時候他的背竟好像比初見時挺直了一些，朝我們揮着手往房裏走去。

第十六回：敵偽隱居

我記憶中在上海的黃金時代我才六歲。

在金醫生的虹橋花園別墅裏，那時代的虹橋還是鄉間，載着我們的幾輛三輪車和兩側的牛車，以及用竹竿挑着擔子的農夫，都擠在一條路上，周圍不是碧綠就是金黃色的農田。

金醫生開辦的醫院離法租界很近，設備西式，一些由國外深造回來開業的醫生都樂於在那醫院工作。我的姨媽是美國約翰斯·霍普金斯出來的第一個華裔婦產科女醫生，想必是由她介紹我們認識金醫生。

他的第二任夫人，對看護和工作人員以苛刻聞名，他們暗地嘲笑她不但麻臉，也不像前任夫人（那第一任金太太自己也是醫生）待人一視同仁。不知為甚麼這第二任金太太看中了要與母親結交，常邀我們去他們家。她的小女兒與我母親特別有緣，一見如故，隨認母親做乾媽；她比我小兩歲，是我童年最常見的玩伴。

那別墅的後花園裏，晚飯後，餘霞輝照，孩子們慣常地圍着聽兩個保母講故事。我們最喜歡的是水小姐，為人慈祥和善，是一位模範的好看護，腰圍和胸襟與她待人同樣的廣闊，是活生生的一位彌勒佛現身。她特別會哄孩子們，有滿腹講不完的聊齋鬼故事，以她柔和的滬語令我們聽得津津有味，就好像臨睡的催眠曲，可是我們總是哀求她講完一個又一個，不肯罷休。

另外一個保母朱小姐，相形之下像是個木偶，一聲不響，只會拿着兩把大的蒲扇在後面搧動着為我們驅蚊。

當鬼故事講到最精彩的環節，螢火蟲就會在花園遠處出現，像一群群數不清的小精靈，手提着點點閃閃的燈籠在空中漂浮，好似鬼火在搖晃。日落後的涼風由林木中吹來，陰颼颼地更令我們感到寒毛凜凜。

隨着涼風那些螢火蟲也被吹散，水小姐很會抓準時機，把故事講到一個段落，告訴孩子們螢火蟲因怕鬼怪出現，所以隨之消散，正該是我們上床睡覺的時候，這樣我們才肯順從她，不再哀求她繼續講下去。

上海也是我外婆的老家，離開母親出生的祖籍姑蘇不遠。那時候雖然已經淪陷，被日本人佔領，但她還有不少親戚朋友在，比留在人地生疏，說陌生的粵語，並且即刻要被日本人佔領的香港較為容易避難。她也聽說上海的淪陷不像南京大屠殺那麼可怕，自從鴉片戰爭，八國聯軍侵犯國土，上海被瓜分為幾個外國租界區，日本軍隊對租界居民生活一時間還未嚴厲干涉。

上海給我最初的印象卻不是金色的黃昏，而是冷冰冰的灰暗碼頭。母親帶着我乘輪船由香港，經東海到黃浦江口。

輪船駛進黃浦江口，母親就把我帶着天藍色毛絨手套的小手緊緊地抓着，像在警告我將要面臨的危險。她的保護正是我面對上海港口臘月風寒所需要的溫暖。她的另外一隻手，卻插在那時代女人在冬天為避寒常用的毛茸手窩袋裏。

由船上望向碼頭上的人們，像一堆堆墨灰色小老鼠，擠來

擠去，默默無聲。細看，多數穿着長袍長褲，幾個穿着西式大衣的特別顯眼突出。看到的零星幾個婦女裝束一律灰暗素淨，唯恐引起日本憲兵注意。

唯一行動如常的人是碼頭上的苦力、拉黃包車和三輪車的車夫，繼續在招攬生意。

「我們可以坐那個車嗎？」我指着新奇而從未見過的黃包車。

母親示意不要多嘴，低聲地警告說：「要小心，不然那個日本兵會來抓我們。」她用眼角示意站在離我們不遠處，手拿長槍帶刺刀的日本兵。當時我還不知道這是一件可怕的殺人兇器，只從母親的表情和聲音推測到危險，多年後，閱讀張純如的著作才知道，南京大屠殺的真相，日本軍隊用長槍上的刺刀，插入嬰兒和孕婦腹部，恍如孩子在耍玩着戳破氣球。

一位較母親稍高的婦人，由碼頭的人群中過來朝我們打招呼。

「叫褚阿姨。」母親望着她的朋友囑咐我說。這位阿姨不但比母親身材要高，皮膚也比她黑得多。她對我點頭微笑說：「弟弟長得這麼大了。」

母親促我用的稱呼，其實是她朋友娘家的姓，當年她們在北大的時候，尚未出嫁用娘家的姓。母親在外文系專修俄文，也常在外交場合活動；她的朋友專修文科，被系主任、後任校長的名書法家沈尹默看中。

褚阿姨已僱好三輛車子，我們三人坐第一輛，第二輛載大件行李，阿姨的女傭帶着小件行李押後。三輪車夫把油布簾掛

上為我們遮擋寒風，車輪在馬路上咕嚕咕嚕地轉動，和颳在油布上呼呼的風聲互相呼應。從油布側面未紮緊的縫隙，我可以窺看路上熙攘的人和車，比我們在香港時住的淺水灣要擁擠得多。

「在這裏你要特別小心，」阿姨像身為大姐在警告妹妹地說，「不像我們年青時候的上海，如果不小心，說不定車夫把行李拉走無影無蹤，所以我特地把大件的夾在當中。」她更凝重地說：「尤其要當心弟弟，不能單獨跑到馬路上去，會被拐子抓去，把五臟六腑挖空，裝毒品走私。」母親聽着不由把我的手握得更緊。

我們坐在車上好一段時間，不知是否因為被油布悶在裏面更覺長久。後來才知道褚阿姨的家其實離碼頭並不太遠，車夫為了避免經過日本軍區，才繞路到阿姨在英租界的家。

三輪車從大馬路轉到她家的弄堂口把我們放下。在兩排陳舊紅磚三層樓房下，傍晚更顯得黯淡無光，多年後，讀狄更斯的《霧都孤兒》裏面形容倫敦情景，令我回想到當時上海英租界，與我們香港淺水灣離海邊只幾步路的白房子正是天壤之別。

站在褚阿姨的大門口往裏看，只見黑黢黢的樓梯在一側，我緊緊地抓着媽媽的手，猶疑着不敢進去，直到她把我拉進客廳。裏面的沉重紅木傢具，像我跟母親頭一次踏進一座廟裏的感覺，和我們在淺水灣的奶油色桌椅完全不同，那廳裏面對着我們的是以規矩楷書寫的兩幅對聯。

「那是沈伯伯寫的。」母親對我說。我那時呆呆地聽着，

也不曉得應該對這位有名書法家的親筆説幾句恭維和讚美的話。「沈伯伯的書法是有名的，褚阿姨也寫得一手好字。」在我四歲的眼睛裏那些毛筆字只不過是一串古怪而難懂的筆畫。離開抗戰結束，離開父親由外地回來，他把着手開始教我懸腕書法，還有四年。

阿姨安排我們住在她家的亭子間，她好心地認為這是臘月裏比較不太冷的房間，位置在廚房上面。這也是以前一般窮學生租不起高價房租被房東安置的房間，因為房間比較小，天花板很低，光線也不太好，並且也會聞到樓下廚房的味道。法國人叫這種房間 entresol，可以幽默地翻譯成「陽光之間」，也就是説不常見陽光的空間。

阿姨自己住二樓，不過她讓我們用她的二樓廁所。三樓是沈伯伯的書房，雖然他本人已隨着學生去了外地，擺放有許多他的叢書著作，牆上掛着不少他的書法。

不用説，母親非常感激阿姨把我們收留在她家裏，可是她很快就領悟到我們不能長期逗留在她朋友家中。

我們到後不久，她和阿姨談天敍舊，了解當地情形。沈伯伯在外地已令阿姨提心吊膽，怕被偽政府或日本佔領軍發現，加上我父親在外地擔任抗日運輸任務，給阿姨的風險倍增，如果真相被揭露，她不但會被處罰坐牢，説不定連房子也會被沒收。

所幸母親與褚阿姨都沒有被偽政府或日本人發現她們的真實身份，直到日本人投降，父親和沈伯伯從外地回到上海。沈伯伯對政府已很灰心，決定以書法著作為生。父親非常欣賞他

的書法,幾次帶我去拜訪,並欣賞他的創作。

解放後,由他內弟告訴我們,沈伯伯出任中央文史館副館長等重要職務,不過文革期間,因擔心「反動書畫」累及家人,將自己畢生的作品以及累積的明、清大書法家的真跡一一撕成碎片,在洗腳盆裏泡成紙漿,再捏成紙團,放進菜籃,讓兒子在深夜拿出家門,倒進蘇州河。他內弟知道父親欣賞沈伯伯書法,把一些他的作品送給父親保留,聽說他的書法也曾掛在毛澤東和周恩來的書房。

大陸對外開放後,母親回國與褚阿姨在上海重聚。沈伯伯已仙遊,褚阿姨承繼了他的文史職務,她的書法也頗有名聲。六七十年的友誼,離合悲歡不是一時所能盡敘。臨別時她把親筆書寫的作品送給母親留念,那幅褚阿姨書寫的毛澤東詩詞目前仍掛在我意大利的書房,每次舉頭望着她的秀筆,黃浦江口碼頭上,她第一次對我流露的慈祥笑顏,不期然地又再浮現我眼前。

雖然當年母親和褚阿姨未把南京大屠殺掛在口中,不讓我知道日軍姦殺慘無人道的慘況,四年生活在敵偽統治下,總給我留下不少難忘的記憶。

有一天晚飯後,已到慣常母親囑咐我該上床的時候,她的朋友來帶我們出去。我十分興奮,不但因特殊情況不需上床睡覺,並且是第一次去看電影。

他帶我們穿過許多陌生的巷道,來到一條沒有路燈的弄堂盡頭,像是一個廢棄的倉庫,外面牆壁已陳舊不堪。走到後面的小門,拉開黑簾,突然出現裏面一排排坐滿在板櫈上的人。

我們在後排找到幾個位子，媽媽把我放在她膝蓋上，我才看到前面掛着一幅大大的白床單。

不久聽見後面傳來嘰哩咕嚕的機器轉動聲，房間裏的燈突然暗了下來，床單上出現一些彷彿在細雨濛濛裏，活動的黑白人物在說話，有時指手劃腳，有時吃喝談笑。牆上床單有時抖動着，令影像看來更加生動。

我終於看懂故事的概要，一位與母親年紀差不多的女人，為了養活她的母親和孩子，被迫跟一個男人做朋友。他顯然是個有錢有勢並且與日本軍隊有關聯的人，同時這女人把有關日本軍隊的消息，通知要打倒日本人的地下黨義士。不幸她的任務被發現，被日本軍隊抓去後受到嚴刑拷打，最後她被槍斃的情景出現在我們面前，母親趕快把我的眼睛蒙住，不讓我看到這些血腥場面。

電影播放完畢，那房間裏鴉雀無聲，觀眾們像一群老鼠似的，從那黑簾後面嗦嗦地溜到外面的黑夜裏。我想知道為甚麼那女人被拷打槍斃，母親示意不要多問，只是緊緊地握住我的手，加快了腳步，一直到我們走進家門，令我感到好像噩夢初醒。那晚上我卻逃不過真的做噩夢——日本軍隊執着長槍來到我們家抓人，驚惶的我大聲呼喚，驚醒了母親。她趕進來陪了我半個晚上，我才能入睡。

幾個月後我已上床就寢，將睡未睡的時候，突然外面有人敲門，我忍不住下床偷看。母親開門後，令我吃驚地看到不常見而稱為爸爸的人幾乎垮倒在地上，母親忙着扶他坐起來。一向衣冠整齊的他，這時頭髮凌亂狼狽萬分，大衣和襯衫的鈕釦

被扯開，連腳上鞋帶都解開了，恍如街頭乞丐的模樣。

再細看，他半張臉臃腫得連眼睛都張不開來，烏紫的像過熟的爛茄子。母親幫他把大衣脫下，裏面敞開的襯衫上，還帶着骯髒的鞋底印。母親一手扶着他到澡房就把門關上，跟着就聽見澡盆龍頭放水的聲音。

我正想進澡房探望，母親卻開門出來到臥房去。那一刹那被我窺見爸爸躺在澡缸裏，他的陰囊腫得像個饅頭那麼大，他發現我在張望就忙用手遮蓋下身。

事後沒有人再提那天晚上的事，不過日後我在大人談話中得知，爸爸從重慶回來後被日本憲兵在邊界扣留和拷打，還算幸運他未受到更嚴厲的處罰。日本憲兵把他踢倒在地上，正拿出長槍對準他胸腔，母親認識的一個在偽政府工作的官員出面擔保「爸爸」不是間諜，只為做小買賣常去外地。勝利後我才知道他每次去重慶，都是因為把母親和我的消息帶給我的生父，而每次卻冒着殺身之險完成對摯友的承諾。

母親從大陸帶出來的照相冊裏，插着一張很大的黑白相片，是勝利後父親設宴慶祝她的四十歲生日，當場向他的摯友致謝，抗戰時期幸虧他冒着生命危險在敵偽上海保護母親和我，借用他的姓名作為他的眷屬過活避難。當時因為我太年幼，母親不敢把真相告訴我，怕我會洩露我們真實的身份。敵偽時期我叫爸爸的人就是我生父的摯友周叔叔。

向日本憲兵擔保，挽救周叔叔生命的人，在抗戰將近結束之前來過我們家幾次。當時母親叫我稱呼他為羅叔叔，暗地他告訴母親，他對偽政府已灰心。他原先以為參加偽政府可以防

止國人受更多苦楚和較安全，可是他自認失敗了。

勝利後他被判為漢奸，可是不像陳公博等被判死刑，因為有人提出他曾出力挽救過不少國人。不知母親是否其中之一，在文革後母親得到消息他已死在監獄中，她傷感地嘆氣說：「他是個好人，可惜走錯了路。」一失足成千古恨。

在敵偽上海最難忘的回憶是我七歲的農曆年。母親聽四舅說外公近年因苦衰老，雖說她永不能原諒他對外婆的殘忍虐待以至她早逝，但還是決定請他由蘇州到上海來過年。不過母親囑咐我必須對外公表示尊敬，但不必稱呼他的姨太太。我好奇地問：「那是第幾個姨太太？」我知道這已不是致外婆早逝的第一個姨太太，母親冷冷回答：「第五個。」聽她的語氣，這人絕不是一個我該尊敬的人。

三輪車夫把我們拉到離火車站大門口不遠處，就讓我們下車。門口前被一卷卷粗大的鐵絲網攔住，車站周圍的人山人海比我們當年上岸的碼頭還要擁擠得多，那些破爛衣着的群眾，比街頭乞丐好不了多少，如此穿着一方面是迴避日本憲兵注意，他們手頭和背上的包袱裏塞滿了年節食品。

媽媽把我挾在她和跟我們一起來的上海娘姨之間，同時以便娘姨可以幫着拿外公的行李。像當年在碼頭上岸時一樣，媽媽緊緊地握住我的手令我知道現況危險，直到我們通過日本憲兵搜查，她握住我的手才慢慢放鬆下來。許多人的行李和隨身攜帶包袱被憲兵撒滿一地，用長槍上的刺刀反覆搜查。

我們像熱鍋蓋上的螞蟻，面對着日本憲兵的刺刀長槍，不知何時會輪到自己，不由自主地隨着人群朝從蘇州來的列車月

台方向推去。

　　離我們不遠處，一個駝背的老太婆背上還揹着一個不作聲的嬰兒，老人滿面的皺紋像塊曬枯的蘿蔔乾。突然間面前刀光一閃，刺刀插向老人背上的嬰兒，可是不見一滴鮮血，也沒聽見一聲哭嚎。

　　我顫抖着抓緊媽媽。同時見那憲兵揪住老太婆的白髮，把她摔在地下朝她臉上亂踢，那老人忙着用手遮面，口中喃喃悽叫救命、救命。

　　媽媽和娘姨馬上把我拉開。

　　「為甚麼？」我忍不住問媽媽，她只對我搖頭，警示不許出聲。

　　娘姨蹲下來在我耳邊說：「那小孩不是活的。」隨着更低聲說：「走私。」雖然我不懂這兩個字的意思，但從她的聲音中我推測這在進行最可怕的罪惡。忽然我回想起褚阿姨在碼頭上警告母親的話，要小心不要讓我被拐走，拐子會把小孩肚子挖空後塞滿走私物品，我把媽媽和娘姨的手抓得更緊。

　　「不曉得你的小手有這麼大的力氣！」娘姨安慰着我說。

　　外公正要跨下列車時我就看見他了。他穿着藏青的絲綿長袍，腳下一雙白底黑布鞋，臉上一副黑框眼鏡，就像他的照片一樣，沒有一點改變。他右手撐着一根銀柄拐杖，左手牽着一個比我小的女孩子，一個穿得樸素像女傭的人，手提着箱子跟在他們後面。

　　母親牽着我的手走向前，並叫我稱呼外公。

　　「三小姐，您好。」那女人先過來問候我母親，同時叫那

女孩子過來同樣地稱呼我母親。母親回首朝她們點了個頭，後來我才發覺那小女孩，是母親的同父異母的么妹。

　　母親對於妾室的憎厭始於外公的第一個姨太太，而納入這個姨太太還是外婆同意的。母親排行第三，二姐早夭，大哥是個天才，卻不幸在十六歲患梅毒去世，外公外婆皆悲痛不已，外婆遂同意外公納妾。不料從此外公寵愛妾室，這姨太太豐腴大足，母親說她像隻鴨子，正與身材瘦小、三寸金蓮的外婆相反；外婆則倍受虐待，經常被毆打，以致早逝。每次提起外公的姨太太，都令母親咬牙切齒。

　　跟着外公身後，幫他提箱子的是第五個姨太太，卻舉止隨和謙虛，不像會傷害任何人的樣子。她的女兒看着也很可愛，有點像常與我作伴的金醫生的小女兒。

　　不久前我收到一份母親家的族譜，才發覺一些從未聽母親提及的家人身世。她對外公的印象總擺脫不了他當年虐待外婆令她早逝的陰影，母親從未提過外公是管仲的後代，這位春秋時代齊國的著名人物的後裔由安徽南下定居姑蘇。同時我也發現當年外公牽在手上的小女孩，母親最小的同父異母妹妹，她竟然在南京任大學教授。

第十七回：書法人生

　　從外表來看，一般人都説我像母親，但從個性方面而言，猜想老天爺把雙親揉麵團子似的，把母親的一半——外向和活潑遺傳了給我，父親的一半——內斂和堅忍也同樣的遺傳了給我。歷年來，也把他對文字和書法的愛好，隱隱地植入了我的骨髓中。

　　德國美因茨古城的古登堡博物館裏，能看到我國的甲骨文。我從小就聽過岳母在她兒子背上刺上「盡忠報國」的故事，在成都的碑林看到岳飛的《滿江紅》手跡更令我感動。我國美術史論字畫來説，書法卻置於繪畫之上，有的審美學家甚至於説書法是中國美術的優雅骨幹。

　　在意大利古城裏，我的書桌上陳列着父親留下來的毛筆和硯台，硯台是外公送給父親的見面禮，上面刻着製硯者的名字，原本屬於董其昌所有。在我女兒不到兩歲的時候，有次無意地把它從桌上摔到地上，結果硯台一角的獸紋被損壞，我只得怪自己不夠小心，後來有幸找到亞洲博物館的文物保護專員修補，據這位專家説連透視都看不出來曾有損壞，可是破鏡難得重圓，在我的眼裏總能看見以前的那道缺痕，好比心臟病發作過後的病人，心電圖上總留着痕跡。

　　父親只留下兩件重要遺物給我，一件是第五世祖的親筆扇面，另一件就是董其昌的硯台。每次面對這修補過的硯台，我

總為未能好好地保存父親的遺物而感到遺憾。

每逢手執父親的毛筆，沾着硯台上的墨水，就不免回想起當年父親由外地剛回上海，書房裏可以嗅到一陣鮮墨的松香。他教導我耐心研墨是學習以後處世待人的啟示，不由自主地我會把腰骨挺直、手腕提起來，彷彿父親又在把着我的手，教我懸腕書法。

在這意大利古城的街頭小巷，我也發現了一些紀念牌，紀錄第二次世界大戰前後，被法西斯政權迫害犧牲的烈士。那段時間正是父親在外地擔任資源運輸反抗日本侵略，與世人反抗法西斯主義的掙扎相呼應。

我眼前的月光，由聖方濟老教堂的古鐘塔，透過陳舊的意大利窗戶進入我的書房，像是父親在上海教我書法時的清晨曙光。李白的《靜夜思》由我手執的毛筆落跡在棉紙上：

床前明月光
疑是地上霜
舉頭望明月
低頭思故鄉

父親開始教導我書法的同一年，他也帶我去拜見一位外國朋友。這是七十多年前，我第一次遇見一個美國人，這人不但比父親還要高出一個頭，那天早晨的陽光照着他滿頭的金絲怒髮，像極父親帶我們去逛杭州廟裏，大雄寶殿前面的護殿金剛。這位美國金剛彎着腰用一隻驚人的大手猛力地抓住我的小手，

上下抖動着和我握手，嘴裏對我發出雄獅巨吼的聲音，我卻連一個字也未聽懂。

回到家裏，父親才對我解釋那人教我說：「這才是你該握手的方式。小弟，這是我們美國人的習慣！」父親繼續介紹他是在外地與陳納德的飛虎隊支持西南運輸任務時的戰友，他的太太露西也成為母親的朋友，曾招待我們到她家去坐。

他們住的公寓在茂名南路另一端，離我們家不遠，也是戰前蓋和平飯店的同一個老闆，猶太富豪沙遜所蓋的華懋公寓，當時上海本地人都叫它做「十三層樓」，解放後改稱錦江飯店。後來，它成了招待美國尼克松總統訪大陸時的住所，並且在那裏與周恩來總理簽了中美《聯合公報》。

數年前我帶着渝回上海懷舊思鄉之旅，未能找到幼時住的房子，因為已被拆除，可是卻找到錦江飯店。對面已有一棟外表更華麗的新旅館，聽說是日本資金所蓋；雖然樓下已被一些最高檔的法國和意大利商品佔滿，卻仍缺乏我所記得當年「十三層樓」那種高貴特別的氣氛。

這對美國朋友回國之前，母親把外公的一件朝服送給露西，因為她身材高大，母親覺得她可以罩在晚禮服外面穿；父親送給他的戰友一首親筆書寫的告別詩詞。

「以後你一定要跟你母親一起來美國看我們呀！」臨別時露西拉着我的手說，母親已經向她透露，準備以後送我去美國讀書。

二十多年後，我由約翰斯‧霍普金斯醫學院外科專科完成訓練後，準備去美國西海岸定居開業。因為那時候我已成家，

兩個孩子的母親和我都認為應該讓後代子孫，承傳我國語言和文化。我們在同一個醫院接受訓練，不過她的專業是過敏免疫科。兩人要開業必須僱用保母在家裏照顧兩個小孩，而在西海岸，比較容易找到說華語的保姆。

想起父母親的美國朋友在南加州定居，那時候露西的丈夫已去世，她單身住在離聖地牙哥不遠的拉浩亞，我乘到西岸去尋找開業地點之行，順便去拜訪露西。

在洛城機場租了車子開到她住的高樓大廈，大門進去的裝潢很像她當年在上海住的「十三層樓」。入口大廳置着一尊比我還高大的如來佛，側面牆上掛着一幅洋人常用來佈置的國畫祖宗肖像，畫裏的朝服很像母親送給露西的那件。一位男傭出來把我迎進露西的私人公寓，從那個寬闊的會客室，一眼能看到朝着遠東方向，無邊的太平洋。

由一片牆那麼大的八扇雕花鑲玉屏風後面走出來的老太太，不是記憶中比母親高大得多的紅髮女人。面前的老人比我還矮半個頭，白髮往後梳，髮髻用鑲着一塊很大緬甸翡翠的髮針夾住，猜想是她丈夫當飛虎隊時從緬甸買給她的。

坐下來後，她說丈夫去世已不止十年，獨身的她僱了一對夫婦，男傭和主廚的女僕和她同住，她的獨生女兒就住在北加州。「那是個陌生的地方，幾乎是另外一個領土！」她嘆着氣說。

她問了我一些母親的近況，我告訴她母親還在紐約教書。男傭給我盛的茶已經喝盡，她沒有囑咐再添，好像沒有甚麼需再多談的了。

那段時候，正有不少解放後由大陸陸續出來的華裔難民，我以學生身份來到美國，最初修讀化工，畢業後在化學工廠工作了一年左右，感到不適合我個性，又回到學府試修碩士，終於決定改讀醫學。

美國政府那時候的移民規定必須重新申請簽證，移民局官員拿着我的申請書對我說：「明知你們『這種人』千方百計就想在我們這裏逗留下去！」他把申請書和護照朝我一丟，好像對乞丐丟幾個銅板的神氣。我只得忍氣吞聲，接受他帶歧視的侮辱，因為明知如果沒有這份簽證，前途盡毀，而未敢意氣用事，把簽證書摔回給這無禮的官員。直到今天，已是過半個世紀前的事，心頭那股憤怒怨氣還未能消除。這是有色人種在這白人的世界裏不可忘卻的煩惱和苦楚。

我站起來向露西告辭，多謝她招待的那杯茶水，同時注意到父親送給他戰友的那首惜別詩詞掛在較暗的角落。再一次看到父親的王體行書，軟中帶硬，婉約和實具骨氣。

我們父子間存在多年的距離和隔膜——他遠在台灣，我埋頭在國外追求學識和職業。雖然學習和欣賞書法是他為我啟蒙，但以後再未得他的輔導，特別是看了他寫給母親的信中，否認是我的生父後的那段時間。等到我逐漸領悟到父子間的感情複雜和書法的美德，我們之間的距離和隔膜已牢不可破。他早已不在我身邊，我漸漸開始拿原子筆抄他寄來的手跡，彷彿還可以細味他仍在把着我的手，像他剛由外地回來教導我書法。

離開露西富有昔日老宅風味的豪華公寓，走向停車場，冷

風由海邊颳在我臉上，令我猛然清醒，意識到當年露西和她的丈夫，在上海與我們的友情和目前她對我的招待之差別，彷彿以前的友誼已不存在。不知道她是否看到太多難民求助的新聞，怕我會對她開口有甚麼要求。

我再拿着李白的詩詞讀了一遍，往事故鄉不堪回首。正好我對望着書桌上的兩句意大利成語——歲月給我們的教訓，不是「短短的」一兩天能夠領會到的：

Gli anni insegnano
Cose que i giorni
Non connoscono.

意大利與中國同享長久及優秀的歷史和文化，他們的成語和我們的，同樣地像細膩的錦緞，描寫出複雜的人生，薄情的紅塵。

第十八回：心印山蔭

　　清明掃墓的習俗一般認為起源於周朝，有三千多年的歷史。我每年都是等到冬至後去台北，一來是趁年底假日，二來那時候去台北不需要一天淋浴三次。

　　父親和祖母都安葬在六張犁，台北最早的和唯一市區內的公墓。第一次我去上墳是父親安排他一位秘書帶我去的，除了回去探望他，我對台北感覺非常陌生。那時候已聽說不是所有計程車都找得到這偏僻老墳場，他的秘書已買好鮮花和供品帶去，不過必須先約好管理人陪伴才找到祖母的墳墓。墓地的老榕樹在熱帶地方長得非常茂盛，粗大的樹根像蟒蛇一樣到處盤踞，把上山的路徑掩沒，若沒有熟人帶路，幾乎無法找到。

　　那位管理人姓黃，頭上紮着一塊已半濕透的毛巾，以免炎熱工作時滴汗流到眼裏。她是本地人，聽我要為祖母敬香獻花，非常熱心地急忙去把墳墓清掃乾淨，才領我們上去，一邊對我說：「你的阿嬤好運氣，她的墳墓正好離總統家人不遠，所以這邊小路還可以走得過去。」父親的秘書低聲對我說，蔣緯國的墳墓就在不遠處。

　　後來我發覺六張犁別稱「亂葬崗」，是五十年代白色恐怖冤死的死難者遺體的埋葬地，離捷運站不遠處的小山丘上，有數百名死難者矮小的墳墓。父親為甚麼選這個墓園令我納悶，猜是當時託下屬辦理，只圖在台北市內，離他住處不太遠吧。

　　每年回去探望父親，都包括要去六張犁對着父親的摯友，同鄉葉公超為祖母寫的碑文奉香獻花。後來父親久住醫院，不多管理公司事務，那位秘書照舊每次陪我去上墳。不過計程車越來越難找到這小山頭，漸漸地兩旁馬路蓋的新建築，越來越緊密漸被遮蓋，司機喃喃地抱怨。

　　父親仙逝後安葬在祖母墳墓的右旁，不久後他的第一任妻子在香港去世，她被安葬在祖母左側的墓穴。我每次回去掃墓必定帶上三束鮮花，在每個墳墓前面奉上一束。鮮紅的玫瑰花留給父親，因為記得他為母親買衣料，愛選鮮艷顏色。先朝祖母三鞠躬，然後父親，最後他的第一任妻子。不由得令我對她的憐憫，生前不願與她同床共寢的丈夫，在九泉之下至少較接近。

　　那個和善的管理人黃太太，站在一旁看我上香獻花鞠躬後說：「老先生，你真有孝心，看上去你也是上了年紀的人，還這麼山長水遠由美國回來掃墓。」

　　「那是我應該做的。」我看看她也開始兩鬢斑白，「幸虧每次還能找到你陪我上來。」我感謝地說。

　　「我明年也要退休，讓兒子來接手了。」

　　黃太太的話一言驚醒，令我暗自思量自己還有多少年能繼續維持長途掃墓。我必須面對現實，在我離世後，要出生和成長在美國的子孫們繼續去六張犁，連我自己也訪尋困難的墓地，更何況是他們，所以這幾乎是奢想。

　　遷墳改葬也非簡單，祖母是全體入土，她終身拜佛，必須顧慮怎樣把她整個遺體遷葬。可是她臨終被最心愛的姪女，也

就是父親的第一任妻子，勸服成為基督徒，所以她的碑文上端有個十字架，這樣反而使得遷葬少一樣頭痛的顧慮。雖然基督教也有不少不符現實的信仰和忌諱，卻不禁止火化遺體。

母親在去世前曾考慮安葬到香山萬安公墓，可以永久陪伴外婆，她的終生遺憾是，在外婆臨終時未能守在她老人家跟前。不過，領會到在美國後代子孫長途去北京掃墓的困難，最後選擇在灣區墓地，可以面對着大陸，瞭望着北京。

最後我決定把父親和祖母遷葬到同一個灣區公墓，也許，從做兒子的立場，把生前分開的父母在陰間能夠撮合一起，聊以安慰。

就這樣我帶着渝到達母親墳場，在安葬母親不遠處的靈灰塔，選定了三個朝東的位置。祖母與父親同一個位置在上，左側的位置安置父親的第一位妻子。雖然母親購買墳地時準備足夠我和後人陪葬，但我決定把父親下面的位置保留給我和渝。渝決定以後與我同葬，放棄與她家族在台北陽明山上那壯觀的祖墳，實現了我們之間終生相伴的承諾。

最近，復姨的女兒決定了把她父母的骨灰轉葬到母親的墓穴內，因為大陸的新規定，普通人不能葬入萬安公墓，也就是說以後復姨女兒無法在九泉之下陪伴她的父母親。他們兩人於文革自盡後被視為反革命，表妹連屍體火化時都無法趕到，如果以後也不能陪伴雙親更為遺憾。對我來說，表妹的決定令我非常欣喜。

在鄰近也有朋友和遠親的墳地，並且發現靠着母親墳墓的靈灰塔裏有溥儀後人的灰穴。不知這位皇室後代是否知道當年

母親曾和他的先輩共舞。

最令我安心的，以後母親會有她最心愛的小妹妹陪伴在身邊，稍能減少自己未來不能同她葬在同一穴裏的內疚。

確定了遷墳改葬原則，還有無數形式上的問題。黃太太說一切需要燒香拜土地公祈求，以防對後代及本地風水不利，並且需要申請遺體骨灰出境許可證，而這些機構已遷出台北市；後者要花兩天作跑腿處理，祈求土地需選黃道吉日，消除各種顧慮，黃太太說一時間難辦妥，只有先回加州等待消息。

一年多後，邀請家族親屬參加改葬祭禮後，渝跟我說：「希望你父親對這一切的安排沒有意見。」

我感到驚訝，自以為已妥善解決了這複雜曲折的難題。葬禮前一天，我特別小心翼翼把祖母、父親和他第一任妻子三人骨灰，分別安置在骨灰盒內，確定不要放錯，令父親在九泉之下不安；祖母和父親在同一盒內，第一任妻子在另一盒內；然後目睹兩個盒子被放進個別指定的位置裏。

雖然祖母改信基督，對火化遺體遷葬到美國，會否怪罪於我？這疑問不時在腦中打轉。

「我們的五世祖去廣東，當時準備取回四世祖遺體。」父親整理舊家譜後，再印好新的分別傳給族人時曾對我解說。

新家譜的序言裏面，父親把家世由浙江山蔭遷到廣東番禺的詳情記錄下來：明末，五世祖去廣東運屍回鄉時住在當地鹽商家中，以他回程路費全部救濟這家人，免得他們瀕臨破產、家門掃地，雖犧牲回鄉盤川路費，卻開啟在廣東落地生根。

台北父親的家中堂掛有五個字「行善無所住」，屬於清末，

泰山經石峪拓印的《金剛經》。泰山石刻含括了整個中國書法史，一脈相承的發展脈絡，目前掛在我的客廳正中。父親一向寡言，這幾個字不但可以代表他的人生觀，也顯出他終生對書法的偏愛。

當年父親為我解說家世、書法，我還未開竅，忙着開業、歸還學債和兩個孩子的教育和成長，不過還記得紹興山蔭，記得紹興酒是我國烹調時常用的，王羲之的《蘭亭集序》出於山蔭。

去台北領取父親骨灰改葬之行，我準備也回去重遊杭州。

坐掛車到杭州是我第一次坐火車的經驗，我最親切的復姨也陪着媽媽和我同行。其實掛車是指在一般列車後面特別掛上的一節車廂，是專用的貴賓車廂，一般乘客不能坐上，因為父親在鐵路局擔任要職的關係，所以我們能夠乘坐。

舊相簿裏有不少父親愛用的 Rolleiflex 相機，照出來方方正正的黑白照片。有一張我擠在父母親中間，臀部對着相機，正在注視船夫用着幾丈長的杆子撐船，大概是復姨所照。杭州是南宋蘇東坡的領土城域，常言「上有天堂下有蘇杭」，乃詩人畫家的勝地。

當時我最欣賞的是能夠隨便在掛車裏，鋪着紫色地毯的走廊來回走動亂轉，童年由上海去杭州的火車需要乘坐一個通宵，現在只需一小時就到了。

這次我帶着渝坐的是二等車廂，設備相等於歐洲的頭等廂，環境非常乾淨，抬頭還可以看到列車速度。一個衣裝整齊的年輕人在看管他的女兒，她正在車廂中間的地毯上奔跑，年

紀跟當年的我差不多。

「紹興距離杭州只不過一小時不到。」渝一面在翻看車廂裏的旅行雜誌對我說。雜誌裏也介紹紹興的獨特——除了紹興酒，還有私塾師爺、紹興戲的梁山伯祝英台。

「這裏說紹興的水鄉可賽姑蘇，並且是魯迅和周恩來的故鄉。」渝繼續唸給我聽。

最令我注目的是——王羲之的故鄉。不由地想起父親把着我的手教我懸腕書法，濃墨松香撲鼻的書房又再一次回到我眼前。

為甚麼當年給我家譜的時候沒有提起紹興是書聖的故鄉？尤其是父親終生愛好和練習王體書法。也許是他一向寡言少語，寧可讓我自己去發現。他總認為身教比言教有效。總結來說，這輩子我不可能完全認識我的生父，已經等過了七旬才發現明代的故鄉。

腳踏在往書聖故居的石子路上，牆上簷間題滿了王羲之父子的字跡，與父親每天清晨練的字體一樣，令我感覺到他好像又陪伴在我身邊，讓我自己來發現明代的故鄉。

回看蘭亭序帖，細琢王羲之的書法，和唐前四個世紀不穩定的時勢，更能夠欣賞他的字體，別有一番細膩和溫柔。

在紹興的古道上我彷彿回到故鄉的懷抱，東張西望街頭小巷的本地人像族人那麼親切，若有人跑出來說是我的手足，也不會令我驚訝。父親的身世我知道的很少，即使母親的身世也有很多我不知道的過去，她離世兩年前才告訴我有過一位異父同母的姊姊。而父親本性寡言，等待我發現的秘密更不知有多

少。

走到書聖的故居，發覺是所廟宇，牆上的説明告訴我這已是隨着朝流變遷，幾百年前的事了。

「文革時期，這裏被紅衛兵佔據。」管理人見我駐足在細讀牆上的説明，熱心走過來對我説：「幾年前才還給我們。」他繼續告訴我一些王羲之在這附近的事蹟。

恍然明白這人對我這麼殷勤的用意。自從大陸開放，鄧小平執政，他明顯地指出，不管黑貓白貓，能捉到老鼠就是好貓。因這政策，舊廟也被歸還開放，不過必須自尋活計維持。可是多年嚴禁拜佛信教，百姓已失去供奉習慣。

我拿出一張二十元人民幣放入供香箱，那管理人為這三塊美金，左謝右謝了半天。

出了廟宇門口，在前往書法博物館的街口上看見一個小畫廊。我進去看到牆上所掛的書法很一般，有點商業化，好像舊金山漁人碼頭賣的一些取悦旅客的紀念品。

「這是您的作品嗎？」我朝櫃枱後面的人隨便問道。

「是的，不瞞您説。」他由櫃枱後走出來，帶着歉意地説：「這些是為一般年輕旅客，想要一點當地的留念而作的。」

「老先生，您是收藏家嗎？」

「不敢當。我喜歡書法，父親一生投入王體書法。」他説：「讓我給您看我比較花了點兒功夫的作品。」他從櫃枱後拿出一個織錦的盒子，打開一把扇子給我看。

扇面是現代的工筆美人圖，後面是一首唐詩。看得出來他花了點兒功夫的，不過不是我欣賞的畫風。

「非常細膩。」我簡單地稱讚了一句，不想多說，怕他會誤會我真的喜歡，也免得他開始要價還價的買賣口吻。

「您是這兒本地人嗎？」 我岔開話題地問。

「是，我們家在這裏已好幾代了。爸爸曾得到全省的書法獎。」他又說：「靠賣字是沒法生活的，我給您沏杯茶吧。」

「不客氣，我內人還等着一塊兒去書法博物館。」

我和渝未行過婚禮，不過在大陸，即使在意大利，我只能說是內人。他們沒聽過終生伴侶的稱呼，也不必費唇舌向他們解釋。

「那裏沒有真品，只是陳列一些複製品而已。」我知道王羲之的真品已不存在，即使知名博物館裏也沒有。他們作為傳世珍品的也只是名書法家抄寫原作，傳說唐太宗特別賞識王羲之的字，把當時已經難得的原作陪葬，不得流傳於世。

街對面是一座小塔，紀念一位老婦辛苦地以賣扇為生，王羲之經過時在扇面提了字，結果讓她可以賣到更好的價錢。

「我祖上是山陰的，不過那是明末的時候了。」我感受到這以賣字過活的人生，不由得激動地說出這句話來。

「山陰離這裏不遠，蘭亭就在那小鎮，公車半小時就到了。」他馬上看了看手錶說，「可惜太晚了，今天趕不到了，老先生，您明天上午去吧。」

「今天火車票已買好了，我會再來的。」我回答他的同時，也是對自己的承諾。

第十九回：萬安公墓

「哥哥，總算是老天爺保佑，我還活着。」多年沒見的表妹，一口京片子，在計程車裏對我説。

從小她就叫我哥哥，我們之間的情感也親如兄妹。説起來，我和她的父母親有雙重親屬關係，因為他們是表兄妹聯姻，她的父親是我的表舅，母親是我最小的阿姨。

她坐在我側面，臉上一根皺紋也沒有，大概是她愛看書，也不常出門。因為文革時期結核性腎炎，鏈霉素毀壞了平衡，不能穩定行走，可是皮膚還像我們童年時一樣，不像我在加州診看有皮膚癌的病人，把皮膚曬得陳皮一樣，又乾又皺。

除了她那雙眼睛之外，表妹的臉上沒有流露出這幾十年來在大陸所經歷過的苦楚。童年時她的眼睛和她母親的一樣——也就是我的復姨。當年在上海復姨帶我和表妹到美琪大戲院去看伊莉莎白·泰勒主演的《玉女神駒》，著名好萊塢女明星的眼睛比不上復姨的那麼璀璨。

那雙當年綻放奪目神采的眼睛，已被三反五反、勞改土改，加上文革，數十年來數不清的不斷鬥爭運動，磨折得黯淡無光。

表妹的父親是中國儀器儀表工程教育和計量測試技術開拓者，曾造就中國第一台刻線機獲得國家科委重大科技成就獎。他的教研治學嚴謹，深受師生敬仰。他的哥哥是我的大表舅，也是一位知名的物理學家，我在麻省理工學院讀化工時，他掌

管那裏的林肯研究所。

文革期間姨夫與復姨不堪被當眾毆打羞辱，夫婦兩人同時自盡，遂被定為反革命分子，抄家封戶。

那時未成年的么表妹無家可歸，以往父母的同僚無人敢開門協助，終於走到五十里外的鄉村才找到收留。多年後平反，政府把她父母的婚照發回給表妹，黑白相片已撕成兩片，她用膠紙勉強貼補，拿出來給我看，這是她取到唯一的父母照片。家破人亡，平反，膠紙何能彌補？

「萬安公墓。」陪我在計程車後座的表妹，告訴帶白手套的司機地址，我正好趕上清明去香山到外婆墳前上香供花。

「離頤和園不遠。」表妹繼續跟司機說，她的嗓門比一般人說話要高得多。

來飛機場接我重聚時，半世紀離別後的我們兩人，忍着淚水互相擁抱，不知有多少要說的話。

她告訴我她的聽覺和平衡器官都受鏈霉素破壞，下鄉勞改到內蒙古，帶回來滿頭蝨子和腎臟結核症。除了剃光頭消除蝨子外，鏈霉素是國內唯一供民眾使用治結核症的藥，所以她走路會搖擺不穩。我對聽覺有問題的患者有經驗，知道他們慣用高嗓門，自動調節的表現。

在車廂後座，她看着我說：「好高興！你回來了。」

第一次我到香山是為了外婆安葬，她的遺體一直擺放在碧雲寺。外公忙着應付姨太太，隨後就是抗戰，勝利後母親認為自己的第一個責任，就是把外婆安葬在戰前她為外婆準備好的萬安公墓墓穴。當初她買好兩個墓穴，第二個準備往後自己陪

葬在外婆身邊，因為她未能趕及為外婆送終。抗戰時期，四舅需要錢，在未得到母親認許，私自把第二個墓穴賣了，母親知道後特別傷感又遺憾，以後不能陪葬在外婆身旁。

那年我才八歲，母親領着我，跟在吹長喇叭唸經的和尚們後面。我們都隨着外婆的靈車，整個車子上下左右，前後都紮滿了鮮花，從碧雲寺一直走到萬安公墓。

「為甚麼他們頭頂上有許多黑點？」我好奇地問媽媽。

「那是用香頭燒的。」她回答我。

「為甚麼？」

「他們信佛，很虔誠。」

我還是不了解，不過，媽媽示意不要再多問，跟着和尚們繼續向前走。

我們走着走着也沒覺得累，花車、喇叭、誦經的排場看着很熱鬧，並且我知道媽媽特地先去前門一家以前外婆愛光顧的糕餅店，買好棗泥餅。

現在我想去找那家外婆喜歡的糕餅店，但表妹説那一帶的老舖子都沒了，連明、清兩朝留下的老城牆也被拆除。梁思成和林徽因捨命挽救，企圖保留我國歷史性的古蹟建築，被毛澤東的破舊立新運動一筆勾銷。林徽因的姪女林瓔（Maya Lin）卻於將近二十年後，在美國華府創造了前無古人的碑牆，紀念越戰亡人。

「師傅，請你開慢一點。」 表妹對司機説。「預計很快就要左轉。」

「這裏三天兩頭都在修路，每次我來都出新花樣。」她接

着對我説。

「可不是，上次我們的一個年輕的上海導遊説他幾天不回家，可能街道就已面目全非了。」

快要到公墓之前，我就看見高大油漆着深綠色的鐵欄杆圍牆，好像需要防備死人會被活人傷害。

半世紀前外婆的靈車開到這裏，連大門也沒看見，管理墳場的老工人從茅廬模樣的門房出來，先對母親打招呼，彎腰作揖才帶我們一齊進去。

現在司機把我們放在壯觀的圍牆大門外説：「只能把您們開到這裏，我在這兒等您們。」我忙着要給他車費加小費，表妹搶過來對我説這裏的計程車和飯館，都沒有給小費的習慣。

門前護衛過來問清楚我們的來意後，就把我們帶進墓園。以前的茅廬現在已是一座兩層樓的大洋房。

坐在櫃枱後的年輕人，站起來問我們外婆的姓名後，走去查看登記簿。

「這戶頭上有些欠款沒付的，還有些罰款。」他抬起頭對我們説。

「這絕不可能！」表妹把已經夠高的嗓門再提高地回應：「這帳戶是買斷付清了的。」

她轉身對我説，「三姨媽把所有的管理費，一勞永逸地完全付清的。我陪她一塊兒來，親眼看見的！」表妹一面叨叨，一面在她帶着的布袋裏尋找收據。「這個年頭你得把一切證件帶在身上。」

「這裏的章程改了，政府接管後改的。」面前的管理員一

副官僚語氣地朝着我們說。

「那我們怎麼沒收到通知？」曾任多年清華大學教授、年前才退休的表妹轉用反問學生的口吻說。

「這些都在《人民日報》公告欄刊出來的！」這人繼續用着一副官員的口氣回答。

「我才不看這些政府宣傳品，這一輩子我也看夠了！」表妹完全用長輩教訓小伙子的口氣繼續說。她好像把幾十年來所忍受的怨氣冤屈都爆發出來──彷彿目睹着一隻脆弱受慣委屈的小麻雀突然變為一隻雄鷹。

從裏面辦公室走出一位兩鬢灰白的中年人：「您親屬辦好這些手續費的時候，我可能已經在這兒了。」他的口氣平和，一方面招呼我們到裏面辦公室去。

「聽見您對這裏的章程改變有點疑問。」他同時並吩咐手下人倒茶。

「不用客氣。」 表妹的口氣也轉緩和了。

「一點不麻煩。」他婉轉平和的繼續說，「現在公墓由政府管理跟以前完全不一樣了，這是全國性的，不只限於我們這裏，墳地期限二十年的租期定約，不過每二十年後可以延期。」

「我知道現在政府的政策。」表妹不服氣地說，「反正政府想盡辦法向老百姓要錢！」

「我看這位老師已有過多年的經驗。」以表妹的語氣和氣質，他推斷不是附近的北大就是清華的教授。他轉過來朝我說，「您不知道我們每天都要忙於應付這些規章改革。您們兩位先喝點兒茶吧。」

我看出來這人顯然在盡力調解僵局。

「讓我來看能不能解決目前的問題。既然是現在政府的規定，那麼我們也只得遵守，不過，以前我母親是簽了買斷永久付清的合同。」

這比較和氣的管理員耐心的等着我繼續説下去，雖然表妹還是滿面不服氣的樣子。

「既然我母親簽了買斷永久付清的合同，她的原意不能違反，往後這二十年的租金讓我來負責。」

「哥哥，我不能讓你出這筆錢。要付，也是該由我來付，因為這是在我看守期間發生的事。」

我知道表妹的退休金有限，比她以前當主任教授還要少。那時候她告訴我，收入比開計程車司機還要不如。

「你別跟我爭這一點了，既然你叫我哥哥，我就以長者的身份來決定了。這也令我遵從母親的原意，盡我對她老人家在九泉之下的承諾。」

那管理員馬上鬆了一口氣，既然糾紛有了一個解決的方案，不需要他繼續費唇舌。

「我可以把一些罰款取消，那是理所當然，我也有權執行的。」

我把現款數出來的時候，表妹還在她布袋裏想找出錢來，好在發覺那筆數目可觀，她身邊沒帶夠現款，免了我繼續跟她爭論。

管理員把現款數過後交給下屬，然後對我們説：「不瞞您説，我等不及再過兩年就退休了。」

「我去年也剛退休。」表妹表示同情地說。

我們拿了二十年租約收據，站起來告辭，並且表示感謝他幫我們解決問題。

離開墓園辦公廳，朝外婆墳墓方向走，發現道路看上去都是新修的，兩旁整整齊齊種着柏樹，打理得非常乾淨。經過的墓碑有不少知名的人士，猜想這是萬安公墓現在被維修得這麼氣派壯觀的原因。

上世紀七十年代，毛澤東剛去世不久，大陸開放，母親趕回北京，發現萬安公墓變成一片廢墟。當時政府要討好國外僑民，安排二百名紅小兵，終於把以前被紅衛兵打碎那外婆的碑石找到。外婆的碑文是父親的墨跡。

已經七旬開外的母親帶着表妹和她的小妹，天天從早到晚上七點，在當地監工，把外婆碑石重新安放在墳墓上，後來又在廣濟寺，請正宗的和尚唸經，給外婆做冥壽。當時表妹的兩個孩子還在上小學，第一次把紅領巾取下，給他們的曾祖母叩頭，按他們學校的教育，這是犯規的封建禮儀。

表妹和我把帶去的鮮花拿到外婆墳前，我把花分置在兩旁的花樽裏。

「三姨媽跟我說你很有藝術眼光。」母親排行老三，表妹的母親是老九，不過我總是稱呼做復姨。

外婆愛吃的棗泥餅已買不到，我們只有帶上一些新鮮水果放在她墓前。

我面對着父親的墨跡，寫明外婆生歿日期，發覺她老人家享壽比我和表妹目前的年歲還要少二十多年，不禁一陣心酸，

母親告訴我外婆當年所受的拷打虐待又浮現我的眼前。

表妹牽着我，一同給外婆鞠了三個躬。表妹的平衡有問題，我的膝蓋如果下跪，也需要有人扶起。

攙扶着表妹，我們慢慢地離開外婆的墓地。

「我們走後，不知道誰來給外婆掃墓？」我在顧慮到將來的問題。

「我已經告訴過女兒，再往後，我也不知道了。」表妹無奈回答。

我知道我那生在美國的孩子連我父親和祖母，在台北的墳墓都不會找到，怎麼能夠繼續母親的願望，永久維持外婆的墓地？

想到這裏，心裏無限慚愧。是否每一個後代都會令他們的前人失望？今天的世界裏，我們很習慣地為兒女做牛馬，不像我們小時候的傳統儒家教養，「父母之命當為聖旨」。

計程車司機看我們走近，已開了車門等着。

「麻煩你等着我們了。」表妹一面把小錢塞在司機手裏。「這是給你吃中飯的。」

「不用，不用了。」 他一邊回答，卻一面把錢放進褲袋。

回程中，表妹牽着我的手坐在後座上，我們開始默然無語。

過了一陣子她轉過頭來，臉上半羞微笑，眼睛重現多年前的光輝，「哥哥，你看到我剛才的舉止，大概會以為我變成一個瘋婆子了吧。」

「以你們這些年承受的經歷，我早就活不過來了。」

「經過這些年的掙扎，有時候，我連自己都不認識自己

了。」

「好在你把當教授的氣質拿出來。」我對她說，雖然幾乎不可想像我這位童年時溫柔的表妹會有這樣的行為表現。「要不是你，那個上級管理員還不會出來調解，取消罰款呢。」

「對付這些不講道理的人，大概我自己也變得跟他們差不多了。」她嘆口氣說。「不過，我還是不能讓你付這筆錢。」

「別跟我計較了，我讓你請我吃中飯好了。」

第二十回：千里尋親

　　我在哈爾濱報上刊登的尋人廣告已經好幾個月了，一直未得任何回覆。

　　母親仙遊的兩年前告訴我，我有一個同母異父的姊姊。在家裏的照相簿中我看過她的照片無數次，圓嘟嘟可愛的小臉，耀目有神的一對小眼睛，滿頭濃髮上夾着一隻白色蝴蝶結。我總以為是個遠房親戚，沒想到是我的姊姊。

　　極幼時，曾問過母親為甚麼不能有個小弟弟做伴，媽媽只說，我在她肚子上跳得太猛，小弟弟未出世就沒了，可是她從未提過這個姊姊。

　　她比我大十歲，母親說。外婆起的名字，叫亞都，因母親懷她的時候在西伯利亞，而她出生在北京都城。

　　那張照片裏她才三歲，母親最後見她時在哈爾濱。當時離婚是很不尋常，尤其是有點名望的人家。離婚條件之一：從此母親再也不能與亞都聯絡。

　　母親第一個婚姻的悲劇——洞房花燭夜相等同強姦，夫婿僱俄羅斯妓女回家當面示範房事來侮辱，前已敘過，不再贅述。

　　終於回覆尋人啟事的是亞都的兒子，在長途電話裏告訴我她母親已太虛弱，不能接電話。他的聲音很誠懇，並且叫我到達哈爾濱旅館後與他再聯絡見面。

　　往哈爾濱去的列車在月台上像一條閉着眼睛的臥龍，沉綠

的車身上掛着「北京—哈爾濱特快」。車站裏人山人海擁擠不堪，使我回想到七歲那年去上海火車站接外公的情景，只缺少帶刺刀的日本憲兵。眼前一片深色中山裝，後來洋人稱為毛服，只見脖子上的圍巾和孩子們穿的棉襖都帶點顏色，可憐的學生只有薄薄的制服，凍得兩頰發紫。

「不要！ 不要！」好友蓉蓉丈夫凱幫我把賣茶葉蛋和花生的小販趕走。

其實我倒想再嚐嚐年幼時在火車站買的茶葉蛋，這次我從小認識的朋友蓉蓉堅持地要她的丈夫陪我同行，怕我多年沒回大陸，不堪隻身應付長途旅行。憑我的美國護照，凱買到臥鋪車票。

首次跟他相會，是蓉蓉帶他到我住的華僑賓館，他就給我很好的印象。他跟我同年，也屬牛，做事勤快如馬，而個性溫和如羊。他的老家在江南，說的是南方口音的普通話，給我想像中南宋文人的氣質。

他耐心地陪我去逛舊貨攤子，拉着我的手過馬路，怕我不能適應大陸行人的交通習慣。這種當眾的親切表現，即使在算是很開放的舊金山，也不一定看得到。記得在同志眾多的卡斯特羅區我跟男朋友拉着手，他還是感到不慣，四面張望，把手抽回去。

我和這位男朋友在一起好幾年，他跟我的兩個孩子特別合得來——跟他們在一起幾乎變成一個大孩子。後來，我們分手，因為他決定要成家，養育自己的小孩。

凱對我的那種親切感，無形中彌補了我當時心裏的空虛。

「大哥，你要小心。現在大陸，個個都想盡辦法賺錢，一切以錢為上。也就是鄧小平的那句話，別管是甚麼樣的貓，只要能抓耗子就行。」蓉蓉好意的對我說。

我還記得進城請她介紹個小吃店，考慮半天後，她對我說；「只有麥當勞。其他不敢保證，掛羊頭賣狗肉的太多了。」

這次她用機關的名義幫我訂了旅館，「我只訂了一個房間，這樣凱可以隨時照顧你。」

月台上的燈，傍晚六點後點亮了。圍着北京的山脈暗暗地在遠方守着，期待列車開動。

凱找到我們的車廂，安頓下來，問我要不要橘子，「我來幫你剝吧。」

「你太客氣了，我自己來吧。」

「沒事，我剝慣的。」

蓉蓉對我說，他真是個好丈夫，家裏的事他也會樣樣幫着做，起先我不知是否她誇獎自己的丈夫，現在我也看到事實是如此。

吃完了橘子他拿出來濕紙巾給我擦手，列車起動猛然把我們震動到身貼身，令我急忙抓住他的手望着他說：「你太周到了，甚麼都為我想到了。」

「這都是我該做的。」他誠懇地回答。

「從我父親帶我們坐火車去逛蘇州和杭州開始，我一直特別喜歡坐火車。」

「蓉蓉也跟我說過，她也印象深刻的。」

「你也喜歡坐火車嗎？」

「我的經驗不能跟你們相比。」他握着我的手說，不要我誤解他對我們的經驗有這麼反感。「我從南方來北京讀書坐的列車，不但沒有軟座，有時候連位子都沒有，需要通宵站着。像你們小時候坐的掛車，更不要說了。」

「我也只有小時候跟父母親坐過掛車，後來到美國讀書的時候連火車都坐不起，只有坐長途公共汽車。」我把當學生時候的情況告訴他，希望他不要認為跟我的生活程度相距太遠。不過，我也無法設想他們和我表妹一家人在大陸所經歷的，那是人所不能忍受的罪惡和苦楚。

「這次全託你的福，我第一次坐到個人的軟臥車廂。」凱真誠得近乎天真地對我說：「這種車廂一般人是買不到的。」

「我只有向你和蓉蓉叩頭感謝，你們這樣周到地招呼我。」情不自禁地我握着他的手表示謝意。這種熱情親切的表現當時覺得很自然，可是我心裏知道，在美國社會卻不是男人之間會表現出來的親切感。

「我睡上鋪。」

「應該我睡上鋪，你比我還大幾個月哪。」

「你是老遠由美國回來的，連政府都認為是貴客！」他依然不答應繼續說，「我從來沒有睡過上鋪，你讓我這次來體驗一下吧。」

「好吧，我反正總是說不過你。你太客氣了！」

「我們才是應該謝謝你哪！蓉蓉對我說過，你和你母親對我們一家人的照顧，尤其是她爸爸在文革跳樓自殺之後。」

「我母親知道這消息後非常難過，當時蓉蓉要求跟我們一

起走，但我們沒有答應她。」

那小我兩歲，一齊在螢火蟲閃亮下聽水小姐講鬼故事的童年玩伴，拉着母親的手哀求要跟我們一同上飛機離開上海，當時的情景歷歷在目。母親後來跟我解釋，她當時不願把蓉蓉與家人拆散。

「大哥，現在蓉蓉也明白當時乾媽不願把她跟家人拆散的原因。」凱跟着蓉蓉稱呼我做大哥，雖然他比我還長幾個月。

「看着你對蓉蓉這麼好，這麼真誠，母親和我也都安心了。」

「我把上鋪拉下來吧。」凱把話題轉開，也許是要避免我繼續誇獎他。

解放前，坐軟鋪車廂，有服務員會趁旅客去餐車的時候進來開床，把上鋪拉下來。這時我注意到連地毯上都有髒印未被清除。

「查票！查票！」跟着查票員的腳步聲由走廊傳過來，凱忙把我們的車票拿出來。

不久，查票員出現在車廂門口，他朝我們上下打量，看是不是有資格坐這車廂。

「外賓？」他疑惑着。我聽着被稱為外賓，內心一陣矛盾。雖然我拿着美國護照，可是永遠懷着一顆中國心。同時也知道在大陸，任何官方人員不宜得罪，以免吃眼前虧。

「由美國回來。」我如實回答。

「Sank you！」他用他的英語跟我打招呼。

「不謝。」我用母親的京腔對他說。

「您說一口標準的京片子。」

「過獎了，這是我的母語，跟母親學的，她的老家在北京。」

「歡迎您回來！」他剪了票，把票還給了凱。

「這人倒是蠻客氣的。」我鬆口氣說。

「這個年頭很難說啦，可能是因為你是由國外回來的貴賓身份吧。」凱隨着把上鋪拉了下來。

「不需要把窗簾拉下來嗎？」

「難說我們可能途中會經過那些小站上旅客。」

中國文化和社會裏歷來沒有西方的隱私（privacy）觀念，連這兩個字都看着怪陌生的，而中國人卻不習慣當眾更衣。

我們的車廂裏有個洗手用的臉盆，門後有一面鏡子。廁所是公用的，在走廊盡頭。

「我先去用廁所吧。」凱正在把行李放好。

「好，我們早點休息，明天很早就到了。」

我回到車廂，凱穿着內衣褲在下鋪等着我，他已把外衣褲整齊地掛在牆鈎子上。

「你不需要用廁所嗎？」

「我們沒多喝水，我不需要用了。」

我開始脫下毛衣和襯衫，當着他面前，我有點不自然的尷尬感覺，可是他卻沒有隱私的觀念，如果在舊金山被他這樣注視着，就會令我感到他對我另有所圖。

「我等你上了床才關燈，上床後，萬一你還需要甚麼。」

習慣性地我是不穿內衣睡的。自從去醫學院後就覺得內衣

褲裏在身上睡得不舒服，不過目前我還是要穿着內衣褲上床，一來是不知道車上床單是否乾淨，二來避諱凱看着我光着身子。

凱看着我上了床幫我蓋被，「讓我自己來吧。」

「沒事。這是很方便的。」他遂踏在下鋪邊上，跳到上鋪才把燈熄了，「明天見。」他對我説。

到我眼前還晃着他結實的雙腿，長滿了汗毛，不像他的手臂那樣光滑。

到我睜開眼來，黎明的曙光已透過那層薄薄的窗簾，揭去午夜的黑幕。我馬上下床把褲子穿好，避免在凱面前露出晨勃，但發覺他掛在鈎子上的衣褲已不在，我卻未曾聽見他走出去。

「早，你睡得還好嗎？」凱由廁所回來後問我。

「我睡得很好像隻死豬，連你起來出去我都沒聽見。」我一面把眼睛裏的濛霧擦乾淨，一面繼續説，「這是我當實習醫生時期學到的習慣，無論在任何地方都能倒頭就睡。」

「我們離哈爾濱只四十分鐘了，那和藹的查票員告訴我天色晴朗沒雪。」

火車靠近站就開始慢下來，顫抖着像個幾乎要垮下來的老人。車站所在的地理位置，是個在十九世紀末曾被洋人佔領後瓜分的地方，由俄羅斯人建造，類似歐洲的大城市火車站，當年是滿壯觀的，可是年久失修，前面的大玻璃窗已模糊不清。

大廳裏掛着宣傳口號「毛主席萬歲，歡迎到哈爾濱來！」，凱緊拉着我的手，像當年在上海車站母親牽着我一樣，深恐我被人拐走。

「我們到前面去找計程車吧。」

「沒關係，我可以跟你坐公車。」我猜想如果他不是陪着我，凱肯定不會叫計程車的。

「讓我去問問價錢，兩個人坐公車可能差不了多少。」

既然如此，我就隨着凱決定，心想這樣可以早到旅店，也好和亞都的兒子通電話。

街上已經擠滿了自行車和三輪車，偶然一輛推車載滿了鄉下來的蔬菜。騎着自行車的人帶着口罩和絨線帽子，避着十一月間的北風，這種情景象約十年前的北京，而現在的北京已今非昔比了。

我們的賓館離車站不遠，計程車經過不少五十年代建築物，多是笨重方形的俄國革命後建築模樣，不過有幾棟舊建築像是老巴黎的樣子。東海大賓館是個長方形的水泥建築，蓉蓉已經告訴我她特別選定這中等旅社，以防亞都的兒子會以為我從美國回來，肯定很富有。

「現在大陸人以為華僑都是發了大財的富豪。」她善意地提醒我説。

到了賓館門口，凱把一張五元人民幣塞了給司機。

「不能一切都由你付。」

「這是我們應該的，只怕我們不夠周到。」

雖然五元車費不到一塊美金，但我知道他在水利廠的月薪只不過幾百元。

凱把我們的證件交給櫃枱後，服務員看着我，「外賓？」她拿着我的護照説：「我要查看外賓收費。」

「他是我的表弟。」凱是個老實人，可是卻巧妙想出假借親屬關係。

「好吧，那麼就算了。」那女人說，「依照規則我們對外賓是要收另外一個房價的。」

凱馬上拱手向她深深致謝。

「你們的房間是 5025，電梯到五樓出來右轉，號碼貼在門上的。服務員會把你們的行李拿上去。」

「不用了，我們只有隨身行李，自己帶上去就可以了。」

5025 號房朝後，一張雙人床靠着浴室，對面牆的衣櫃上放着電視機；旁邊一張小圓桌上鋪着一塊深色的人造絲織錦桌布，上面蓋着一塊玻璃；桌子兩旁有兩張座椅，所有傢具都漆成仿紅木的深棕色。靠着桌子的窗戶上掛着絳紅色窗簾，可以看到下面有個小小的水池，可能這就是賓館取名為東海的原故。

「蓉蓉訂房間的時候，他們大概以為這是給一對夫婦的。」凱看着雙人床笑說。

「我無所謂，除非你在乎。」我隨和地說。

「那我們就將就了吧，櫃枱上已經算是給了我們房價的方便了。」

「我想試試看給亞都的兒子通個電話。」遂把電話號碼交給凱。

「喂，」凱拿着聽筒跟賓館總機接線生說，「我們需要接通一個本地電話號碼。」他把號碼報給接線生。

「喂，」 接通後他繼續說，「我是替美國回來的陳宗元撥打這個電話。」

「是，他就站在我旁邊，請稍等我把電話交給他。」

我接過聽筒來，起初亞都的兒子有點猶疑。我明白大陸這些人特別小心怕事，他們經歷過太多不幸的遭遇了，不過，他一旦聽清楚我是甚麼人，馬上改變了口吻。

「婆婆也跟您一起來了嗎？」

我告訴他母親在醫院裏，療養筋膜炎。

「希望老天爺保佑婆婆，盡快康復。我媽媽最近身體也不很好。」

我們遂約定午飯後請他到賓館來找我。

等着跟這位外甥見面我難免忐忑不安，一方面終於要和從未見過的姊姊相聚，心裏無限地期待，希望給母親帶回見到多年失去聯絡的女兒的消息。可是，最初這外甥在電話裏的猶疑，卻又給我吉凶難卜的感覺。

「舅舅，您好！我就是瑞平。」他從賓館樓下的大廳靠近門那邊跑過來跟我握手。

他的手很大，摸上去很粗糙，是勞動工人的手，可是，同時也給我很誠懇的感覺。

「給你們介紹一下，這位是我老朋友的愛人顧凱，這是我的外甥瑞平。」

「您兩位長途跋涉一定很累了吧？」

「沒甚麼，最關心的是你媽現在的情形。」

「她不太好，最近入醫院了。」

「我記得你告訴我她很衰弱。」

「是，不過這一個月，情況越來越嚴重，連呼吸都有困難，

所以大夫主張入院治療。」

「大夫有沒有診定是甚麼病？」

「母親呼吸越來越困難，現在需用氧氣，大夫説可能是肺癌。」

「你媽媽抽不抽煙的？」

「抽了很多年了吧，自我有記憶以來，她一直都抽煙的。」

「現在醫院裏給她怎麼治療？」

「他們給她插了氧氣管，加上點滴。她神志已不是很清醒。」他的音調漸轉沉重地繼續説，「醫生説只能等新式技術作透視檢查。」

「需要等多久？」我已聽説在大陸和歐洲，這些特殊透視都需要輪候上一段長時間。

「醫院也未能確定，可能幾個星期。我母親不算是急症，雖然她已快到七十了。」瑞平無可奈何地説。

「這裏沒有其他醫院能做這種透視檢查嗎？」我心想哈爾濱不是個小城市，該有其他醫院會有這種設備。

「醫院説，除非自費，否則沒有其他辦法。」

「你們有沒有問自費要多少錢？」凱插嘴説。

瑞平低着頭，慚愧的説下去，「我們付不起那個價錢。」

「我可以幫你付這筆錢。」

「我們不能讓您老遠的來，還要付這筆錢。」

「別這麼説，我能做得到的，我都願意幫你們忙。」

我的外甥朝我和凱看了一眼，「醫院説自費需要九百元。」

「我沒帶這麼多現款來，可是我應該能用信用卡取錢出

來。」我看着凱說，因為自己對當地取錢的方法不清楚。

「您這樣做，我們實在太不好意思了！」

「別這麼說，你媽媽是我的大姊。老話說『長姊如母』。」

「我們真不知道怎樣回報您。」

「這是我心願想做的事，我想你的婆婆——我的母親也會贊同。甚麼時候我能去看你媽媽？」

「讓我回醫院去問問看，因為媽媽在特護病房，不是隨時能進去的。」

「也許你可以告訴他們，我是特由美國回來看你媽媽的。」

瑞平認同後問我們，「您吃了午飯沒有？」

「還沒有。」

「讓我請您出去吃點東西吧。」

「不用這麼客氣，我們是自己人，隨便在哪裏吃點東西就行了，你一定有很多事情還要張羅的。」

「不過，這是我應當的。」

「別這麼說了，其實我情願你回醫院去問好甚麼時候，我能去看你媽媽。」這句話說出口後，我自省到底在國外太久，洋化到對這些禮節都不很注重了。

「好，既然您這麼說，我就回醫院問好了馬上告訴您。」

瑞平走後，我倒是想出去找個小館子嚐嚐當地口味，可是凱堅持我們還是待在賓館餐廳比較保險。他覺得賓館至少需要維持相當的衛生標準，我回想到在北京的蓉蓉只能介紹麥當勞給我。

我隨他叫了鮮蘑雞丁和豆腐茼蒿，我本想叫個清蒸魚，不

過凱説不一定新鮮。他家鄉靠近太湖，吃慣了新鮮活魚，認為外面的很難夠得上。

飯後，凱帶着我找到了一間離賓館不遠的中國銀行，只有在中國銀行能使用美國信用卡取現款。

可是我們發覺銀行規定每天只能取出一百美金，我們把急需用錢的原因告訴服務員，他請示上級後還是沒有辦法。我把姊姊危急病情説了一遍，懇求他們想個辦法。終於他們與北京總行商量後，特許我在兩天內取出三百美金。

我衷心地感謝他們後，取出七百五十元人民幣，那服務員囑咐我第二天可以直接找他再取出餘數。離開銀行後我心想阿彌陀佛，幸虧遇到一位富有同情心的辦事人，不像一般的官僚態度。

回到賓館等着瑞平的回覆，外面已是初冬傍晚的一片陰沉，不過還沒有瑞平的消息。凱請櫃枱試打他家裏電話，也沒人接線。

等到七點半還沒音訊，凱建議叫碗湯麵和啤酒在房間裏吃，因我怕萬一去了餐廳就聽不到瑞平的電話。

九時正，他終於來電話，他説亞都情況突然惡化，醫生決定需要做氣管開口手術，他一直守在那裏等手術完畢，可是手術後亞都已昏迷不省人事。

我告訴他次日早晨可以把現款交給他。

「舅舅，我們真不知道怎麼報答您的善舉。」接着他幾乎失聲痛哭地説，「我只希望還能有挽救我母親的辦法。」

「希望老天爺保佑你媽媽渡過這難關。」我安慰他説，雖

然從理智角度來看，我已知道凶多吉少。

「現在太晚了，明天早上我來接您去醫院，十時可以嗎？」

「好吧，我們明早見。」反正亞都已不省人事，無法跟她說話，晚點約十時也可以給我多點時間，去把餘款取出來交給瑞平。

掛上電話後，凱看着我垂頭喪氣的樣子遂建議說，「要不要洗個熱水澡，或試個按摩來鬆弛一下？」我留意到按摩費只需四十元。

我從浴室更衣出來，按摩師傅已經在房裏等着。看上去這人年紀輕輕，不知手藝怎樣，不過我心想總比沒有要好。凱進浴室，準備隨後睡覺。

沒想到這位年輕師傅技術不錯，由脊椎到胯骨，到小腿和腳指，很會用狠勁摩動令我頓時覺得鬆弛下來。然後叫我翻過身來按摩前身，從胸部到腹部，再往下身，把腿彎起來按摩大腿，讓我感到全身舒暢無比，也顧不得自身下體的反應，幸虧有浴巾遮蓋。最後按摩面部和頭頸，給我機會讓全身放鬆下來。

完畢後我請凱幫我付錢給師傅，趁機讓我鑽進床上。

「輕鬆一點沒有？」

「好多了，輕鬆到馬上可以睡着了，謝謝你的建議！」

一直睡到午夜我才醒來，感到房間很熱，為着按摩把房間溫度調高，隨後忘記轉回原來的溫度。凱已熟睡。我輕輕起來使用廁所。沖馬桶時聽見他翻了身，我又輕輕地鑽回床上。

一時翻來覆去，難於入睡，心裏不斷想着亞都的生平。三歲就和母親分開，當時法律又不准許她們母女有任何接觸。母

親犧牲了那時候她唯一的貼心人，永遠沒有機會再重聚的悲痛。

　　腦海裏輪轉着這些難解的情緒，另外又顧慮着不知道凱可曾注意到我下身對按摩師傅的反應，漆黑的房間裏我看不見是甚麼時辰，漸漸終於睡去。

　　突然他把手臂放在我的腰部令我甦醒，這舉動令我激動得不敢呼吸，不知道他是有意還是無意，朦朧的腦子裏又盼望是故意的。

　　這幾天跟他這麼接近，早起晚睡，共同進退，看出來他溫和純良的個性，對他產生手足的愛護，也知道自己在盡量節制其他的接觸，不可做出任何傷害他，或更重要的顧慮，就是絕不能影響到童年摯友蓉蓉。

　　在這矛盾迷亂的境界，也不敢觸碰他的手臂，不記得維持了多久。

　　清晨醒來，窗簾外開始露出曙光，凱還在熟睡。我先進浴室梳洗，把內衣褲穿上出來，他已經醒來。

　　「睡得還好吧？」他問我。

　　「馬馬虎虎，我不斷在想亞都，有沒有打擾你的睡眠？」

　　「昨晚這房間好熱，我也翻來覆去，我也希望沒打擾你的睡眠。」

　　「沒關係，今個晚上早睡就好了，是我忘了按摩後把房間溫度調低。」

　　「那是我的錯，按摩後你很鬆弛就上床睡了，是我應該記得查看把房間溫度調低。」

「哎呀，你不能一切包辦！」

「大哥，那是我該做的。」

「你實在是太客氣了，令我過意不去。今早我們就簡單點，喝碗粥，一杯茶就夠了，你看怎麼樣？」

「我刷個牙，洗臉就好了，五分鐘就可以下去。」

我走到窗口往外看，迴避看着他下床，待聽見浴室水龍頭開了，我才轉身去把床鋪好。

「陳先生，有個人在電話上找你説話。」櫃枱服務員到餐廳通知我。

「不能把電話轉進餐廳嗎？」凱問服務員。

「不好意思，我們總機沒法子轉駁到餐廳。」

「沒關係，我到櫃枱去接好了，估計是瑞平再肯定去醫院的時間。」

「舅舅，」他跟着聲音沉下來，「我媽剛過去了。」

「啊呀！」我失聲的驚叫，隨着我也啞口無言，心口一陣酸痛，母親多年的尋人啟事，四處打聽，到最後連我自己的期望也成為泡影。

「我現在可以接您來醫院。」

「不用了，我們可以在門口叫車過去，把醫院地址給我就好了，你肯定也有不少後事需要馬上處理。」服務員旁聽着也很同情，於是馬上把筆和紙條遞過來給我。

在計程車裏我們默默無言，凱領會到我的情緒——失望、懊惱、悲痛，沒有達成母親多年的願望，失去了姊弟今生唯一相見的期望。

　　像兄長安慰小弟弟，他輕輕地握着我的手説，「你已盡了最大的努力，不過，天從人願。」他説着把我的手握得更緊繼續説，「這只能説是天意了。」

　　我心裏又想到亞都，她是否覺得也是天意。自從她三歲就失去了生母，她是否能想像到為甚麼母親堅持離開她的父親，甚至於答應與女兒永遠分離？

　　我未能告訴亞都我們的母親試了多少次尋找她的蹤影。抗戰後我的父親駐東北管理鐵路，她幾次懇求父親幫她，並託人去哈爾濱尋找失去聯繫的女兒。

　　尼克松訪華，大陸開放後，因為想討好海外華僑，母親在當地交往廣闊，被領事館邀請回國，她趁機要求官方尋人，心想大陸對居民調查得非常清楚，可惜，都未如願。

　　瑞平在醫院門口等着我們，臉色蒼白，好像剛遇見了閻王。他搶着要付車費，可是凱已經先付了。

　　「他們把媽媽搬出病房了，我要求等您來到，但他們説另有病人需要病房。」瑞平沮喪地對我説。

　　「沒關係，我就等她的安葬吧。」我不願再為瑞平添麻煩，然後輕輕地撫着他的背對他説，「我現在就去銀行把現款拿給你。」

　　「舅舅，現在不需要了。」

　　「以後你還需要辦後事的各種費用，」我伸手握着他的手繼續説，「這是我心願，是幫助你們的一點小意思。而且你的婆婆也會囑咐我這麼做。」

　　外面幾朵雪花飄散下來，我心想這是老天爺也在落下淚花

吧。母親曾告訴我亞都的生日比我早幾天，她將近就要六十三歲了。

瑞平為我們叫到計程車，回程路上雪花下得更密，包圍着我們，令到外面的雜聲也低沉下來，彷彿老天爺也在領會到我失落的情緒。

傍晚，瑞平來電話告訴我已安排好葬禮在週末。記得母親對我說，按老規矩必須過了七七四十九天才安葬，也就是說讓亡者的靈魂有四十九天的安息才入土下葬，可能受毛澤東對舊觀念的破舊立新影響，而不隨習俗。

「你不用等在這裏，先回北京吧。反正現在也沒有其他的事情要辦，我就在這裏等葬禮完成後才離開。」我心裏已經覺得很過意不去，麻煩了他們夫婦這麼多天了。

「沒有幾天就是週末了，我當然應該陪在你身邊，等一切安頓下來再一起回去，不然，蓉蓉就要責備我的。」

接電話的時候，他正坐在床的另一邊。他對我這種貼心的照顧，令我衷心地感動，情不自禁走過去擁抱他表示感謝，他也熱誠的回抱着我。

「我不想下去餐廳了，也沒甚麼胃口，叫碗湯麵到房間來就夠了。不過，你該下去好好的吃頓晚飯。」

「大雪天，一碗熱湯麵也正合我胃口，我就在這裏陪着你吃吧。」

他一面拿起餐牌來看着說，「這裏有特製的補藥湯——鱷龜燉湯加有人參，你今天需要叫一碗。」

他把餐牌給我看，推薦這補藥下面寫着：補氣壯陽。

　　飽餐了熱麵和補湯後稍微安定下來，窗外一片冰天雪地。母親曾回憶在這裏的冬天景色，湖邊溜冰，隆重的冰節，打造整所房子的冰雕塑。她有一件貂皮斗篷，告訴我是由那個時候留下來的記念，她仙逝後我也不捨得送掉。

　　面對着這片白雪天地，不久將是亞都永久葬身之處，她與生母永隔萬里，難道就是天意？

　　想着又是突然的一陣難忍心酸，更感覺到這次跨越萬里的尋親之行是徹底的失敗了。

　　轉過來朝着床，我蹣跚而行垮倒在床頭。凱過來摟着安慰我，他對我這麼溫柔體貼，我忍不住放聲痛哭。

　　「你已盡了天大的努力，這是天意，天意呀！」他一再重複着安慰我的口頭禪，並拿着手巾給我擦淚。

　　「我來扶你上床，你該好好的休息。」

　　我顧不得再避諱，讓他幫我寬衣解帶，輕輕地把棉被蓋在我身上。然後聽到他熄了燈，鑽進被中把手伸過來緊緊地摟着安慰我，把我當作他的小弟弟。

　　受到他這份愛護、體貼和溫柔，我不由自主地打顫，轉過身來雙手摟着他，像緊緊地抓住一個救命圈。

　　他安慰我的話 ——「這是天意！」，也不住地在我耳邊迴響。

墨

經

東京目黑區的四年中學，迷迷糊糊地過去，自己也不知道怎麼以第一名畢業。可是記得教我們英文的老師，既高大又不求修飾，經常頭髮蓬鬆來教我們莎士比亞的名著《暴風雨》（The Tempest）。她尖銳的嗓門，教我們劇本裏面，〈安東尼奧〉（Antonio）的台詞：「過去是序言，未來由自己」（Whereof what's past is prologue; what to come, in yours and my discharge.），無疑是企圖鼓勵我們要掌握自己的未來，可惜對着我們那些五十年代的中學生，等同對牛彈琴，我敢說，大半的同學跟我一樣的莫名其妙，雖然我比同班同學們小兩歲。可是多年後，我開始領悟那句話的含意。

徐志摩的詩詞歌頌離別康橋，也可以表達我踏上洋人領土的情境。我沒有帶着一片雲彩，輕輕地來到美國西岸。我要比前人幸福的多，船經過了海灣裏的天使島，沒有把我扣下來，不像以前美國給許多同鄉的見面禮。這島不是命名的天堂，被扣留的同仁把他們的遭遇，所受的侮辱和虐待，手刻在木籠樣子的扣留所牆上，這些哀痛的詩詞被華裔詩人 Genny Lim 收集成一本詩集《島嶼》（Island）。

才十六歲，遠不夠成熟的我，也不知道要做甚麼，惟有好好讀書，做個好學生，不要給父母丟臉。英文不是我的母語，遂把文學放在腦後，順水推舟地跟着一般華裔學生選讀工程。咬緊牙關的四年，熬過了定量和定性化學，以及熱力學和流體力學，由麻省理工學院拿到化工學位去杜邦公司做見習工程師，結果終於覺悟，我在逆水行舟，這些都不符合我的本性。

　　同時尚未成熟的我，也不習慣在大學裏猛追女生的行徑，雖然那時候連自己都未發覺潛伏的取向。

　　回望那段初春，開竅的路徑上，我做了兩個影響終生的決定，看上去像是突然或是偶然，其實卻也經過了相當的薰陶過程。第一件事是轉學醫科，第二件事是與同班同學結合。

　　可以說轉學醫科是天意，如果能把碟仙的預兆看做天意。從杜邦離職後，雖然直覺已告訴我該轉行，但還沒有明確目標；我暫時回到麻省理工做碩士研究生，然後那年的農曆除夕被同學拉着玩碟仙。

　　沒想到被指引向保健的方向發展，更沒有料想到其後的十年會埋頭在醫學院和專科醫院裏，經過越戰、抵戰運動、民權初芽和嬉皮世界。

　　這段時間裏，馬丁・路德・金為爭取人權，在賽爾馬的遊行示威終於獲得全球的共鳴，詩人金斯伯格的名著《嗥》喚醒各人自身的心靈，令老少都頭戴鮮花擁到舊金山來。保羅・馬佐斯基的影片把夫妻、伴侶各自交換的行為呈現到民眾眼前。北加州大蘇爾海邊的埃斯蘭聚會更減少了社會對我們的打壓。

　　等到我揭開一葉障目，雙鬢已開始花白。雖然經過母親的反對，仍和同班同學結合，生下兩個孩子。朋友笑着對我說，該期待第一次心臟病發作的來臨了。

　　可是，任何障目也不能維護最意想不到的事：發生在波士頓北火車站的男廁，我完全沒有準備，怎樣去應付這影響了我終生和未來的經驗。

　　除了對這第一次經驗的憎厭和恐懼，連對自己也不敢承

認，竟會有其他取向的感觸。雖然我在醫院的圖書館裏當夜班賺取學費，等到夜闌人靜時，就偷偷摸摸去尋找關於同性戀的資料，彷彿唯恐近朱者赤，會引起人家注意。六十年代初對於同性戀的報導極少，主要的只有英國的「沃爾芬登報告」（Wolfenden Report）。醫學界還是把同性戀列為病態，不是正常人所該有，所討論的幾個病源也跟我自己的情形不一樣。

可怕的是這好像是鴉片煙癮，我深恐自己將陷入一個未知的境界，比剛到美國來的經驗還要陌生。至少來美國之前，我對西洋文化還有一點認識，而同性戀，我只聽說過奧斯卡·王爾德，十九世紀末名作家的他被入獄，被判犯了禁忌之愛。

當我終於在灣區找到一位心理學專家，和我同樣的有妻子和兩個小孩，不過，卻能接受自己的同性取向，對我來說就好像是觀世音出現在眼前。

那時的美國社會也有許多變動，紐約市的石牆起義（Stonewall Uprising）成為同志解放的始源。查爾斯·雷刻（Charles Reich）的著作《綠化美國》（*Greening of America*）和尼克松總統因水門事件被迫辭職等事，令我對美國情形有更真實的認識，並且減少一些心理上那種大海孤舟的感覺。

十多年後，經過這位心理學專家的輔導，同時親耳聽了無數同志的各人經歷，並且在書叢裏看到，從有史以來，漢武帝、亞歷山大到米開朗基羅，天子、君王到老百姓，不知有過多少像我們這種取向的人，也都活過來了，讓我感覺到這個浮生的世界裏，我也可以舒一口氣繼續生存，接受我自己的本性

取向。

同樣地，再也不必讓自己活在不可告人的心理陰影下。

在成長期間，開始欣賞長篇小說——《三國》、《水滸》長篇的武俠小說。《紅樓夢》和《金瓶梅》被母親禁閱，《品花寶鑑》當然更不用說。

《水滸傳》裏面的人物，多為時局腐敗而受到磨難，年幼的心靈常為這些書中人物抱不平，而今，發覺自己的取向後，更有深刻的共鳴。

在這段時間結識的朋友、同志，就像梁山泊的兄弟們，結成為一家人，互相之間開展了手足的情感和關懷。有幾位至今還是我的摯友，其中的一人，在我兩個孩子的記憶中，是他們所認識我的朋友中最仁慈的，可惜，這位朋友在九十年代歿於愛滋病。

七十年代，緊隨着石牆起義，是同志解放運動的高潮，每年六月底在舊金山都舉行隆重熱鬧的大遊行。當年我常帶着孩子們去參加，在他們看起來，各種彩虹旗和裝飾非常熱鬧，然而對我來說卻是五內翻騰要洶湧出來的個人解放。

這種心情由灰暗趨向光明，也增加了我的自信，令我對病人更開朗和真誠，沒有了以前在醫學院被教導應該對患者保持的距離，抹去前有的恐懼——如果被發現是不可告人的羞恥、會被敵視或侮辱。病人會感到他們面對着一個能夠理解和同情他們的常人，而不是一個高高在上、常人難及、不可侵犯的聖人。

最揪心為難的事，是把真相向多年同床共枕的妻子啟

齒——兩個未成年的孩子的母親、當年醫學院的同窗同學。與
心理學專家反覆討論和商量，最後為保持自己的人格、自己和
妻子的自尊和愛心，決定把多年來的掙扎，一五一十坦白的說
出來。我知道我們將面對許多難關會分道揚鑣，可是我盼望，
多年的互助互愛、養育兩個孩子，這麼深的緣分不會磨滅，並
且我們永遠都是兩個孩子的父母親。

　　果然這路徑，繞過不少曲折，不是當時所能預料，可是等到
兩個孩子都已成家立業，他們的母親，也就是我的前妻，經過女
兒的介紹和我的終生伴侶渝結成好友。有一天渝問我：「你有沒
有注意到現在遇到一切重要的事情，你的前妻都要來請教你？」

　　感觸良多，想着應該到觀音菩薩面前去上一枝香。

　　回望我這條異徑上有緣相逢的一些人——我的前妻、摯
友、終生的伴侶，也有不少已在九泉下的故人，如有機會圍坐
品嚐一壺香茗，感覺溫馨，縱使以往存在糾結也會隨着歲月而
逝。

　　我那位中學老師曾經鼓勵我們的格言已實現：「未來靠自
己」。不過，所經過那麼多的紅塵迷陣，至今沒有一個令我追
悔：由戰亂臨頭的漢口出生地南下去拜見祖母、到那炎夏的午
夜生父突然像個禿頭羅漢在我驚夢中出現、直到幾乎完全破壞
了我前程的波士頓北火車站的遇險。

第三段

缘起缘灭

第二十一回：不速之遇

上氣不接下氣地，我癱瘓在列車最後排的座位上。

查票的老人一手夾着一疊車票，另一手拿着夾票機朝我走過來。透過他的老花眼鏡注意到我的神情，像是剛由閻王殿裏逃出來的蒼白無色，猜想是看到我短大衣裏面，穿着醫院的實習醫生制服，遂以關切的眼神問我：「沒事吧？」

「好多了。」我敷衍回答。

「喝太多蛋酒了，」我假裝着說，「在廁所裏嘔吐了半天。」

這個聖誕夜是那年十二月中波士頓最寒冷的一個晚上，刺骨的寒風預兆着大雪的來臨。為了要和才新婚不到兩年的妻子愉共度一個安詳的聖誕節，我連着值班四十八小時，終於下班了。在實習醫生和看護的慶祝會裏，我不該多喝了幾瓶啤酒。

「該走了！不然趕不上最後一班北上的火車。」

醫院的實習看護很受醫學生和我們的歡迎，把我們的休息室佈置得喜氣洋洋的——掛滿火樹銀花的窗口和門欄，充斥空間的各色繽紛氣球。我穿上那件略舊的半身呢絨大衣，圍上母親為我編織的特長羊毛圍巾，一面祝賀眾人「聖誕快樂！」，從醫院往高架公車站走去，同事們和看護紛紛回敬的「聖誕快樂」在我耳邊不斷迴響。

穿過兩個街口的車站，途中的飄雪已結成冰，腳底又冷又

滑。我連忙把大衣裹得緊緊的，但牙齦還是不停地顫抖，站在高架月台上更冷得令人難受。

　　對面街口是個酒吧，可以看到裏面熱鬧非凡，正在慶祝聖誕夜，我恨不得能鑽進那熱鬧人群中取暖。在醫學院就讀的時期，愉和我偶然也把書包裹的哈里森內科大全放下，跑來酒吧輕鬆輕鬆；裏面的顧客多數是黑人，他們很友善，非常照顧我們這一對年輕新婚的醫科學生，並教我們跳當時流行的扭腰舞蹈。愉有學舞天份，一學就會，更使他們興奮。

　　好不容易看到公車到站，心想可以上車取暖，誰知車廂暖氣有故障。聖誕夜哪裏去找修理工人。

　　到達北火車站，發現最後班車還要等將近半小時才到達。車站的原建築在半世紀前很壯觀，因為許多當地富商和有地位的居民都去北海岸別墅度夏。候車室的大廳從前掛有華麗的吊燈，經過無情歲月的污染和失修，現已變成一個無人清理的冷藏庫。可能當局特地不備暖氣，就是要防止無業遊民和醉鬼在車站裏過夜。

　　可是大廳裏面的木板櫈上，已擠滿了一些我在醫院急診室裏看到週末被拉進來的醉鬼，腳上有凍瘡或滿身蝨子的人，地上的嘔吐物和小便，酸臊味撲鼻，廁所門前掛着禁用牌子。

　　我灌滿啤酒的肚子，兼廳裏冰冷的感覺令我已等不及上車才用廁所，只有跑去用樓上的衛生設備。

　　男廁外邊的幾個臉盆已髒得不堪使用，鏡子模糊不清根本看不出人影，內間備有長條形像餵馬的鐵槽可以小便。我趕緊走上前，拉開褲子，感覺到一陣釋放。我不僅鬆懈地吐出一口

暖氣把視線朦朧，也享受着這幾秒鐘的大解放，突然從眼角瞄到在尿槽的遠處，一雙銳利的眼神正注視着我，好像老鷹將要飛撲過來抓小兔子那麼兇猛，把我僵愣住，嚇得不能動彈。同時萬料不到下體的反應竟令我渾身顫抖。

　　兩腳就像被水泥凝結在地上不能提步逃走，耳裏發出嘭嘭的響聲，喉嚨像被一雙巨手抓緊得連氣都透不過來，這樣癱瘓着不知過了多久才把褲子拉上，也不記得最後怎樣逃出那個地方，從那條長暗的通道朝樓梯方向奔去。

　　那人的腳步緊跟着我不放，我死命地想快跑逃開他的鷹爪，可是我們之間的距離竟越來越近；同時我的嘴唇和喉嚨乾得連吐沫都咽不下去，只覺手心盡是冷汗狂往制服的口袋裏擦。

　　在樓梯轉角的地方終於被他追上，那時我的手和腳都不由自主的不斷發抖。他頃刻已解開我的褲帶，用滾燙的大手把我抓住，我像觸了電似地打顫並爆發迸射。

　　這並不是我首次與男生接觸，不過，以前的經驗都屬於和童年朋友玩耍，毫無深刻印象，完全不像這次，我從未體驗過的自身反應，連自己都不願承認──這是內心認同的反應。

　　其實，這像閃電的感覺幾秒鐘就過去了，他還抓住不放。我趕緊用手帕把自己擦乾淨，擦淨一切留在衣服和褲子上，那不可思議的痕跡，擦淨所有羞恥的感覺，消除當時一切的腥臭和自己的行為。

　　那人還輕輕地在我的耳邊細語，並想把我拉近。我聽不見他說甚麼，只顧得掙扎盡快地逃脫，朝地下月台方向狂奔。

不知道跑了多久，只聽見他的腳步還在追逐，也不敢回望，直到發現那腳步聲其實是自己的心跳，而踏在地面的腳步聲其實是自己的步伐。

車長已在列車旁吹哨子並喊着：「往白埗里以北，準備開動！」

我一頭跳進車廂，找到離門最近的位子垮下。

「大夫，你該多保重！」一口愛爾蘭腔的銀髮查票員站在一旁，等我把月票拿出來。

當時正失魂落魄，壓根兒沒聽到他說甚麼。回想這慈祥的老人卻令我聯想到愛爾蘭名詩人謝默斯・希尼在詠詩的氣氛。

我慌張地查看衣褲上有沒有未擦乾淨而留下來的痕跡，擔心查票員會注意到我身上的一切，趕緊把短大衣遮掩前身。幸虧在褲子後面口袋裏把月票找出來，並且那老人未發現我的失態。

「聖誕快樂！」他最後微笑地祝福我，再慢慢地繼續往前查票。

快樂的聖誕，在我當時的心境下是夢想。

原先，我和愉都在期望着共享我們倆的第一個寧靜聖誕。婚後的一年半，我們忙於應付醫學院畢業試，接着全國聯考，加上申請醫院實習，沒有時間去慶祝節日，連想都不敢想。

不過，這個年尾我們去買了一棵小小的聖誕樹，放在我們首個比較像樣的住所，那是愉實習的小醫院所供給，在波士頓北海岸的小城白埗里。積存我們從親友送贈的畢業賀禮和兩人的月薪，買了一輛鮮紅的德製大眾牌小車，鮮紅是愉偏愛的顏

色。我把那棵聖誕樹綁在車頂上載回家。

到波士頓醫院去值雙夜班前，我把買到的小燈飾掛到樹上，加上幾個便宜的小裝飾品，因為我們倆收入微薄。

另外，我們各自買了一份禮物，準備聖誕當天的早晨交換。我在城裏較高級的店裏買給愉的禮物是一條鑲金的紫晶手鏈，偷偷地藏在衣櫃最上格，因為知道她觸不到就不會被發現。

終於我稍微鎮定下來，從座位上往窗外看，外面是一片冰天雪地的夜晚，漆黑的天空，只有地下冰冷的積雪被列車和路燈照着偶然閃亮。自從第一次，父親帶我坐掛車去杭州，我對坐火車就情有獨鍾。

經常值班後，由城裏到北岸的家，火車的搖晃彷彿是搖籃曲，讓我從緊張的工作壓力中得到放鬆變得安詳。

這回當然談不到安詳，窗外的黑暗令我聯想到陀思妥耶夫斯基的名著《罪與罰》。列車在軌道上的抖動把托爾斯泰的安娜·卡列尼娜那絕望地最後跳到列車前面的影像出現在我眼前，我和愉簽婚約時的承諾變成了判決書。

辜負了對愉的承諾充滿了歉疚，感覺到自己是個被詛咒的罪人，再沒臉見她。我但願能做個天主教徒，跪在神父面前請求饒恕，左思右想也想不出十全十美的補救辦法，而且，想到陀思妥耶夫斯基裏面的詛咒，越想越令我恐慌，越想越像怒火重燃，再也無法跳出火坑。

我肯定了一旦愉目睹我這張臉，馬上會看出我犯的罪過，把我踢出門外去，可是，即使凍死在外面的雪地裏，也洗不清我所犯的罪惡。

　　這個聖誕夜已是六十多年前的事了。這輩子有幾件事給我深刻的記憶，像在我書房藏的乾隆御製和尚血臨的《金剛經》；有些事卻像九死一生地穿過暴風雪後，不清楚自己怎麼活過來的。我八歲的午夜看到母親躺在血腥的醫院床單上與這第二個午夜的噩夢，我永遠都不能忘記。

　　這個噩夢卻猛然開啟了以前對自己的盲點，改變了我的後半生。

第二十二回：情始緣盡

　　書裏那張愉的照片，是我帶出來唯一的一張，女兒出生後不久我拍攝的。原先放在一個魚形的古銅色相架裏，相架形狀和她的名字同音，而且，老話說，「如魚得水」，也是快樂的意思。她的名字是她爸爸給她起的，很配合她的個性——活潑開朗，笑起來全房間的人都能聽見。

　　我搬出去的那一年，把女兒剛給我的她在學校照的三年級照片放在前面。

　　當我告訴女兒我就要搬出去住時，她臉色突然煞白，像是剛被我打了一個巴掌。她當時不知所措的神情我今生也不會忘記；猜想不足九歲的她心靈無法接受這樣的打擊，也聽不見我隨後對她的承諾——我依舊會永遠愛護她。

　　照片裏的愉充滿着無憂無慮的笑容，她這個笑容令我搬走後不忍多看。幼稚的我太掩耳盜鈴，即使不面對着她，我們這麼多年的緣分，由同窗到同床，還有我們永遠是兩個孩子的父母親。

　　不只是她的笑容難忘，頭一次我看到她把白晝梳的漆黑長髮放下來時，令我重見得獎日本電影女主角京町子飾的袈裟御前長及後膝的一片黑銀流泉長髮；還有照片裏的一對向外朝上的鳳眼，洋溢着她當時的滿足和幸福。那時她有足夠的見證，前程將是一片無限的光明——她已是一位從著名醫院出來的專

科醫生，育有一女一男，兩個可愛的小孩，和一個她以為是終生忠誠於她的丈夫。那時候我自欺欺人地以為那一次車站的經驗不會重蹈覆轍，沒想到竟像個闖進門的魔鬼再也無法請走了。

我和愉的結合，像我的父母親一樣，沒有遵從傳統禮節，得到父母之命和媒妁之言、交換八字，才肯定天順人和。

交往不久就被母親發覺愉同我一樣，生肖同屬牛，我以為這會令母親很滿意，誰知她卻不以為然地說：「該找個比你小兩歲肖兔，那麼性格較隨和溫柔。」

我忍不住反駁說：「我也屬牛！」

「你不同，你是個男的。」她理直氣壯表示不用再多說。

當我告訴母親愉的學歷——哈佛大學畢業，這學校名氣大過麻省理工，不但是醫學院同窗，還獲取難以得到的獎學金。

我繼續告訴母親我們之間的相同之處——廣東父親、上海母親，不過家裏說普通話；小時候在上海也上過貝當路的幼稚園。心想還要在哪裏找這樣匹配的人？可是母親不是容易被說服的。

「且看你爸爸怎麼說吧。」她終於推到父親身上，雖然那時候她正在和父親辦離婚手續。

我馬上把一張愉在照相館拍的黑白照片寄給父親，他不久就回覆了我：「她長得甜美，臉蛋飽滿，以後一定會為你們生不少孩子。」

雖然他表示認同，可是卻也令我啼笑皆非，因為當時我們急於設法避孕。雖然我們倆在醫學院是同窗，但我們的避孕常

識極少，連到藥房去買避孕套都害羞，不像現在，套子和糖果並列在櫃枱旁邊，不需要請藥劑師從裏面拿出來。

我們的紅娘不是傳統的鄉間媒婆，而是醫學院的入學總管。她是一位白髮挺背、典型的紐英倫貴婦人，可是因多年的煙癮，若在隔壁房間聽到她的聲音，會以為是一位唱低音的男生。

決定專修醫學的那個農曆除夕，我還不知怎樣去付學費。手頭只有從化學公司一年多實習剩下的六百美金，不夠半年的學費，而身為外國學生，沒資格申請學校的獎學金。這位總管很同情我的處境，把手頭的香煙擱下片刻鼓勵地說：「你該去聯絡這個下學期入學的華裔女生，她很能幹，問她怎樣拿到獎學金。」

首次跟愉見面，約在哈佛女校，拉德克利夫學院宿舍後面的一個小吃店，距離當地學生開始喜愛的女歌手瓊·貝茲（Joan Baez）演唱的咖啡館不遠，週末愉在那裏工作賺點零用錢。趁她休息時間，她拿來一碟猶太人愛吃的軟煎餅，上面還加有草莓和酸奶油。

談話間，我們開始交換各自背景和來歷，她比我早來美國七年，九歲就從上海隨着母親與在聯合國工作的父親重聚。

「你說上海話嗎？」 我們開始交談時用的是英語。

「可惜上海話差不多都忘了，還能說幾句國語。」 她很認真又誠懇地對我說。

「你呢？」 她反問我。

我告訴她，我還可以說國語和上海話，因為我比她出國要

晚得多。

「我妹妹只會說英語，她比我小十歲，當時她的保母是英國人。而且我爸爸要我們都必須盡快學會說英語，不准在家說中文。」

「他是哪裏人？」

「廣東人，我媽媽是上海人。他們之間說國語，不過跟我們小孩子一輩就說英文。」

她看我把面前的食物吃光了，跑進去又給我拿來一個煎餅，自己卻只喝着杯酸牛奶。

我告訴她我的父親也是廣東人，母親是蘇州人，不過心理性格比較接近上海，因為外婆是上海人。

「我們跟爸爸的廣東親戚不大來往，因為我媽媽與他們合不來。」她繼續說。

「跟我家情形一樣，不過，是我爸爸家的人對我媽媽有意見。」我沒有把父母親複雜婚姻的前因後果說出來，雖然我們聊得挺愉快。看着她的休息時間已過，我還沒有機會請教她關於獎學金的事情，遂問她是否有空，晚上接她到理工學院的學生會館去打乒乓球。那時距離展開中美乒乓外交政策，還要早十多年。

麻省理工學院座落在相隔波士頓和劍橋的查爾斯河畔。學生會館是個新建築，與名為美國最早成立、常春藤蓋滿的哈佛校園很不同。

可以說那天晚上，愉踏着自行車，背後兩根長辮子飛舞在我前面，是我們倆的第一次情人約會。那時候連我自己也未曾

醒悟是情竇初開，我的腦海只專注着怎樣能順利地轉進醫學院。

星期天晚上，學生會館不像前一天那麼繁雜，週末的娛樂已過，多數學生要開始準備第二天上課作業，電梯把我們帶到頂樓，不見通常等用乒乓球桌的人群。

我從櫃子裏拿出兩塊板子。

「讓你用新的那塊吧。」她對我說。

「不過，你是我的客人啊。」 我不好意思地說。

「沒關係，我用慣舊板子的。」

在球桌上，來回截擊幾次，我就知道她很有經驗，特別善於旋轉式發球和回擊。玩到興奮時她連辮子都跟着旋轉，煞是好看。

「你拿球板子跟我父母親一樣——中國方式。」

確然，她拿板子像打網球方式，用整個手掌抓住板子，不像我把板子挾在大拇指和食指之間。

「隨便玩玩，不用計分吧？」 我提議。

「還是計分玩起來才有意思。」

就這樣子，我贏了幾分，她很快追上。她那旋轉發球我難以應付，可是不知怎麼最後反而被我贏足全場。

結婚多年後，回憶起我們初見的那個夜晚，她帶着幾分滿意的笑容對我說：「那是我特地讓你贏的，不然，怕你會不跟我做朋友。」

她的舞蹈技術也遠高過我，可是從來沒有令我覺得及不上她。她這種真人不露相行為，令我一個對她認識不深的同事說：

「差點不相信她是從哈佛女校畢業。」我沒回答，心想不但如此，還拿到難得的醫學院獎學金。

我們在灣區開業不久，需要交際應酬與其他醫生張羅關係，我特別怕這些場合，覺得把自己的人格出賣。

有一晚，在我們家裏開大宴會，她招待得體自如，客人離開後，我驚訝她沒有一點疲態，「別忘了，我在中學當過學生會長和啦啦隊員。」她那間中學在紐約北郊的一個很富有的住宅區，她是當年唯一的中國女孩子。

我開始醒悟她擅長孫子兵法，以退為進，來達到目的。

數年前，參加她追悼會的親友紛紛而來，由中學的朋友到大學同窗、各處同僚，一同分享他們的回憶。女兒和兒子剪輯了一部電影，回顧她的生平——從上海到紐約、哈佛到專科醫生、我們的結合離散，最後又成好友。

我站在眾人前，誦讀了一首悼念她的詩詞，還特別記得她對巧克力的偏愛。

站在她的墓碑前，回憶起我離開她的那一天，女兒才九歲，兒子七歲，和當時的瘡痍，雖然她沒有讓我目睹她落下的淚珠。

第二十三回：同窗共枕

　　我們相識的最初幾個月，我沒有把她當作是情人的對象。入醫學院之前的那一年，我心神不定，已意識到化工不是我要追隨的方向，而醫學院卻是偶然的覺悟。這期間我也約會過附近韋爾斯利女校的一位斯文寡言的亞美尼亞女生，偶爾參加音樂會或去景點散步；我們之間是一種柏拉圖式的關係，沒有引起甚麼內心的激動，自己大概也清楚明白先固定未來的志向才再考慮其他事情。

　　另一方面，我下意識也有警惕，怕與醫學院的同班同學談情說愛被人閒言閒語。在那個狹窄的小圈子裏，一舉一動都會被同學察覺，而且，設想到大家在同一個解剖屍體的實驗室裏，這也不是情人相會的理想地方。

　　醫學院開學前的暑假，愉在離波士頓一個多小時車程的科德岬（Cape Cod）找到工作。這遊覽區的酒店餐館愛僱用學生做零工，不需付專業人士的工資，學生也能賺點零用錢補助學費。

　　「為甚麼不來看看？」愉邀請過我趁她在白天餐館空閒時，去這新英格蘭著名的遊覽勝地參觀。

　　我正好在哈佛暑期補習班完成了在理工學院從未接觸過，而入醫學院前必修的植物和生物學課程。

　　我們這些窮學生圈子裏，只有一個同學有一輛舊的老爺

車。

「你有甚麼樣的情人私約要用車子啊？」我問他借車時候，他逗趣我說。其實我們這些人當中，除了參加由中國同學會組織的眾人共同活動之外，很少有機會跟女生接觸來往。

「才沒有，只不過是個普通朋友邀我去看看科德岬。」

「只不過是個普通朋友才怪，沒想到你這個風流種子要去會情人！」他趁機尋我開心。

「別跟我開玩笑了，真的只是個普通朋友。」

我急着否認，憑良心說，那時候我真的沒把愉當做戀愛對象，可是不免被逗得臉都紅起來。

「你不承認就算了，可是這部老爺車，可不能開得太快！」他把鑰匙交給我時叮囑着。

第二天大清早我趕着完成病人抽血和大小便化驗工作，提早出發。醫學院的那位入學總管特別照顧我，知道我的經濟狀況後，為我在醫院找到工作和食宿。

「今天你來的特別早啊。」躺在床上的病人對我說，有些病人已在床上癱瘓很久而相熟。

「對，今天特忙，還有許多事情要做。」 我半真半假的回答。

我不敢把油門踩到底，怕那老爺車子會拋錨，對不起借車給我的朋友，開了兩個多小時，終於平安無事地到達科德岬。

愉工作的餐館叫做互吉樓（Hu Ke Lau），是當時洋人愛光顧的那種裝飾成熱帶草棚式的餐館，菜式也是一般洋人所喜歡的那幾樣他們認為的中國餐，包括芙蓉蛋、炒麵、炒雜碎、

塗滿麵糊的咕嚕肉，裏面必定滲有罐頭菠蘿和血紅的櫻桃，最賺錢的是餐館的酒吧。

愉的主要任務是為餐館老闆推銷各種熱帶風情的雞尾酒，她必須穿上酒吧女郎模樣的旗袍和高跟鞋，把杯裏插着小紙傘的雞尾酒送到顧客面前。她對我説第一個星期她連這些從未聽過的熱帶雞尾酒名稱都説不出來，只管笑着把酒端出來，好在多數的顧客看出來她是個學生，努力不懈地盡她的能力賺點學費，所以都樂意給她留下很慷慨的小費。

我到達的時候，餐館正為午市作準備，客人還沒來到，酒吧亦未營業。愉告訴我她安排了在前一個晚上當夜班，所以當天到晚上七點才需回來當值。

一個年輕人站在櫃枱旁邊，不像是顧客，我問他可知道怎樣找到愉。

「你一定是她那由波士頓來的朋友，她正在等着你。」

一時間我覺得有點窘，不知道他是否把我當作是愉的男朋友。電話裏她告訴我認識了一個由紐約唐人街來的年輕服務員，中學未畢業就出來打工，有豐富經驗，名叫波比，也非常照顧她。

這人比我稍矮，一副友善的神態，可是像很多中國人，不慣握手用實力，「讓我去叫她出來。」

「這裏不難找吧？」愉滿臉笑容活潑地跑出來，衣着很隨便，短褲、涼鞋，波比跟在後面。

「完全沒問題，你的指南非常詳細。」

「讓我來介紹，這是波比。」

「我們已經自我介紹了。」

「波比會跟我們一起，他對此地比較熟悉。」

雖然感到有點失望，因有第三者加入，可是回心一想，反正沒把愉當作女朋友。

「聽說你開車來的。」波比對我說，露出雪白的門牙。再細看他，除了比我稍矮，長得蠻清秀，有着廣東人的大眼睛，要不是梳了個飛機頭，和校園裏梳平頭的大學生沒甚麼分別。

「我借了朋友的老爺車開來的。」

「我也沒車子。」他操的是典型唐人街的英語，不是上海企業家出生，也不是北方人說英文的口音，而是廣東人的口音，並且是唐人街土生土長的那種。

「你家是廣東吧。」我的猜想不會錯。

「你是北方人吧。」他反問我。

「不，我也是廣東人。」我常被人猜錯為北方人，因為我身高像舅舅和外公。「不過，我母親是北方人。」雖然她老家在蘇州，她成長在北京，並且與我慣用的總是北京話。

「那你會說廣東話嗎？」

「當然。」我心裏有點不高興，因他以為我不會說原籍的粵語，「不過我說的是三邑廣州話。」

五十年代，在舊金山下船後朋友帶我們去參觀唐人街，我走進擠滿遊客的督辦街一家商店，以為可用粵語和售貨員交易。

「你講的不是唐話。」那年輕的女售貨員跟我說，我納悶地朝她看了一陣子。最後從後面走出一位老先生向我道歉解

釋，他們説的是四邑台山話，我用的是三邑廣州話。

多年後與廣東親戚聚談才瞭解廣東具有三大類，七十二小類方言，他們笑着告訴我，在廣東，越過一個山丘可能就是聽不懂的方言。第一大類稱為白話，通用於廣州、香港、澳門和大部份省內地區；其次有客家話、潮州話。愉的父親原籍在汕頭，她的親屬落戶新加坡，在一起的時候説的是潮州話；後來我結識一位泰國華僑，多年後成為摯友，他就説一口的潮州話。

「我的家人説四邑台山話，可是我也能説三邑。」波比用的台山發音四邑，和廣州發音三邑，我就能聽出這兩個邑字發音有所不同。

「愉的父親也是廣東人。」我要把愉拉回我們的話題中。

「可是我不會説廣東話。」她表示慚愧地説。她已告訴我多年不説中文，所以我們之間用英語。

「你就是我們所謂的『竹升』。」這是台山話譏笑華僑不會説華語的詞彙，他一面帶笑地看着愉表示不含惡意。

「好吧，反正你們跟我只有用英語了。」她也帶笑和藹地回應。

我們三人爬進那部老爺車。愉坐在前面客位，需要把兩腿向前伸直，因底下有個大洞，可以看見路上泥土；波比在後座需要把臀部移向前端，以免被後座突出來的彈簧碰到。

回想這部車子就好比我現在的殘軀，七老八十，不是腰痠背痛，就是關節僵硬，我們這一輩的親友也是同一情況。

「聽説你在等待進醫學院的消息。」波比問我，在車子的

後視鏡裏我看見他的頭髮被海風吹動，也被後窗的陽光照着閃亮。

「對啊。」我簡單回答。在鏡子裏他一對明亮的廣東人大眼珠正對着我看，不知只是好奇還是另有含意。那時候我還尚無自覺，波士頓北站那夜的經歷還是四年後的事。我繼續平淡地說：「也還在等全國入醫學院聯考的成績。」

沒等我解釋這些複雜的入醫科手續，愉同情地插嘴，說她當時也為着聯考費了許多心血。我發覺這是她慣用的自貶方式，刻意遮蓋自己的聰慧，也許因為那個時代女生慣用此招來避免被男生視為競爭對手。

「你到美國來多久啦？」我問他。

「我生在紐約。」他反問：「你呢？」

「一九五四年，從日本來的。」

「那麼你呢？」他轉問愉。

我記得她告訴我她是一九四六年底就來美國。

「第二世界大戰後我父親把我們接過來的。」她補充說，「由上海來。」

「那你能說上海話嗎？」聽他這樣問，我猜想愉沒有告訴他多少關於自己的來歷。

「可惜我差不多都忘了。」

「儂好？」波比要炫耀跟顧客學到的幾句滬語。

我們就這樣隨便閒聊着往岬的盡端駛去，我也開始輕鬆下來，可能因為發覺他們之間並不很熟悉。

車子經過一些小鎮莊，多採用英國近海的地名。道路開始

越來越窄,左右兩旁可以看到浪水,舌頭上已感到海水的鹹味。等開到盡端的著名遊覽勝地普洛,一般餐館午餐時間已過,波比建議隨便在大街上找個小吃店。

人行道上賣遊客紀念品的店舖琳瑯滿目,我從未見過這麼多畫廊擠在一處。他帶我們來到一家小吃店,說是本地人愛光顧的。雖然已不是午餐時間,櫃台前仍舊排着長龍,輪到我們時,當地著名的奶油蛤蠣濃湯已賣光,我和波比遂叫了奶酪漢堡,愉說她吃不了一個漢堡,只叫了一條熱狗。

一面嚼着食物一面被波比領着東張西望,跟在後面的我們像是劉姥姥進大觀園,他卻昂首闊步,指點給我們看那秀麗的港灣,充滿着擔任嚮導與地頭蛇的自傲。

回到小街上我看到一家像茅屋大小的書店,掛着牌子「『普洛書店』創於 1932 年」,櫥窗陳列着田納西 · 威廉斯的名劇本《慾望號街車》。當時我還不知道這位名作家特愛光顧這附近的地區,在此寫作劇本詩詞,並傳聞為幾乎被他最心愛的男朋友謀殺的地點,之後發覺這竟是同志們愛來群聚的勝地。

書店裏面藏書擠滿了書架,以致走廊也被書佔滿,需要側身而過,我正感覺如魚得水開始尋看書本,波比只在靠門口翻看雜誌。

「該走了。」 愉在書叢裏鑽出來說。

波比說他準備去附近一個中國餐館探朋友。「你們可以去沙丘逛逛,回來接我。」他朝着我們說。「這條路,愉也去過的。」我不知道他是善於利用時間,還是特別細心讓我和愉有些單獨相處的時間。

「你覺得他怎樣？」愉小心地坐進那個無底的座位。

「他蠻和善的。」

「他是個好人，也蠻照顧我的。我剛到的一個多星期，甚麼都不懂，尤其是那些很奇怪的雞尾酒名，要不是他幫忙，會被那個酒保罵死。」

「他不到海邊去嗎？」

「他喜歡去探望他那些餐館和酒吧的同僚，跟那些人都很熟，三教九流都有。」

愉把這些告訴我，使我懷疑是否她有意告訴我波比不是她的對象，間接的讓我放心。可是這又令我感覺矛盾，因為自己還不清楚應該把她當做普通的朋友或是有進一步的可能。

「記得離開市區不遠就該左轉。」她接着說。

兩面車窗都開着，海水的味道已吹拂到我們的面前。「好像是馬上就要往下轉，路口的標誌不很清楚。」

我隨着那條小路往沙丘堆的方向開下去，老爺車子在沙徑上擺動着，很不穩定；從愉的車位下面可以看到一些曬乾了的海草。

「希望我能把這部老爺車子開回大路上去。」我開始擔心地說。

「轉角就到了。」

她跳出車子，像一隻鴻雁朝水面飛去，手上拎着一個小帆布袋和涼鞋，然後回頭興奮地招手邀我過去。沙丘圍抱着我們，一望無際的藍天海岸，開車下來的那條沙徑已不知所蹤。

除了一捆捆的乾草，像一朵朵的棉絮在沙上浮動，周圍一

片寧靜無聲。

「夠精彩吧？」她深深地吸了一口氣，好像要把眼前的良辰美景完全吸入她的胸懷。

「從來沒有看過這樣美的桃源！」

回顧我對海灘的印象：香港的淺水灣，才三歲半的我，手拎着玩沙的小桶，跟着保母從家裏走到水邊；或在青澀少年時代跟同學到淡水；以及高中時代隨着父母親到日本的熱海——這些都是聞名的海濱，可是除了淺水灣，各處都擠滿了人群，不像我眼前這無邊無際的沙丘海灘，好像只屬於我一個人，沒有任何他人在旁。

「來試試泡水吧。」她半問半拉着我到水邊，把涼鞋放在乾淨細白的沙灘上，我遂把鞋襪放在她的涼鞋旁邊，捲起褲腳走進水裏。

清涼的水打在腳上，一陣透心涼的感覺，波浪在腿上幾乎是溫柔的揉動。

突然一陣浪花把我褲管打濕，「該帶游泳褲來的。」我抱怨地說。

「人家總說，不能背朝着海浪，免生意外。」

愉的兩腿也被打濕，不過沒濕到她的短褲腳。

「我出來曬曬就乾吧。」

「這太陽底下很快就乾了。」她接着說，「我帶了條毛巾來，讓我去拿給你。」

我遂把鞋襪撿起來，找到沙丘一側，浪打不到的地方坐下。

跟她在一起，談話輕鬆自如，沒有甚麼拘束，像跟普通朋

友談笑一樣，可是腦子裏總想到如果跟她有進一步的關係，在醫學院同學關注下將會多麼尷尬。不過，老實說，我肯定已考慮到跟她走得更近一步，不然為甚麼三番四次的在想這些。

我們兩人有很多相同的家庭背景，廣東父親，蘇滬美人樣的母親，令我們很容易成為知己。猜想愉也如是想，只是她沒有說出口來。

參加她追悼會之後的那個週末，渝幫我清理車房，從一個載滿陳舊毛巾、衣着、桌布的紙盒裏我拉出一個舊布袋。原先上下兩端有海水藍滾邊的帆布袋經過多年使用，從當年的沙丘到我和愉結髮後，再經過兩個孩子無數次帶到海濱，被歲月漂白成為淺藍；中段的印花類似我們兩人鍾愛的瑞士現代畫家克利（Paul Klee）的風格——我們第一次同遊紐約的現代藝術博物館所認識的。渝看到這布袋已破舊不堪便把它丟棄，我發現後又撿起來放到該保留的堆裏——這布袋蘊藏太多的回憶！

其實渝是我們倆續緣的牽線人，渝和我成為伴侶多年後，女兒把母親介紹給渝認識，隨後兩個與我有緣的人相識而投機，漸漸地我們好像變成了一大家人。我和愉續緣的功勞大部份該歸功到渝身上。

在追悼會上兒女們放出愉生平的紀錄片，親屬摯友頌說各人的回憶，我和愉當年的家園重現在銀幕上。多年後她無法維持這棟龐大的庭園，遂轉賣給渝的兒子，目前我和渝去看她的兒孫，同時也能重見當年我親手種植的樹木。

有人說往事不堪回首，我卻不以為然，例如回顧當初我和愉在沙丘旁喁喁細語的知心話。

　　我對她說，學業完成後我肯定要回國為國人同胞作出貢獻。這句話，現在聽起來確是匹夫之勇，當時，我在移民局承受的歧視侮辱，所引起的怒火充滿心頭，耳邊只聽到魯迅為人民的吶喊，尚未聽說數十萬同胞在毛澤東的政策下活活餓死的信息，也不能預知我的姨夫在國外深造後，懷着滿心抱負為國家人民作出貢獻，結果在文革中犧牲。

　　那時候埋藏在心裏的怒火這輩子都難化解，可是經過這些歲月，白髮蒼蒼的我終領悟到人間世事錯綜複雜，別有一番滋味在心頭。

　　在那海風拂面的沙丘旁，愉對我的宣言未加批評。多年後，我們在北加州開業落戶，肩負着償還醫學院的學費、養育兩個小孩、加上開業和成家的債務和責任，她才告訴我說，認為我當年的話過於天真。

　　「你以後有甚麼計畫？」 她耐心地聽了半天我的宣言後我問她。

　　她說在考慮小兒科，因為很喜歡小孩子，連回到家照顧比她小十歲、只會說英語的妹妹都不在乎。

　　「也曾考慮過婦產科，不過這裏的婦產科大夫多半是男人。我母親的朋友和我自己的朋友，都說情願去找個男的婦產科大夫。你可注意到那些非常流行的諾曼·羅克韋爾（Norman Rockwell）圖畫裏的醫生？都是白髮老先生，沒有女的。即使流行的電視節目裏的年輕大夫 Dr. Kildare 也是男的。可想而知，這裏的人聽到我姓劉，第一個聯想就可能是普契尼（Puccini）歌劇《圖蘭朵》（Turandot）裏被犧牲的奴婢 Liu。」

　　我聽着默默無言，以前沒想到身為女生會比我有更多的問題。

　　「這裏是太理想的夏末景點，謝謝你邀我來。」

　　「再來啊。」

　　「我想朋友不會在開學前再讓我借用他的車子了，畢竟離開學只有兩個星期。」

　　「有沒有好消息？」

　　「還沒有呢，好在你明年不需要擔心了。」

　　「可是我得籌措第二年的學費啊。」

　　「獎學金不能再延期嗎？」

　　「不能。基金會的原則是要把獎學金分給其他的學生。」

　　「那位入學總管可能也會幫你找到工作。」我聯想到這婦人真是誠心地幫了我許多的忙，不但醫院工作解決了吃住，也為我找到實驗室工作。

　　「我將在這剩下來的兩星期內盡量加班工作，希望還挺得住，好在波比真夠朋友，盡量把輕鬆班次分給我做。」

　　「他對你另眼看待啊。」我逗她説。

　　「不是你所想像的。他真是個好人，可是也沒看他有女朋友，他只是天性隨和，樂於助人。」

　　「我只是跟你開玩笑而已。」我笑着説：「該回去接他了吧。」

　　「啊唷，不知不覺快五點了。」

　　他已經在街口等着我們，「該趕快回去了，擔心傍晚會不會堵車。」

「要不要買點晚飯小吃？」我問他們。

「不用着急，廚房裏總能找出吃的東西來。」

「波比與廚師是好朋友。」

「不過，他不介意我也跟着嗎？」

「絕對沒關係。」他自信地説。

我從鏡子裏再看他，除了友善的表情，也有一副頗為自信的態度，有點像街上的好漢模樣，比我們看起來要成熟不少，其實算起來只不過比我們長個幾歲。

「沙丘逛得怎樣？」他隨意地問。

「太好了！從未看過這麼美的地方。」我稱讚不已的説。

「不是我愛去的，太冷靜寂寞了。」他不帶絲毫惡意地説。

猜想他喜愛比較近紐約唐人街的康尼島和瓊斯海灘，那種人山人海的熱鬧。我卻怕進那種遊樂園，尤其是過山車，看着頭就發暈，我只試過一次，幾乎以為要沒命了。

「這真是我最好的夏末回憶，特別要多謝你倆的招待和作嚮導。」我再次對愉表達謝意，特別再感謝波比。

「不用謝。」

「你會在這裏待多久？」

「這餐館開到九月底，勞動節後就沒有甚麼生意了。」

「回紐約去嗎？」

「如果找得到工作。」他似乎並不擔心，沒有長遠的計劃。

回程的路上，正對着斜陽，我需特別專心開車，他們兩人也一路沉默。可能大家都默默地留戀着這夏末的黃昏。

趕回餐館時已是六點一刻，我把車子停在後面，波比先跳

下去跑進餐館。

「波比心直口快，有甚麼説甚麼。不過，心地很好。」

「我在這裏吃飯真的沒問題嗎？」

「沒問題，波比的朋友和同僚常過來吃飯，反正廚子是他們認識的。」

「你就坐到最靠近廚房的桌子，我們這些人都在那裏用餐。我得趕快進去換上工作服裝。」她一面説着，一面往裏面跑，回頭對我做了個鬼臉，表示她憎厭這身打扮。

跟着波比先把菜端出來，有排骨、雞翅膀、紅燒豆腐、炒青菜、豆芽和白飯，滿滿地僅用兩手托出來令我佩服。他已換上工作服——熱帶開領花襯衫、白色牛仔褲，加上梳的飛機頭，權充一個當代的貓王・普雷斯利。

其他服務員跟着圍圓桌坐下來都是男的，他們之間操着台山話，波比拿起筷子來朝着我表示，開始吃飯吧。

愉從裏面出來，身穿一件午夜藍繡亮片珠的旗袍、頭髮上插着花朵和小傘、雙唇鮮紅，打扮得像當時在百老匯很賣座的《蘇絲黃的世界》（*World of Suzy Wong*）的女主角，我幾乎認不出她來，與梳着兩條長辮子踏着自行車，從哈佛女校到理工學院和我打乒乓球的少女有天壤之別。

另外一個金髮女招待，穿着紅色繡亮片旗袍走出來靠近我坐下，她説是由密歇根州來讀護理的，也是趁暑期來打工賺學費的。

眾人都很快吃完晚飯準備上班，我站起來要把碗筷拿進廚房，愉説不用了，讓她來清理。

　　我朝着坐在對面的波比再三道謝，他也正吃完了站起來，「不用客氣。」他笑笑說，一面往餐廳走去，最後看到他的熱帶花襯衫衣角和緊身白牛仔褲的背影。

　　「希望你得到好消息！」 愉端着碗盤往廚房去，回頭朝我說。

　　開學前一個星期我收到通知，被錄取了。

　　「恭喜，恭喜！」愉跑上來擁抱着我說，這是開學的頭一天，新學生擠滿在醫學院的前廳。

　　我被她那真誠而熱情的歡迎感動——彷彿在夏天的陽光下望着噴泉的水花，她還把幾個同宿同學介紹給我認識。

　　我們接觸醫科的頭一天不只是興奮歡樂，校方吩咐我們第一件需要做的事情，就是到冷藏庫把死屍抬到解剖實驗室，儲藏屍體的冰窟與古羅馬陰颼颼的地下墓穴相差不遠。

　　我與一位高大的同學把屍體抬到實驗室，放在解剖枱上。這是一個特製的不銹鋼枱，下接排水管道，以便排出由屍體流出來的液體。瞬間撲鼻而來的是周圍的甲醛腥味，我留意到那位幫我抬屍體的同學面色發青，希望他不至於昏倒；第二天他就不見人影了。另外一位男生也是這樣退學。這是醫學院摒除不適合讀醫科的學生之辦法，怪不得那位入學總管很有把握地對我說：「不用愁，總會有人退學的。」

　　這是近六十年前的醫科教育方式，據說也是舉世無雙的名雕塑家米開朗基羅，當年學習人體構造的方法，不過他是幸得一位同情他的牧師，私下讓他在深夜進教堂把剛死去的窮人屍體解剖。聽說如今，醫學院以虛擬方式教授，學生不需要接觸

屍體，可是，我不知道一個醫學生怎能避免不接觸病人身軀。

第二天，從離我不遠的解剖枱方向，我剛巧聽到愉的同學提議，給他們的屍體起個名字。

「保羅？」這同學說。

「為甚麼不叫保玲？」我聽見愉為抗議歧視女生說。

「那麼由你先查看到底該是保羅還是保玲。」站她旁邊的男生嬉皮笑臉的說。

周圍男同學都開始大笑，令愉滿臉漲得通紅，跑出實驗室去。

據我所知，那是她最後一次當眾為維護女權而提出抗議。其實，當時她本不需要置自己於僵局，因為，醫學院屍體的來源多數是醉酒鬼或無家可歸的男人，很少有無人認領的女屍。

那年我們同班同學共有九十個人，只有八個女生；四年後，畢業典禮那天，七十五個拿到文憑。被淘汰的同學不是因為不夠聰慧，因為我們都是通過全國醫科聯考才被錄取。

開學後的頭兩個月，我們沒有甚麼機會在課外見面。除了課程之外，我還身兼三處工作，開學後我又在醫院圖書館找到夜班工作。

白天我們都泡在腥臭的解剖室裏，波士頓的秋老虎把實驗室曬得熱烘烘的，令屍體的脂肪融化，腥臭加上了餿味蔓延到我們的衣着和全身，回到宿舍脫下一切馬上淋浴，還是無法徹底洗淨。

等到解剖課終於完畢，同學們把所穿過的衣着、用過的課本，都丟進垃圾桶，可是我保留了一本當時用的課本。多年後，

遇到複雜的手術前夕，我還會打開課本來複習，似乎當年的餘味猶存。

十一月底，美國人一同慶祝的感恩節即在眼前，我們好不容易考過了解剖課程的現場面試。愉也學乖了再也不讓男生取笑，解剖到下體的那一天，她的同枱男生隔夜把一支木筷插入屍體尿道，令它朝天豎起，早晨等看她的反應，而她已能不形於色。

她與同房請了一些同學到他們合租離校不遠處的住所，共同慶祝渡過醫學院的第一難關。

「帶你的同房彼德一塊來嘛。」她看出來這同房同學彼德是我的好榜樣。剛開學的時候我還不知道學醫的艱辛，以為不需要每天埋頭苦幹，可以照以前唸理工學院養成的習慣，等考試前夕才臨陣抱佛腳。

在這深秋傍晚，天邊映着晚霞的餘暉，腳底踩着飄下的楓葉。愉和同學租的房子離開醫院不到一條街道，可以想像半世紀前馬車載着富人貴賓，在這兩側植滿了楓樹的廣場前滴答滴答地漫步，附近的連排房屋也屬於那個時代。

目前這鄰里已沒有像樣的居民，富人他遷，房屋失修，只剩下一些潦倒沒錢搬走的老人和等着街角酒吧開張的酒鬼，所以窮學生可以租到便宜的房間作為宿舍。

我和彼德走到愉住的那所房子，上了石階，推開門就聽到正在播放的埃林頓唱片的旋律從樓上傳下來。隨着唱片的音樂爬上二樓，不同大小的房間皆佈置簡單——單人床，書桌前面一張木椅，書架上堆滿教科書，偶而一本小說和詩集，像是蘆

葦裏的一朵荷花，牆上用圖釘釘上去的一張海報或一幅複製品的舊畫。一間較大的前房裏放着一張單人沙發椅，愉告訴我這是同學們最稀罕的傢具。她的房間最小，裝飾與眾一般，唯一特點是一個棕色的大咖啡杯，刻印有哈佛女校徽章。除了房東老太太，房子裏只有她一個女人。

擠在這些房間裏的同學，有同班的、有高班相熟的，加上他們的朋友和一些他們請來的護理科女生，非常熱鬧。

「愉躲在哪裏？」彼德問一個正隨着女生往樓上去的同學，他只用手勢指點我們上樓。這人全副精神用在結識女生──這是難得的機會。同班的女生不是對象，一半已經有丈夫，剩下幾個被視為競爭對手，所以護理科女生最受歡迎。在頭一年底，好幾個同學已和這些女生訂了婚。

這天晚上，房東老太太把自己住的三樓飯廳傢具推開，給同學們做為舞池。這位愛爾蘭老人很照顧住在那裏的學生，經常在週末做些甜點、茶或咖啡招待他們，自己卻拿着一瓶自稱為咳嗽藥，其實是愛爾蘭人愛喝的威士忌烈酒。

貼近飯廳的廚房桌上放着啤酒和汽水，幾盤小吃，花生米和炸土豆片已經剩下沒有多少。

我開了一罐啤酒站在舞池邊上，看裏面擠滿了正在手舞足蹈跳着流行的快步（jitterbug）的青年男女，從窗台留下的啤酒罐可見這些人已藉着酒興而熱鬧非凡。

音樂旋律加快，舞池裏的眾人跳得更起勁，突然從人堆裏飛出一個穿緊身黑衣裙的女郎，黑髮結裏繞着鮮紅緞帶，笑着邀請我說：「進來一起跳啊！」

　　我不好意思此時闖進舞池，打擾他人的共舞，並且對自己的舞技也感到自卑。我猶疑地旁觀着他們，愉跟這些已熟識的同學沒有甚麼忌諱，無需故作嬌媚或拘謹，她一面跳着快步舞，一面談笑自如，從一個舞伴換到另外一個，如魚得水，無疑是舞池裏最受歡迎的女生。

　　「彼德呢？」她跑過來問我，那時已將近午夜。

　　「他膝蓋有問題，先回去了。」我們是醫院的室友，兩人共食宿、分擔抽血和化驗的工作。

　　舞池已沒有之前的擁擠和熱鬧了。

　　「你會 jitterbug 嗎？」

　　沒等我回答「勉強可以」，她就把我拉進舞池。

　　她很會帶舞，即使我落了一拍半步，她若無其事地跟着跳下去，不讓我感到難堪，反而漸漸放鬆下來。

　　不覺地我們在舞池待了近一小時，房東老太太把大燈點上，示意晚會結束。

　　愉說陪我走回醫院，順便透透外面的新鮮空氣，隨後我又陪她走回她家，過了午夜說不定酒吧裏的醉鬼已開始在街上出現。

　　在她門前石階下，我握着她的手，可是沒勇氣趨前去親她。

　　她跑上去推開門，回首對我狡黠地神秘微笑，若有所得。

　　十年後，已有了兩個小孩的我們，一次跟朋友吃飯閒談，提及我們的相識經過，愉對朋友說：「那天晚上，我知道他上了鈎。」

　　我才開始覺悟在情場上自己太天真了。

　　醫學院畢業典禮之後，同學們站在一起回顧四年的辛勞甘苦，那時候我和愉已成一對，當時圍着解剖枱逗她紅臉的同學問她可還記得。

　　「當然記得啦！別忘了我尚未還你們的盛情。」她在畢業袍裏面穿着一件淺綠紗的旗袍，拘謹地回答他們。

第二十四回：學醫歲月

　　彼德由波士頓飛到西岸來參加整容外科的年會，約我來他住在山頂的精品小酒店敍舊。

　　他開口第一句話就問：「小愉怎樣？」

　　酒吧一側有個幽靜的會客室，裏面柔和的燈光從他身後透過來，凸顯他頭頂剩下稀疏的頭髮——像半世紀前他的父親一樣。

　　當年，每逢星期天，把病房和化驗室工作職務做完之後，總坐着他的德製大眾小黑車，到波士頓北郊他的老家吃午飯。

　　除了禿頭之外，他還像以前一樣的注重衣着，穿着合身的阿瑪尼上裝。記得有一次他拉我同去一家著名商店的大減價活動，售貨員認識他家人，特地把好貨為他留下。

　　我被他對愉的關心感動。他是我們結婚那天惟有的兩個見證人之一，但是我知道他對我和愉的結合存在矛盾，並且因此疏遠了我和他之間密切的友誼。

　　我和愉分居後，他曾來電話，說在校友名錄上發現我和愉的地址改為兩處。不久之後他到西岸開會，我邀他到唐人街一家廣東海鮮餐館吃飯，向他傾訴愉患有嚴重關節炎，這令我猶疑不決，不願在這情形下與她分手，同時也把自己的性取向真實地告訴他。

　　之後不知道他是否還會繼續與我保持聯絡，因為此前，我

曾同樣地把真相告訴另一位多年摯友，結果這友人和我斷絕了
聯絡。

　　一杯烈性雞尾酒後，彼德低聲地告訴我，兒子自盡了，我
叫了一杯葡萄酒在作陪。

　　「不要跟我太太提起這件事。」說到這裏他已哽咽，不能
再繼續說下去。其實我沒有許多機會與他太太接觸，他來之前，
我跟他電話聯絡，是他太太接電話，說這回她不會一同出席。

　　最後一次我去劍橋，為參加兒子的畢業典禮，順便到他家
去拜訪。他書房的牆上掛着一副現代版畫，看我站在畫前面欣
賞了半天，他帶着驕傲的口吻說：「這是我兒子的作品。」

　　隨後，他又輕輕地嘆了口氣，說不知道這孩子哪一天會安
定下來，不像他的妹妹，規規矩矩的完成學業，追隨爺爺的職
業，已在律師事務所開始工作。

　　「我爸爸是在麻省的意大利移民中，最早拿到律師執照的
一個。」記得有一次，在他家吃完午餐後的回程路上他告訴我。

　　彼德有這種家庭背景，難怪會對自己的兒子失望，言下之
意兒子不會有後代，我也不便多加細問。

　　他們父子之間的矛盾，令我想起我自己和父親的關係。幸
虧在我們的傳統文化裏，只要書唸得好，成家立業有了後代，
就完成了對家裏的責任。從彼德的立場來看，他自己上的中學
是當地名聲最好的學校，隨後入哈佛大學，然後得到醫學博士，
兒子卻醉心藝術，未能成家立業，也未留下後代，可想這給他
們夫婦帶來沉重的傷痛。

　　上次他來開會，我已經把我的切身經驗坦白地對他說明，

可是聽到他兒子的結局，又回想他以前曾表示對兒子的失望，我卻想不出萬全的方式去安慰這位當年的同窗摯友。

彼德的生平經歷一帆風順，不像我的異徑曲折，在大學時就知道要進醫科，不但已選修了入醫學院該有的各樣生物學課程，並且還深造一年，研究比較解剖學和胎生學，那時候我還在化學工程的熱力學和流體力學之間猶疑不定。

醫學院入學總管幫我找到包食宿的醫院工作後，叫我去找彼德。他也找到相同的工作，並且已於一星期前在醫院安頓下來，我被分配到實習醫生宿舍，與他同房。

他已選定下床鋪，我就睡到上床鋪。像個老大哥，他遂領我去取制服、床單和醫院的飲食券。這個具有近百年歷史的老病院，當時是為附近窮人所建，接連各部門、診所和病房的地下通道已陳舊不堪，我們經過這些通道，不僅要避開各處因漏水而滙集成的小水塘，也會偶然碰到肥大的老鼠。

一年後為慶祝成立百年紀念，這老牌醫院被新聞記者訪問，結果暴露了這些不合衛生的狀況，一時成為醫學界笑柄。

到職的第一天清早，先穿好醫院雪白的制服朝鏡子裏一照，雖然還沒有正式進醫學院，但已令我感覺到向目標又邁進一步，內心不免一陣激動。

彼德領我到病房，把一切工作程序，需要做的任務都告訴我。緊貼着病房有個小小的化驗室，驗血的各種玻璃小管子都放在這裏。首先要把每個病人所需要的各種測試管子，在上面貼好他們的名字，以免化驗結果被混亂，對着那一大堆各色不同大小的管子，就令我一時頭昏腦脹。

隨後他教我如何抽血——先檢查病人手臂，找出適合抽血的靜脈，有些病人因為每天抽血化驗，已很難找到適當的正常血管，那就要到腳部尋找。然後把橡皮帶綁在病人手臂，用酒精消毒皮膚再把針頭戳進血管。

這是我第一次接觸病人，拿着針頭難免戰戰兢兢，深怕會令病人受痛。彼德看着即刻指點，越快越好，不致給病人增加痛的感覺，這也是第一次領悟自以為想減少病人痛苦，原來卻適得其反。

現今有專科學校訓練服務抽血人員，彼德花了不到十分鐘把技能傳授給我。

第二個任務是檢驗小便，竟也講究色香味，顏色混濁不清、聞着或香或臭都不正常。聽説在日本有一教派主張喝自己清早排泄出來的尿液。所幸，後者不在我工作範圍內，不過我需要化驗糖份、比重和細菌。

最後他指着一堆小圓盒子，不需走近已能聞到一股臭味撲鼻。他看我在側身迴避，以專業的態度對我表示，這也是我們必須做的任務，化驗大便。

我像個學徒緊跟着他，非常感激他的指導，可是突然省悟，他越快把我訓練好，就可以越早與他分擔任務。

不到一個星期，我已適應這份工作，醫學院就開課。如排山倒海地對我們擊來三大拳，解剖學已經夠複雜，還加上藥理學和生化學。接觸這三科教材數不清的新名詞就像子彈橫飛，讓腦子被熱火燃燒得快要炸開。

晚飯後有幾個同學約去喝杯啤酒輕鬆一下，我不好意思拒

絕，以為可以像在工學院考前夕才臨急抱佛腳，兩星期後第一次會考的成績讓我驚醒。

「你需沉着應戰！」彼德這句逆耳的忠言，好比在浮沉於大海之際丟給我一個救生圈，如果沒有他坦誠的勸告，我可能就會像另一個華裔同學，在一個月後的大會考成績發表後被勒令退學。

當時我並沒有領會他的好意，只是默然接受了他的警告，每天跟着他到圖書館進修。我們的醫院職務已相同，我們這樣同進同出，兩個人被同學看成一對雙胞胎兄弟。他是兄長，因為他對一切都比我熟悉——他知道醫院餐廳甚麼時辰開飯，把主要食物端出來，哪天發配乾淨制服，哪天把髒衣服送進洗衣房，種種不同規則他都知曉，為我省了不少麻煩。有時候，清早上課前，我如果被病房職務耽擱，他會幫我領取食堂的早餐，免得我來不及吃早點就去上課，相應的如果他晚到，我也會幫他去預先領取食物，兩人成為互相依靠的生活伙伴。

星期天是我們唯一沒有課程的日子，早晨把醫院職務完成後，坐他的車子開到他家吃午餐。

彼德的老家在波士頓的北郊靠近海灣的小鎮，許多意大利移民從十九世紀開始就在那裏落戶。他家的房子是新英格蘭式的建築，比附近的一般住宅要大，大門前有很寬敞的陽台。

第一次到他家，為我們開門的是他姊姊，她已經是個中年婦女的模樣，少女的腰身經過兩次生產後已消失，個子不高。長得普通。緊跟着彼德的母親從裏面出來，雖然個子比她女兒還要矮，可是充滿了當家主婦的氣質。她走近一步，雙手握住

我的手，那雙跟他兒子一模一樣的眼睛對我行注目禮，彷彿在打量我是否有資格做彼德的朋友；幸虧那雙具有魅力的眼睛，馬上流露出歡迎的眼神，把我帶進客廳。

那客廳佈滿了深棕色的皮沙發，一副律師事務所的沉悶感覺，寬大的壁爐上掛着一幅帆船的油畫，相映着鄰近海港的風味。客廳深處，可以看到一位老人家，像尊隱居的彌勒佛，陷入沙發內，站不起來的樣子，朝我點頭示意歡迎。

客廳的一扇拱門後面是飯廳。大飯桌的白色錦緞桌布上已擺好銀器餐具，一對銀蠟燭台置在長餐桌兩端，雖然白天不需要點着蠟燭。

他家的星期天午餐，每次都要花上三四個小時才吃完，由頭盤，到意大利麵食，到主菜，然後海鮮，最後是素菜和甜點。第一次彼得沒告訴我這是六道菜的午餐，我以為只有頭盤和麵食，他母親問我要不要添點可口的意大利麵，我被麵食填飽之後，才發覺接着還有四道菜。

他母親和姊姊像家傭一樣，由廚房到飯廳，來來回回跑個不停；父親坐首席像尊菩薩；姊夫坐一側也是一言不發，據說他在工廠當管工；彼德像是個王子坐陣，桌上只聽他一個人發言，父親偶然點頭認同。我看出來意大利人的許多風俗習慣，很像我們的傳統家庭──非常注重餐食，女人在家從父，出嫁從夫，夫死從子。

我來美國之前母親已囑咐過，在美國甚麼事都要自己學着做，無人伺候；飯後我站起來準備把自己的碗碟拿進廚房，彼德卻說：「不需要幫忙，你陪着我們坐坐談天，喝杯咖啡就好

了。」

這令我想起在東京的中學時期，有一次我站在廚房看傭人準備晚餐，父親經過，責備說：「男孩子到廚房裏去做甚麼？」然後指正我，「你該多參加運動，鍛煉身體才好！」他愛對我說當年在日本讀書時，立志鍛煉身體，終於能勝過班上柔道高手的事蹟，然後把結實的臂膀拉出來展給我看。

等吃完羅馬式大宴的午餐，從彼德家趕到我母親家吃晚飯，我感覺肚子已經脹滿，甚麼也塞不下去了。

當我告訴母親，準備放棄即將完成的麻省理工學院碩士，將從頭開始進醫學院，她非常擔心我的前途。那時候她已得到哥倫比亞教育系碩士，在紐約市立學校任教，她決定停職一年到波士頓來監察，擔心我是一個迷途羔羊或走上邪道；每個星期天晚上約我們到她家吃晚飯，可以讓她親眼看到我交往的朋友是否正當。

彼德和我母親不但見面就投緣，他不斷地稱讚母親的廚藝，說他從未吃過如此可口的中國菜——獅子頭、蘇式茄子青椒、紅燒鴨子，如果遇到秋老虎天氣熱，還有爽口的葱油涼拌蘿蔔絲。

我總會每樣吃幾口不讓母親覺得白費工夫，我的同學卻胃口十足，像個有多胃囊的牛，可以儲藏食物，同時對我母親說：「即使吃得再飽，我的肚子裏總能裝下您的美食！」

這令母親聽着眉開眼笑的對我說：「你得以彼德作榜樣，多吃一點才能維持精力。」我已經跟母親說過，學業和工作忙得不可開交，很勉強才能在每個星期天可以抽出時間陪她吃晚

飯。

「看彼德滿面紅光！不像你那麼兩頰蒼白。」雖然母親受過西方教育，可是依舊擺脫不了中國傳統觀念，要吃得肥肥胖胖的才是有福、身體健康，必要時她會運用合適的傳統詞彙來表達感情。

彼德只管埋頭填肚子，臉上掛着一副滿足的笑容，我只有背着母親對他瞪白眼。

「反正你以彼德作榜樣就好了！」母親不斷地稱讚他，然後親切地說：「你隨時來吃飯我都歡迎。」我看透母親用的是一箭雙鵰的手段，這樣她也可以多見到我，可是，另一方面，我也以這樣熱情款待我同學的她為榮。

在回醫院的路上，我恨不得打彼德一拳，他吃吃笑地說：「我可是真的愛吃你媽媽的菜。」

在我們埋頭苦幹的頭一年，彼德和母親越來越熟悉，常常談笑風土，即使多年後，我和彼德見面，他總會提起母親，要我代他問候。

期中考試後的週末，彼德問我：「這星期六晚上你能不能在你媽媽家過夜？」因為他要招待一個以前同在研究院的女朋友來過夜。

「只是不要把我的床單弄污就好！」我跟他打趣。

就這樣，每隔幾個星期，一旦課程稍微鬆懈，或他的女朋友有空，他就要求我到母親家過夜。母親自然喜出望外，開始時還問我原因，我總含糊答覆，以後她也不再追究，只要看着我吃她為我做的美食已足夠了。

每次事後彼德都把房間清理得很乾淨，只有一回，他忘了把用過的保險套沖下馬桶。

第二學期的一個下午，我們把功課出乎預料地預先做完。「我們該去看看這裏的游泳池。」彼德提議。

早就聽說有個室內游泳池，是當年醫院創辦人特為青年值班醫生多做健身運動而建。

「我沒有游泳褲。」我有點尷尬地說。

「沒關係，這裏不需要穿游泳褲，像青年會一樣。」彼德對醫院一切規則都瞭如指掌。

推門進入更衣室，濃濃的消毒氯氣味撲鼻而來。裏面原有的白漆板櫈和條桌，已被多年蒸氣和氯氣薰成白木，桌上放着一堆白浴巾，周圍一排木格子可以放各人的衣服。

彼德把眼鏡放在木格子裏。摘下眼鏡，他看起來像年輕了幾歲，那對動人的眼睛加上滿面春風，不由地露出他可愛的一面來。

他很快就毫無忌諱地把衣服脫光，像在我們房間裏一樣，令我也在他面前減少了避諱。

走進游水池，水面浮着的一陣蒸氣令我看不清楚，片刻後才看清楚四周空無一人。值班的醫生還未做完工作。

「來！我跟你比賽。」他遂跳進水裏開始游到盡頭，我隨着游過去，不過他的自由式比我的蛙式要快，等我游到終點時他已坐在池邊。

「不錯，不錯，你總算游到了。」他逗着我說。

「我沒有跟你比賽。」

「再游十趟來回吧。」 他又跳進水裏。

我心想不能輸給他，遂捨命趕上去，等到游完十趟出來，覺着像做了大半天的苦工。

「來沖個熱水澡吧，這是勞動後我最心愛的享受！」

我跟着他走進浴室，站在蓮蓬頭下把熱水開足沖在身上。

我正把全身塗滿肥皂，讓熱水沖在身上，像陶醉在全身按摩的感覺。

突然間一溜冰水噴到我背上，轉頭一看彼德正在哈哈大笑。

「你這個混蛋！」我在氣頭上罵出粗話來，跑過去開他的冷水龍頭，他趕緊搶着我的手，不小心被肥皂滑倒地上，可是也把我一起拖下地。

光身摔在磚地上一陣刺痛，我死命要他鬆手，而他卻越抓得緊。他手臂力氣很大，那一刻令我想起年幼時與父親比手勁，無論我如何用盡全力還是被父親壓倒。

這時候我們兩人都在喘着氣，我只感到他的腿壓在我的背上不讓我翻身。心想他總是以老大哥身份來貶我，以至母親總在我面前誇獎他怎麼好，並且他又能找女朋友來洩慾，令我心底在抱怨，一陣怒火爆發，把手在他的大腿之間用力扯了一下。

「死鬼！」他叫痛地發出咒言。

我趁機從他身下鑽出來，身上片刻麻麻地顫抖，不知是否像父親在日本時，經歷的那種光身摔角或相撲的感覺。

電光石火間，兩人漲紅了臉，上氣不接下氣，激動地望着對方，令我們同時感到踏進了禁色的世界。

事後我們從未提過這回事，我把它埋到內心深處，直到三年後波士頓北站的經驗才又被翻開。

半世紀後再回顧，又好像是朦朧歲月裏的幻景，自問到底這件事可曾發生。

現今彼德又來到我眼前，他那雙傳神的眼睛，依然如舊，仍然在對我說：「我願做你的朋友。」

這些年我經過的變化：成家立業、發覺自己的真實取向、離婚、母親仙遊，到今天垂垂老矣；彼德亦在彼岸成婚，生兒育女。他的兒子自盡，也許因為那年輕人不能接受自己的真相。

我和彼德的緣分猶存，他現已禿頭，我也白頭，兩個殘軀相聚。

「你的母親好嗎？」我把話題拉回目前。

「我去看她，她幾乎都不認得我了。」唏噓的他用那低不可聞的聲音來回答，不知是否回應我，當年在他老家的盛宴，他母親的容顏笑貌和氣質又出現在我面前。

原想請他代我問候他的母親，當年不知在她家享用了多少次六道菜的午餐，身為她獨生子的同窗摯友，那時愉還未混入我們兩人獨有的友情之間。

聽到他母親的近況，一時無言以對，最後站起來把手搭在他肩膀上，一個簡單的動作，卻是我希望能輕輕表達對他的同情和歉意。

第二十五回：愉園籬外

愉苑是我們第一棟，也是唯一的一棟自己建造的家園。名字是我取的，借用愉的父親為她取的名字。當時也確實反映了我們理想的小家庭，新開業的兩個專科醫生，和兩個像小天使一般可愛的孩子。

數年前，愉在和我們分開後再嫁的德裔丈夫離婚後，把這房子轉賣給渝的兒子，那時候她繼續惡化的風濕性關節炎，已經令她無法維持這棟相當大的庭園。

我和渝在週末去看她的幾個孫子的時候，又看到近半世紀前我手植的林木。後面幾棵加州紅杉已長成周圍最高大的樹木，原先我手刻的「愉苑」二字門牌，現在堆在我車房的一角，愉遷出的那天已顧不得再繼續保留。

我們搬進愉苑不久，母親就從城裏下來看我們的新居，手裏捧着一盆萬年青恭喜我們喬遷之喜。她走到房子前面突然發愣對我說：「這個大煙囱要盡快遮蓋才好，像一塊墓碑。」

這房子是請當地建築師設計的現代建築，三面斜屋頂，許多天窗，中間還有內庭。大門左側是一座高大的紅磚煙囱，被母親一眼看做墓碑。我們的建築師是一位和藹的美國人，上世紀七十年代初，還沒有甚麼建築師會講究風水，既然被母親指出風水不佳，我寧可信其有地照母親的建議在煙囱下面種了一棵爬藤，心想既然要相信風水，那麼母親給我們的萬年青應該

足夠暫時為我們發揮避邪作用。

可是，爬藤還沒有長到煙囪的一半，愉就開始了關節炎病狀，不到五年，我也搬出了愉苑。現在那棵九重葛已蓋滿了煙囪，如果相信風水，這棵爬藤已遮滿了煙囪，可是仍然未能及時保護當時愉苑住的人。

找到這塊能夠建設愉苑的空地屬於偶然。我們來到位於灣區東南的小城，以前是屬於杏樹的果園，早被開發商發展為密密麻麻的住宅，想找一塊稍微寬敞一點的空地幾乎不可能。

一天我們經過一條靠近溪邊的小路，擠在民居之間有一條長滿野草的小徑。好奇心驅使下我們隨着小徑往裏面查看，除了半個身高的野草，裏面還有幾棵殘老的杏樹，空地約有一英畝左右。

經我們查問發現這是開發公司剩下來的一塊荒地，因為入徑太窄，裏面空地太大，不適合一般住戶需要，所以像一個怪胎無人理睬。

這卻正適合我們的需要，我不喜歡住宅靠近馬路，毫無隱私地讓過路行人可以隨便地看到裏面。對我來說，住在山頂，雲霧之間，最為理想，有必要才下山辦事，接觸塵世。找到這塊空地，由狹窄的小道延伸，與大街有相當的隔離，令我喜出望外。

荒地後面是一個很大的果園，一望無際，種滿鱷梨和無花果樹。

一天下午我們正帶着兩個孩子朝各處近鄰張望，一把洪亮的聲音招呼我說：「你好，我是你的近鄰勞勃，歡迎你來！」

回頭一看，這位壯實、將老未老的中年人正把一隻巨掌伸過來，滿面笑容更顯出他常暴曬而出現的皺紋。他從果園裏鑽出來和我們打招呼，因為我們之間還沒有籬笆相隔。

他說他們夫婦已在這裏住了近二十年，兩人都是教員現已退休，不過他早就轉行做房地產中介，所以幸得這塊四英畝多的果園。他說這區域被發展之前都是杏園非常安逸。

我遂對他說，好不容易找到這寬敞的地皮，並且和馬路有些隔離，還可以有一個清淨的庭園。

「如果你要在我們之間建一個籬笆，我可以親手幫忙。」勞勃說。

我也欣然接受，並慶幸遇到這麼一位隨和的鄰居。現在回想起，他可能也因為看見我們的兩個孩子，正是頑皮淘氣的年齡，而他們後面有個游泳池，怕孩子們會跑過去不小心被淹死。

他的太太西勒對園藝和藝術都很有心得，為人比較認真，不像她丈夫那麼隨和。她幫我們選了一個日本庭園的籬笆圖案，無論哪一邊看起來同樣雅致美觀。

就這樣，以勞勃為工頭，我做學徒，開始了我們的籬笆工程。他不但對建築很有經驗，也齊備我們所需要的各樣工具。

「我會先在這裏開工，你可以等完成你的救眾工作才過來。」他已發現我是外科醫生，誠懇而帶幽默地說。

第一天我到場，他不但把我們所約定對分的木料都買好，還備好一條工人圍裙，和一對工作手套。

他帶着笑容對我說：「需要保護你動精巧手術時用的雙手。」

　　每天診所和醫院工作忙完後我趕着去當勞勃的學徒，直到
日落而息。起初，我連一個釘子都打不正，他不但是個好工頭，
也非常有耐心地教我用各種工具，比方，用水平器來確定籬笆
的圍欄都必須垂直；當地的泥土本是黏土，被炎日曬後都變成
泥磚那麼硬，必須先用水令它慢慢地軟化，才能用挖洞器在黏
土裏挖洞。

　　有一個傍晚，被醫務耽擱，來不及更衣就趕到場地，勞勃
看了我的衣裝，笑着説：「你這身筆挺的西裝，還是換下來吧。」

　　「我有些舊的工作衣服，應該正合你穿。」他拉着我往他
家裏走，又回頭説：「當年我也像你這樣瘦削。」

　　他們的房子是一所西班牙莊園式的土磚平房，紅瓦白牆，
他的工作坊在房子後面，被密集的果樹遮蓋，從前面看不見。

　　他找出舊的工作服交給我，又拿來兩個衣架。

　　「其實我用不着衣架，掛在鈎子上就可以了。」

　　他站在旁邊等我換衣服，一面繼續閒談。

　　「顯然你不大曬太陽。」他看我脱下襯衫和褲子，露出淡
白無色的胸肌和兩腿。相對的他像熱帶假日廣告裏的旅客，曬
足了太陽，一副健康的樣子。

　　「等到我們把籬笆做好，你也會曬得像我一般的黑。」

　　果然，到中秋節的時候，籬笆將近做好，我也不像起初那
麼蒼白，手臂好像也添了幾兩肌肉。

　　在這兩個多月中，我也知道了一些勞勃的背景。

　　南加州的棕櫚沙漠是他的故鄉，離許多人愛去避寒的棕櫚
泉不遠。他的父親原在麻省大學教書，不幸得了肺炎，醫生勸

他搬到氣候暖熱乾燥地方居住。

他父親盼望兒子回到東部讀書，他卻被灣區的自由生活方式所吸引，一度也對約翰‧斯坦貝克名著《憤怒的葡萄》（*The Grapes of Wrath*）所描述的中部農業區感興趣，不過結識他太太後，受她影響，同任職教務，最後轉職做房地產，直到退休。太太西勒畢業於東灣一個著名女校，對灣區的各種文化藝術特感興趣，所以他們決定落戶在這東南灣的小城。

「我也是個獨生子。」當我告訴他我沒有兄弟姐妹，他回答。

「至少到現在為止，還沒有發現其他兄弟姐妹。」我加上一句，當我回想到母親對我說過父親有許多女友，愛到處留情，母親自己也生了我當初不知道的姊姊。

我和勞勃同病相憐地提到童年缺少玩伴的孤寂，不過，他變得特別外向，善於和陌生人交流，我卻保持着童年那種怕與外人交往，總要等到對方先釋出善意才敢開始交往的態度。

這樣我們從普通的鄰居，漸漸地變成了無所不談的朋友，令我面對我們的工程將要完成而感覺戀戀不捨。

一個中秋的下午，愉把兩個孩子帶去舊金山的動物園，讓我可以有多點時間把籬笆做好。

「你看我們是否該在籬笆之間做一道小門，讓我們以後來往也方便。」我馬上同意，雖然這給我們添了好幾小時的工作，不過同時感到欣喜能夠繼續我們的友誼。

他遂跑回作坊把挖洞器拿回來，我們加工又添了兩個洞。因為不曾把黏土先用水泡軟，所以特別費勁，等到終於把水泥

倒進洞內，兩人都出了一身大汗。他用一塊紅手巾一面擦汗，一面説：「這正是跳進游泳池涼快一下的好機會！」

「你得借給我一條游水褲。」

「沒問題，讓我進去找一條舊的出來給你。」他招手叫我跟他到他們家裏，回頭笑着説：「當年我的腰身也像你這樣。」

穿過那密密麻麻的果園來到他家門口，他先進去，回頭説：「西勒不在，這幾天她去探望她妹妹，所以房子有點凌亂。」他表示歉意，「等她回來之前我會把一切整理乾淨。」

他們家的佈置很簡樸而優雅，一套藤沙發椅，米色的靠墊，腳底鋪着熱帶草蓆，側面牆上掛着一幅油畫，那女人像年幼時的西勒。

「那是西勒畢業那年，她父親送給她的生日禮物。」

他從後面出來發現我在看那張油畫時説，「很抱歉，不知道那條舊的游泳褲放到哪裏去了。西勒收藏的東西我常找不到，不過，反正她也不在家，外人也看不見我們的游泳池，其實不需要穿游泳褲。」

他看我有點猶疑不定遂説，「我也陪你不穿游泳褲吧，如果你覺得不習慣。」

「沒關係，我可以就把我的內褲當游泳褲。」

他拿了兩條大浴巾出來，一條遞給我，「你可以用客房更衣，我在游泳池裏等你。」

這客房的佈置也很簡單，一張五十年代流行的雪尼爾床單鋪在單人床上，書桌上掛着一幅抽象派的油畫。我脱下衣服在門上鏡子裏看到自己，臉和手臂都曬黑不少，可是身體的其他

部份還是不見天日的蒼白，我把浴巾裹着下身才走出去。

「你終於出來了。」他在池子另一端逗笑着説。

「我在欣賞客房裏那張油畫。是西勒的大作吧？」

「是她早期畫的，她怕獻醜，不願讓人看，可是我蠻喜歡的。」

「可見你很有藝術眼光。」

「別開我玩笑了，我只不過是個鄉巴佬，不懂得甚麼藝術。」他笑着説，「你快下水吧！」

我除下浴巾，把眼鏡放在上面，趕快跳進水裏，總覺得他在對我注視。

池子裏的水，涼中帶溫，非常舒服，好比青少年時和同學在近台北的淡水河畔一樣。我來回游了幾次，好像渾身被溫泉按摩，我漸漸地游向水邊，他正在那邊等着我。

游到他身邊發覺他沒穿游水褲。

「你有沒有試過裸泳？」

「沒有。」我把在醫院的室內游泳池和彼德的經驗埋到心深處。

「你該試試看，會感覺全身解放輕鬆。」

「我可以想像得到。」

「我在南加州長大的時候，經常和朋友裸泳，真是如魚得水！」他隨着跳進水裏。

那時候我如果依舊堅持不試，怕會被視為太保守，不合情理，便把內褲在水裏脱下，面對着他的一瞬間，不由感覺到在波士頓北站的那種激動。我連忙盡快游開，朝池子深處去。這

樣我不斷地來回游了幾次，並且與他保持距離，終於感到放鬆下來，游向池子深處的邊上稍息。

突然他從後面把我抱住，一時我想逃脫，而又發覺被他激動。那溫水又滑又潤，不由自主地我顫抖着看到從水裏浮上來一些白的雲彩。

隨後，善於閒談的勞勃也沉默無言。我們默然出水把浴巾裹上，避免互相面對。

終於他若無其事地開口説：「如果你需要淋浴，可以用客房的浴室。」

「多謝，多謝。」我吱吱唔唔地回答。

一星期後籬笆做好。愉帶着兩個孩子過來看我們的成就，勞勃談笑自如地接待他們。

次年春天，包工頭把新房子的鑰匙交給我們，表示大功告成，那時侯我已經植下不少花木。恰好一位對林木熟識的朋友，幫我選擇了一些適合在當地成長的植物。

愉和我對這個新的庭園稍感美中不足，這東南灣小城所缺少的是加州的海岸景色，建築師為我們彌補這不足，加設了一個中庭，模仿日本式的內向庭院。雖然姑蘇有舉世聞名的庭園，建築師為我們設計的現代化屋宇，是比較適宜日本的簡單風格。

從工人留下來的材料堆裏，我選出一塊加州紅木，把「愉苑」二字雕刻出來掛在門前牆上。

第二十六回：小趙前後

　　來信的封面地址是從一家修道院寄出，距離我退休前工作二十多年的醫院不遠。那封信由醫院轉到我現在住的舊金山家裏。

　　封套上的手跡看着眼熟，多年沒有看到，一時不能確定是否他的親筆，直到我打開請帖被邀去參加他的修道院聚會。

　　小趙和我的緣分要從三十年前說起。我搬出愉苑兩三年後落戶的小山丘，緊靠着離開醫院不遠的半島大自然保護區的縣立公園，不記得是誰邀他到我家來。

　　那時離石牆同志解放起義（Stonewall Uprising）還不到十年，我們小團體的成員除了肩擔共同的抱負之外，不是工作，就是居家也都在半島這一帶，每個月輪流在各人家中聚會，每次總有十來個人聚餐閒談。

　　當納有自己的旅行社，他的男朋友杉姆做社會工作，沙羅在硅谷網站任職，里德的律師事務所靠近斯丹佛大學，傑克經營房地產。

　　當納和杉姆是我們熟人裏面最早的愛滋病犧牲者。雷根總統還堅決不肯面對這個公共衛生災難，小趙可能從雷柯那裏知悉我們的聚會。

　　他帶來的炒麵和叉燒很受歡迎，那天晚上已有太多零食甜品。我也特別歡迎他來，因為很少看見亞裔人來參加我們的聚

會。

他個子很小，比其他在場的人要矮一個頭；兩頰紅潤，好像青少年一般，可是臂膀相當粗壯，兼有南方人的黝黑皮膚，令我猜測他家裏是開農場的。

我們兩人都不愛多言，所以未曾有機會交談，可是散會後，他卻自願留下來幫我清理。

我也盼望能多認識一位華裔同志。

「你大概是廣東人吧？」我猜想不會有錯，因為早期到美國的華僑多數來自廣東。

「估計你是北方人吧。」

這不是我第一次被誤認為北方人，我聽了心裏總覺得矛盾，那天晚上在小趙面前也不例外。不過，他卻留給我一種特別的可親感覺，令我願意多花時間對他解說：從小我就跟母親說北京話，聽她訴說一些北京老家的日常生活，我自然而然地對北方感到親切；可是自從八歲和父親重聚之後，他的為人和性格令我感覺像他一樣做個廣東人也很值得榮幸。

我跟小趙熟悉後，一次同回故里，去廣州和番禺老家並未給我鄉濃感覺，反而多年後去訪明代的原籍紹興令我真切感受回到故鄉，不過那是後話了。

我們來往相當一段時間後，他才坦白地告訴我當晚他認為我是北方人，是因為我個子高，而且他偏愛身材高的人。

那天晚上，我們繼續閒聊，他告訴我成長在南灣，家裏的花園專種植各種菊花。

「你父母還住在那裏嗎？」

「我和兄弟姊妹成長離家後，沒人幫他們維持那個花園，父母就把它賣給建築發展商，現在變成一大批住宅。」他說話興奮起來時，嘴唇翹着像個可愛的小孩。

隨後他說：「當時我們做孩子的，在上學之前需要先到花房澆水，下課回家再到花叢加上肥料。那些肥料袋子很重，我父親初到美國時給老番當家傭苦力弄傷了脊椎骨，上了年紀後不能抬過重的東西，所以抬肥料袋子的工作都由我們幾個孩子擔任。」果然我沒猜錯，他的一雙膀子肌肉結實發達，是在花園裏鍛煉出來。

「你大概從來沒有做過勞工吧？」

他這句話指出我們兩人背景的差別。

最初到美國來的華人多屬於勞工，以血汗錢寄回故鄉，有的連性命也被犧牲。落戶他鄉的這批人總盼望下一代能有機會求學和出頭，我可以想像小趙的話純屬羨慕，並無惡意。他口吻誠懇，眉飛色舞的天真，更令我注目的卻是特別可親的一雙厚唇。

同時我想告訴他自己在美國求學的經驗，不只是甜湯美夢，受到移民局官員的歧視侮辱，以及靠自己的勞力和努力在醫學院的過程。雖然我未曾做過苦工，有些同學卻到過工廠、農場或魚船、碼頭做暑期臨時工苦力。

「我父親是『買紙』到這裏來的。」他一面幫我洗碗，手腳勤快，我在一邊擦乾。

這是我頭一次聽見買身份文件入境。他對我解釋，早期來美的華人在回鄉探親的時候在鄉間留下子女，這些後代憑出生

證明書就有資格移民到美國來，而有些人卻把這出生紙出售，買身份的人就憑這文件移民入境到美國。

美國當局發覺這種情況後，對華人入境檢查得特別嚴厲。小趙的父親本姓周，因為「買紙入境」必須用原紙證明書上的趙字為姓，往後在美國的家人都放棄了姓周，而變為文件上姓趙的家族。不但如此，他還必須記清楚趙家親屬關係，準確地回答入境檢察官的審問。當時像他這樣入境的華人先被扣禁在舊金山外的一個叫做「天使」的小島（Angel Island）上，這小島卻名不符實，設備簡陋，像集中營一樣；公廁是一個大統間，令害羞不習慣當眾大小便的女子不知所措，以致常有便秘問題。

小趙的父親像島上無數的華人一樣等待入境批准。有的人已在島上焦等多年，他們把心中的不安、怨氣和期望都刻在這集中營的木板房子裏，七十年代底他們的哀歌詩詞被發現後出版，把當年華人入境所受的虐待和苦楚宣告世人，轟動一時。

「我的父親是少數的幸運兒，沒有被扣留多久就釋放出來。」移民局對華人的歧視和虐待我親身體驗過，聽着更覺切身感受。

「你的母親呢？」

「她是一個『圖片新娘』（Picture bride）。」他帶着尷尬的樣子告訴我。以當時華僑習俗來說這其實很平常，而我們聽起來，卻有點太不合潮流了。他的父親以十年勞工積蓄下來的錢，委託親屬在家鄉找到一位適當的妻子。「我母親是父親老家鄰近一個村莊的女子，照片中的她有着一對可人明亮大眼

睛。」我面對着小趙，可以想像他的一雙眼睛大概是遺傳自他的母親。

「我的身材像母親家的人，外公和幾個舅舅都長得蠻高，不過我父親是廣東人。」

我希望找出我們的共通點，都是廣東人，而我們交換個人背景卻也顯出不少差別。我告訴他，我的父親只到過美國兩三次，可是從未考慮在這裏久留；我母親因憎厭蔣政權，已堅決不回台灣，經過十幾年的遠離分居，終與父親離散。

「可想你母親是一位很有自主性的女強人，才敢單獨在美國生活。」

「沒錯，她不是一個輕易屈服於環境的人。」我回想到當年母親曾違背外公的指示，而堅持與難以容忍的第一任丈夫離婚，確實與小趙的「圖片新娘」母親有天壤之別。

我們兩人既是同志又是同鄉的背景，促使我們互相吸引，包括克服了十幾歲的年齡差別。並且他走進我的客廳就特別細味牆上掛的國畫，及條桌上的幾件青花瓷，不像其他來客，只顧互相介紹相識、聯絡同志關係。這也增加了我對他的好感，終究根植於中國故鄉，令我們清理乾淨後，很自然地繼續談到深夜，隨後在我家過夜。

我和小趙的第一晚卻跟愉的第一晚，很不相同。確實可以說，有陰陽之別。

事後，我看他在我枕旁熟睡着，令我回顧當年愉和我剛讀完第一年醫學院，她也在醫院找到暑期工作，被分配宿舍住宿。我們同房的第一夜，不但需要偷偷摸摸地避免被宿舍裏值班醫

生發現，因為那時候我們還沒有結婚，更令我們提心吊膽的，卻是深怕未曾使用正確的避孕方法。如果發現愉已受孕，我們兩人的前途都將被摧毀，所以直到愉經期復現，我們才鬆了一口氣。

與小趙的第一夜沒有任何這些顧慮。我的家也沒有近鄰，唯一戶外的聲音是魚池滴滴水聲。雖然這不是我第一次接觸男性，但之前從未邀回家來，並且那時候我已在心理科醫生面前進行了多年的心理診療，不再認為這是不可告人之事，所以我們在那個晚上幾乎可以說是翻雲覆雨，為所欲為。

隨後的週末，正好輪到孩子們到我家來渡週末。

「要不要跟我一塊兒去接孩子？」我從醫院辦公室給小趙撥電話。雖然我在工作場所並不隱藏自己的取向，但我還是把門關上，因為我認為沒有必要把私生活也公開。

「當然啦，我很希望能看見你的孩子。」他回答時把這句話拉得很長，好像是在猶疑不定，可是又令我感到他確實非常興奮地想看見我的孩子。

「太好了！你告訴我甚麼時候就好了。」他又加上一句。從那天晚上和他相遇，我開始領悟到小趙雖然表面上很害羞，可是他的性格也很堅強，不讓人隨便擺佈。

兩個孩子依舊住在愉苑。我帶着小趙去接他們的路上，他告訴我他家以前的花圃就在緊鄰愉苑的小城。早期這一帶多數屬於葡萄牙裔人種的杏園，有幾個日本人的菊花園，極少華裔人的花圃。

車子開近愉苑，他看到那兩個中文字，馬上把頭縮到儀表

板下。「愉不會把你吃掉。」 我逗他說。不過，看着他那個緊張的樣子，我沒有再繼續作弄他。

後來他告訴我，那兩個中文字觸動了他的儒家教養，令他退縮，唯恐會面對我的妻室。

我開始了解他的處境。身為長子，深深地感到對父母責任，應該為他們留下後代，他說：「你已經有兩個孩子，盡了你對家族和父母的責任。」

數年後，小趙終於在這種內心的壓力之下，決定婚娶。在八十年代的美國，同性戀者還沒有權力養育子女。

「我是小趙。」孩子們跳進車子，他恢復了正常，對孩子們自我介紹。

同時他也很樂意地順從孩子們的要求去麥當勞買漢堡包，我自我安慰地心想，至少可以省錢不去較貴的餐館。那天晚上他堅持睡客廳沙發，讓兩個孩子睡客房，不過清早都鑽到我床上。

小趙答應早餐給孩子們做煎餅，我吃慣水果和烤麵包；孩子們要求煎餅上加果醬，結果折衷，煎餅上加水果。

兩個孩子很快就與小趙建立了友善的關係。女兒那時候已十歲，早熟且已略通人情世故，兒子還是天真的七歲小淘氣。小趙雖已近三十，跟他們玩在一起像個大小孩。

星期天晴朗暖和，本來我想帶他們去金門公園裏的博物館，他們一致反對，要去離家一小時左右的卡梅爾海邊。

在沙灘上，我在陽光下閱讀像一本書那麼厚的週末《紐約時報》，可以抬頭看到他們三個起勁地玩着飛盤，談笑自如。

玩累了跑過來拉我去參加他們的遊戲，小趙出的主意說：「我們來挖個大洞把你爸爸埋在沙裏。」孩子們對這個特感興趣，小趙也在一旁吶喊鼓勵。把我埋到只剩頭和脖子露在外面，兒子滿意地手舞足蹈，我卻注意到女兒臉上顯出幾分尷尬。

「你的兩個孩子都好可愛。」他跟我把他們送回愉苑後，笑着對我說。可是當我把手伸過去，他卻把我推開，直到進了我家門口之後才放鬆下來。

孩子不跟我在一起的週末，我們常進城去逛同志們愛光顧且熱鬧非凡的卡斯特區（Castro）。那時愛滋病還未出現，街頭巷尾可以看到毫無遮掩，像健身房的半裸模特兒在眾人面前亮相。走在他們之間，小趙也讓我拉着他的手，一旦離開這區域，他馬上把手縮回自己口袋裏。

雖說能夠在街上牽着手不是甚麼了不起的事，可是對我來說卻是饒有深意的個人心理解放。即使在這區域也少見有兩個亞裔男子在一起。我還記得一個華裔同志當時對我說，兩個華人在一起有甚麼意思，好比兩個女人在磨鏡，好在我的心理醫生對我說過，如果在鏡子裏不愛所面對的色相，那麼自卑感一定相當深刻，不但如此，對女人的態度也有問題。

那時代有不少同性戀者的自卑感深刻到不但否認自身的取向，還特地當眾損壞他人的名譽或生計，以避免被疑為同志。早期人人畏懼的聯邦調查局長，埃德加·胡佛，就是典型人物，不知害了多少人，死後才發覺他和同性愛人同居四五十年，可是無人敢揭穿秘密，深怕報復。

可是，我卻沒想到小趙欣然答允陪我去母親家吃晚飯。我

在心理醫生面前不知熬過多少的惆悵，才終於鼓起勇氣告訴母親，在我心裏，沒有比得到母親的認同更重要的祝福。

母親終究不是常人。當我心裏顫抖地把真相吐出時，她不動神色的說：「你還記得在北京我帶你去見過的那個老伯嗎？」若不是母親提起來，我已幾乎忘記了這位老前輩。

她帶我去拜訪這位老人，只見他穿了一件飄逸的長袖和服，白髮留得長長的披在肩上，當時母親只告訴我他的長兄曾當過民國初年總理。

「他是個兔子。」母親接着說：「兔子就是同性戀的俗稱。」可是這位老人的扮相不是我自身心裏認定的同志模樣，除了在萬聖節穿過女裝之外，我沒有想打扮成女人的慾望。

最令我驚奇的是母親最後的一句話——「你該去問你父親，關於北京的相公堂子。」

《品花寶鑑》這本書裏把清末的京城男妓形容得很清楚，我不知道母親是否在告訴我，父親也有過這種經驗，可惜我沒有機會直接與他提起這件事。

雖然小趙答應跟我去母親家吃晚飯，但當電梯門在母親的走廊前打開，對着一幅日式的屏風，我感覺到他表現緊張忐忑不安，甚至站離我有一尺之遠。

「陳太太，多謝你邀我到你家來。」他一本正經地對我母親說。

不消兩分鐘，母親就把小趙的身世和我們的關係打量出來了。他肯定是土生土長，不然不會稱呼她為陳太太，國內來的朋友見面的慣稱是陳伯母，用您或用你要看背景和家教。看着

小趙一副矜持害羞的樣子，母親就琢磨出我們不是一般的朋友關係。

母親對他近乎過份的客氣，特為他夾菜添茶。猜想即使我們在她面前牽着手，她也不在乎，不過我知道如果我真的那麼大膽，會把小趙嚇得鑽到桌底下去。反正在媽媽眼裏，我是無邪的。她有句上海老話，「癲痢頭兒子，隻隻好。」

「我很羨慕你能在媽媽面前這麼自在開朗。」

回到我家後，小趙對我說。

「這不是一兩天就能做得到的。」我從枕頭上支起頭來看着他說，心想不知花了多少年看心理醫生，才開始解開心中縈迴不已的焦慮和恐慌。

自從北站的偶遇，抵賴自己竟然會有這種性取向，而又不可思議地無法自止，同時恐懼着一旦被人發現，不但名譽掃地，更會家破人亡。新聞不時載有被人揭發坐牢，甚至自盡的報道。

從那位心理醫生所推薦的書籍史實，我發覺有史以來無數的名人領袖都有生理的另外一面，包括：亞歷山大、達芬奇和米開朗基羅。不用說中國悠久的同性史，追溯到商周，春秋戰國至中魏，安釐王的龍陽之好、衛靈公與彌子瑕分桃、西漢哀帝劉欣愛惜董賢的斷袖故事都有紀錄。

醫生對我說，「你是個特愛看書的知識分子，這些書籍史實的紀錄，希望能給你心理上格外的支持和安撫。」

在枕邊，我把自己的心路歷程告訴小趙，盼望能幫助他接受自我、自己的本質和自我的取向。我眼看他半信半疑，不知一時能吸收多少我的肺腑之言。茶几上的小鐘已指着午夜，最

後我對小趙說：「對我來說，我肯定不要繼續遮掩隱瞞自我取向，違反自我的忠實，忍受充滿自責內疚的生活。」

我想起契訶夫的短篇小說裏的主角迪米特里‧古羅夫，（Dimitri Gurov）（見契訶夫著《帶狗的女人》（*Lady with the Dog*））有雙重生活——一面是眾人所共知的，另一面則屬於自己的本質和興趣，是心靈必不可少的一面，卻秘密隱藏着。

我輕輕地摸他穿着白內衣的肩膀，逗着說：「猜想你暗地裏是個摩門教徒。」因為他們必須用這件白內衣把自身遮蓋起來。

「我自己也搞不清楚。」他隨着躺到我枕上來。

我知道他這句話的含意——還沒能面對自己的真面目。

＊　　　　＊　　　　＊

「很好啊。」他反常地，對我建議去波士頓和紐英倫海岬很贊同，居然馬上就同意了。

離初遇的那天晚上，已經過了好幾個月。除了到城裏的卡斯特街之外，如果我當眾對他表現親熱，他依舊會朝我板臉拒絕。

臨到他喜悅的時候，眉開眼笑，淺紅的雙頰好比初春的臘梅，甚至兩手也會像小孩一樣舞動起來。

但是，前往波士頓的飛機上，他坐在我旁邊，滿臉做賊心虛的樣子，每當空姐或服務員走過，他恨不得要縮到位子下面去。我們之間的關係，對他來說，還是不可告人。直到我們下

了飛機，坐進自己租用的車子，他才鬆弛下來。

由機場開往一家同志們經營的旅舍，經過我以前在醫學院時代工作的醫院，具有歷史性的舊建築，已被改建擴張得幾乎認不出原來面目。我和愉第一夜同床的宿舍，車子路過看不清楚，不知是否已被淘汰。有小趙在身邊，我也覺得不便再多留戀。

觀光的第一天，我帶他先看小巧而充滿美國開國歷史的中央公園。南側是有名的老牌旅館，我做學生時代沒機會也沒錢進去，我們到裏面的茶室，選了對着公園的桌子坐下來吃了茶點。

從那裏相隔幾條街就是美國革命史啟發點的廣場和法尼爾廳。我找到了當時窮學生週末愛光顧的餐廳 Durgin Park，因為花不到五塊美金，就可以吃比碟子還大的一塊厚牛肉，幾乎能滿足一個星期的飢餓。現今價錢已漲三倍，可是我已吃不下那麼大塊肉了。

「可以去唐人街看看嗎？」小趙唯一的期望。

「這裏的唐人街比舊金山的小多了。」記得他告訴過我，還有親戚住在那裏。「離這裏沒多遠。」

波士頓的唐人街離醫學院也不遠。愉和我結婚後以二十五元租了一個小閣樓，需要爬五層樓；沒有暖氣，好在朋友父親送了一個火爐給我們。不過洗熱水澡要確定樓下四層不會用熱水，不然樓下任何人用熱水，閣樓的熱水龍頭水就變冷。偶然有空，我們會跑到唐人街買點素菜、幾根臘腸，拿回去自己炒菜做臘腸飯吃。

　　二十幾年後的唐人街比從前多了一兩條街。小趙拉我走進一家雜貨店，慶開張的花盆和紅紙標帶看上去已褪成淺紅。櫃枱後面一位老人戴着眼鏡正在看報紙，小趙過去用台山話跟老人打招呼。那老人聽着小趙的幾句不很流利的台山話，臉上帶着一副耐心聽小孩子說話的神色；我用廣州話接着跟老人談下去，一面我把手朝小趙伸過去，表示同情，可是他卻躲開，並且瞪了我一眼。

　　我不好意思，打擾了老人半天，便買了一袋橘子才出來，心想橘子也是代表吉利的，粵語裏橘和吉同音。

　　「要不要去逛個美術館？」沒等他答覆，我又接着說：「反正，我們是順路的。」

　　我們走進伊莎貝拉‧加迪納美術館的前庭，小趙對着這威尼斯宮殿式的建築看得愣了，和我第一次來的反應一樣。有位朋友還特選在這個前庭的水池旁向愛人求婚。

　　小趙聽我告訴他這美術館的創辦人是當時紐英倫的富豪，不可思議的是她不但買了宮殿，還把整所房子從威尼斯運到美國，並且買了歐洲著名畫家的珍品放在這館裏，目的要教育當時美國的群眾，提高他們對藝術的賞識。

　　這美術館的另外一個優點，是不像其他知名景點擁擠不堪，服務人員也站在遠處，令人感覺幾乎是私人參觀的悠閒。我把所記得的一些名畫指出來，從荷蘭的倫勃朗‧威猛，到當時在歐洲出名的美國畫家薩金特和詹姆斯‧惠斯勒，小趙專注地聽着盡我所知的講解，好比我第一次在紐約的現代美術館看到莫內畫的蓮花那樣的驚訝。遺憾的是當時我們看的那幾幅無

價珍品已被盜竊，至今仍下落不明。

那天我也開始領悟小趙確實比我年少、經驗較少，在心目中我的理想對象是與我平等的同伴，不是一個師生的關係。

次日，我帶他去北岸安岬的洛克波特，我和愉在那裏度蜜月的可愛小鎮。還記得那天晚上過於興奮，愉沒有睡意，我們兩人借清晨的曙光在海灘上漫步，餓肚子等候沿着碼頭小街的店舖開門吃早點，當年的餐館前掛着牌子：「龍蝦，三塊錢任你吃到飽。」

小趙和我來到這小鎮正值午餐時間，碼頭旁的路比以前整齊多了，幽靜的小鎮彷彿受過洗禮，穿上了高檔遊覽勝地的新裝。我找不到當年和愉光顧的小餐館，隨便在碼頭上找了一家，看上去還存有本地風味的小飯館。小趙吃完了一隻新鮮龍蝦後，滿足地看着外面遊客開始麇集。

「再來一隻吧。」

「夠了，這龍蝦好大。」

「怎麼就夠了，連愉都能吃兩隻。」我半逗他説。

「我可不要你把我當作你太太！」他兩眼冒火地咆哮我。

我知道如果把他逗急了，他會發小孩脾氣。有一次我們在離他住處不遠的一家南灣中餐館，我逗着擠近他坐下，他瞪着眼半天不理我。

那天我沒想到在離家幾千里外的遊覽區，他還是那麼緊張，遂在桌底下用腿輕輕地碰他説：「我只不過是逗你開玩笑的。」

「別跟我開這種玩笑！」他氣嘟嘟地躲開我，「反正，不

要把我跟你太太相比。」

我心想，他的急脾氣有點像愉，不過沒有説出口。把賬付了，我們默默無言地走向碼頭的盡頭。

這是我們第一次嚴重地爭執，隨後兩人都沒再重提舊事。多年後回顧這件事，自省有過錯和過失，在現在的對象面前，重提以前的愛人，不是明智之舉。

翻開舊相簿，有一張當天的留影。午後的陽光照在我們頭戴着的希臘水手帽，記得是在碼頭小店一起買的。小趙依舊是一副每次照相時慣常的嚴肅，我臉上卻帶着一絲微笑，猜想他的一股怒火已經煙消雲散。

＊　　　　＊　　　　＊

我趕到修道院的聚會，裏面已擠滿了來賓。

庭園模仿日本京都龍安寺的格局，岩石碎沙，黑白分明，為人帶來超凡的安詳。

來賓約有一半亞裔一半洋人，估計不是親屬就是摯友，張望沒有甚麼我認識的人，有幾個穿着袈裟的僧侶。只看見小趙和兒女在竹林一邊，這兩個孩子也都快成人了，兒子長得一表人才，有點像我剛認識他爸爸時候的模樣，女兒也蠻秀氣，長得像母親——她和小趙結婚請我去喜宴時見過面，後來也到我工作的醫院化驗室做過幾年同事。兒子小的時候小趙曾寄照片給我，我們在一起的時候，他一直羨慕我有兩個孩子，最後我們分手的原因之一是他要成家有自己的兒女。

他發現我在張望，招呼我過去。

「這位是陳醫生。」他先把我介紹給他的兒子，這孩子在小學三年級學小提琴，演奏時曾請我去觀看。

「不要客氣，叫我的名字就好了。」我對他的孩子們說，但沒看見他太太在場。

他本人比我們最後一次見面時胖了一些，兩鬢開始花白，頭髮也比前稀少了，其他沒有多大改變。

「多謝你來參加。」他一面說着，一面引領我過去見他的兄弟姊妹，喜宴那天晚上我都見過。

「你們的雙親還都好吧。」我問他的大姐。

「他們都過世了，不然他們肯定會來參加的。」

記得婚宴那天他的父母都在場。他的母親穿了一件紫紅緞旗袍，戴滿了一身翡翠，像一隻綠的花蝴蝶。那晚他們看着長子成親，笑容滿面，因為以後可以傳宗接代，雖然他們還是繼承了買身份證件上面的趙姓。

新娘是一位從緬甸來美不久的華僑，長得也不錯。

他與我分手後，和我的一個朋友保羅一起過了一段日子，最後還是隨着傳統，由母親為他安排這門親事。

修道院節目結束後，我過去朝他合十道喜。

「我不清楚佛家規矩，希望合十沒錯。」我對他說。

「沒關係啦。」 我聽出他的口吻不很自然。

「期望以後你前途幸福滿足。」我祝福他說。

「我也盼望如此。」他稍微安定下來然後說，「至少，佛學對我很有幫助。」

　　那一刻，我們第一晚在一起的情景出現在我眼前。

　　「我的確盼望如此。」他又重複一遍這句話，好像要令自己也徹底地相信。

　　雖然他沒有說出口來，我可以領會到他在暗地裏想問我：「你一切還好吧？」

　　我們之間三十多年的緣分晃然在我眼前。從最初我就希望能引導他接受自己的真正取向，婚後十五年他太太主動地離開他，當時他的孩子們都把責任推到他們母親身上，我勸他應該趁機把實情告訴孩子，不要冤枉他們的母親。他曾坦白地告訴我，有了孩子之後，他沒有繼續盡到對太太的夫妻責任。他太太走後，他憂鬱地混過兩三年，後來投入佛學。

　　小趙不是一個善於面對事實的人。記得當年保羅染上了愛滋病，他提不起勇氣去看他；最後我們的一次長談，小趙告訴我，他繼續到澡堂子會陌生人。

　　我想告訴他，我和渝的結合，不是自己所能預料，當我發覺這扁舟轉舵方向，我又去心理醫生門下解愁。行舟半百之餘，我終於領悟人生難卜，只能真誠的面對並接受自己的心靈船舵。我也想對他說，盼望有一天他能與我最後的心中人相會。

　　這時，他的兒女過來拉他過去合影他們的家族團照。

第二十七回：蝴蝶夢鄉

　　那塊鮮黃的大浴巾上，只有他在我身邊。在那對着太平洋的懸崖平台上彷彿其他的一切都不存在。午後的陽光在溫柔地撫摸着我們，也同時照在他身上，把他胸前肩膀上的汗毛幻化成金絲在我眼前閃亮。

　　保羅的那雙眼珠，像海水一般的清藍，正含笑地對着我説，「不要怕，你可以相信我。」他繼續的安慰我説，「我對這些都很有經驗。」他的聲音溫柔，自然中帶安詳，像微風吹拂着懸崖上的柏樹枝，「這些我都已試過。」

　　那天早餐後，我們繞着不到一小時的山路來到這個舊金山北海岸的小漁村。我偏愛這個臨海的漁村，居民以厭惡遊客而著名，經常把路邊指明這小村的路牌扯掉，不讓外來遊客找到，卻反而吸引外人的好奇。甚至於在《紐約時報》上登出一段關於這個漁村的奇聞。我邀了幾個朋友在這海邊懸崖上合資買了一所別墅，作為我們週末的世外桃源。

　　午後，我們到達不久，保羅就從一個小紙包裏拿出幾粒曬乾的仙人掌，放進我嘴裏。「這是由墨西哥來的。」他告訴我。

　　保羅是個心理學專家，由六十年代兩位哈佛大學心理學教授開始推介（Timothy Leary 和 Ram Dass），這些迷幻藥物轟動一時，特別是當時的心理學家圈內。保羅準備周到，不但帶來那小包仙人掌，還備好杏仁香味的按摩專用油。

在那寬闊的平台上，崖邊的柏樹，岩下的浪聲，十足是清淨養心之地。午後的陽光已把木板曬得暖洋洋的，我們把浴巾鋪上，衣服脫下留在臥室裏，他說：「我先給你按摩吧。」

我撲在浴巾上聞到一陣杏仁香味，當他輕輕地把按摩油揉在我背上。他善於瑞典式的輕柔細按，由上肩到背後，臀部到腿部，正是我最欣賞的按摩方式，按完了背後，翻過來按摩前身。

「你們亞裔人真是光滑，一點汗毛都沒有。」記得他告訴我曾參與越戰，被分配到越南，回美後的愛人也是一位第二代的日裔心理學家，「這正是我最欣賞的。」他把手輕輕地按在我小腹上說。

我迎着西面的斜陽，那浪花樣的光線像一批又一批的彩色蝴蝶，不斷地朝着我飄來。我雖非在閱讀莊子的「莊周夢蝶」，可是我回想保羅的個性隨和瀟灑，他跟我在一起的那些歲月，令我感到那麼輕鬆自由、無憂無慮，近於是一場蝴蝶夢。

我們在一個心理學家組織的男子教研會相逢。場所距離卡斯特街不遠，也是那個區域最旺盛的時期，不久前公選出第一位同志主管人。愛滋病的噩夢尚未把我們驚醒，雖然那時我和小趙分手了不久，但每個人都帶着對未來無限的憧憬。

「要不要開到海邊去逛逛？」午息的時候，保羅朝我走過來說，我們買了點小吃三明治，找到近海的林木坐下來。

一面嚼着黑麵包夾醃肉的三明治，他訴說曾被派去參加越戰，幸得保命回美，可是把他的心靈遺留在亞洲。說話的時候，兩隻眼睛像天藍的星星不住朝我在微笑。

那正是離同志解放不久，歷年的暗地隱藏，心靈上所承受，

或明顯的或暗地的歧視與侮辱，以致一旦遇到知己的同志，很容易把心坎中的往事怨言像潮水般的湧出來。

他說：「我也經歷過韓戰。」屈指一算，正是我和母親在舊金山落腳的前一年。

「從越戰回來，我利用退伍軍人補助金完成了心理學專業，正好趕上灣區六十年代的花童自由戀愛的開端。」

我告訴他，那段時間我正在埋頭苦幹地掙扎着完成醫學課程，不過，記得當時的一首流行歌曲，「If you come to San Francisco, be sure to wear some flowers in your hair」。

「我確實把頭髮留長到兩肩像嬉皮士。隨便地與第一個願嫁我的女生結了婚，她卻是法國人。」

這令我聯想到五十年代的一齣電影《一個美國人在巴黎》。格什溫的作曲，裏面那份逍遙自在的情景，只不過把場所從巴黎移植到灣區來。

陸續地三個孩子，一個跟着一個誕生，同時他發覺了自己的性取向。以他心理學專業的經驗，他發起了灣區最早的同志電話熱線，以他那種溫柔得令人沉醉忘憂的聲調，可以想像當年協助了不少人。

陽光穿過加州沿海原生的柏樹枝，照着他的兩腮，少女般的紅嫩，彷彿把我帶入劉易斯‧卡洛爾的神話故事《愛麗絲夢遊仙境》（Lewis Carroll, "*Alice in Wonderland*"）。

那天晚上，他來電話問說：「明天晚上的音樂會，我有兩張票。演奏馬勒的第五交響曲，你有空嗎？」

我雖然喜歡古典音樂，可是自覺對音樂所知有限，一時在

電話裏猶疑未答覆。

「沒關係，如果你一時不能決定，我想你會欣賞這個曲子。當然，是由我請你。」

義不容辭，我決定陪他去。發覺不但馬勒的曲子非常動人，並且我們談笑自如，輪到曲子的柔板，緩慢的音樂令我們很自然的牽着手。

下一個週末我邀他去看易卜生的玩偶之家。我告訴他我的偏愛是悲劇，他說他喜歡音樂歌舞劇，有時也看話劇。我們同時也開始熟悉彼此的愛好，以及輪流到彼此家裏過夜。

保羅和我之間沒有給對方任何壓力或責任感，各人可以做他喜歡做的事，並不是因為簽了合同認為有義務應該怎麼樣，當時我以為這是最理想的互愛。

這顯然和我結髮夫妻的關係不同，即使現今，和渝共同將近三旬的生活方式也不一樣。

這近三十年的生活起居、歡樂、患難，是我平生最持久的伴侶生活。兩三年前，我們決定也在我父母安葬的公墓的靈灰塔中買定自己的墓園。

可是，她似乎依舊時刻需要知道我身在何方，比方說，如果我單獨去健身房，她會說不要去太久啊，快回來啊。即使我們一起待在家裏，她也會覺得我在看書或上電腦，不是與她在一起。

說起來，活到八十多歲的我，應該省悟各人的性格和需要都不同，我們能夠維持近於三十年，因為能夠互相包容和忍耐。

最可貴的時刻，是當她已經熟睡，我悄悄地靠近她的枕頭，

聽着她安詳的呼嚕聲，使我深感這些年來我們的互愛溫存，忘卻日常生活中難免的摩擦。

保羅和我之間這樣的理想互愛生活方式，沒有合同、沒有任何承諾來纏着我們，這種關係維持了一年半。

回顧起來，我們太理想、太幼稚了。至少對我來說。這種自由自在，類似夢幻境界不曾注意外在的影響，等到事情發生後，已不能挽救，我上了理想的自由夢的當，如果今天保羅還在世的話大概也會認同。

我每週參加的男子互助檢討會裏，認識的朋友侯瑟知道我對書籍和佛學都有興趣。他的朋友查士是舊金山禪寺創辦人鈴木禪師的徒弟，並且也是當時西海岸和灣區唯一同性戀書店的創辦人，侯瑟邀我們到他家吃晚飯，把查士介紹給我們認識，不巧，保羅那晚約好病人，只我一人去赴飯約。

那晚我們以文學為主題，由莎士比亞的情詩談到日本詩人芭蕉的俳句短詩選，遠道的窄徑。查士的書店取名沃爾特‧惠特曼（Walt Whitman），美國的詩祖，也是一位同志。他告訴我他的目的是把所有有關同性戀的書籍，都收集在他的書店裏，讓有興趣的讀者可以在一處地方找到這些資料，我聽着如魚得水，因為，除了惠特曼和奧斯卡‧王爾德（Oscar Wilde），其他不知有多少這類的文人和作家我都沒聽過。侯瑟是一位體貼周到的主人，看見我們談得非常投機，他自己在史丹佛大學教舞蹈，對文學是門外漢，遂任查士和我促膝長談。

飯後還早，查士約我去參觀他在城裏的書店，我欣然接受。書店進門掛着有惠特曼親筆簽名的肖像；四方八面都是書架，

由地下直到天花板均塞滿了書籍，按照英文字母排下去，從奧登（W.H.Auden）到卡波特（Truman Capote），卡瓦非（C.P. Cavafy）到伊瑟伍德（Christopher Isherwood），以至維達爾（Gore Vidal）和他書店的命名「惠特曼」。

他隨便抽出一本，立即可以介紹其作者和內容。輪到惠特曼，他的藏書幾乎排滿了兩個書架。查士驕傲地宣佈，「不瞞你說，除了國會圖書館，這可能是最完整的私人收藏。」

他抽出一個我尚未看過的作家，福斯特（E.M.Forster）。他說，「聽說根據這本書拍的電影就要上映。」他把《看得見風景的房間》（Room with A View）遞給我看，他說製片家和導演也是一對同志，果然不久這片子上映，很受觀眾歡迎。查士不但對書籍熟悉，對於相關的文化背景也如數家珍，我聽他講不完的同性戀歷史和故事，有相逢恨晚的感覺。

不經不覺已到午夜，他邀我在書店後面過夜，免得深夜遠路開車回家。

第二天保羅也沒問我在哪裏過夜，他說看完病人撥我家電話沒人接，後來我告訴他遇到查士，並參觀了他的書店。

「我認識他，那書店離我辦公室很近，有時候我趁午休時間也會過去看看。」保羅說。

「你可曾告訴保羅在我這裏過夜？」我們第二次見面，查士急着問我。

「我們沒有談到細節。」我不在意地說。

「我們可以成為三人組的朋友。」他興奮地建議說。「反正，我們互相都認識，他也常到我書店來。」

　　雖然我心裏不完全贊同，也未阻止他去跟保羅聯絡，自我安慰想着，保羅和我的關係以自由、無枷鎖為主。

　　另一方面我也被查士對我的那份傾心而感動，並且非常讚嘆他對文學，特別是關於同性史的博學。

　　不久之後，保羅約我去我們愛光顧的一家日本餐館吃晚飯，他在電話裏的口吻很平靜溫和，我可以想像這是他對病人的説話態度。

　　「我不是要阻擋你和查士做朋友。」我們叫菜後，他那副依舊溫柔的藍眼睛，並無反感或惡意地對着我説。

　　「我跟查士面談了。」他喝了一口溫熱的日本米酒，把手牽着我繼續説。「不過，我實在是對他不感興趣。」

　　「我們能繼續做朋友嗎？」我表達自己依舊對他感覺愛慕，不希望斷絕關係。

　　「當然，」他回應，「看着辦吧，聽其自然。」

　　那是我們最後一次共同過夜。雖然依舊摟抱着入睡，但心知肚明已經改變。

　　那時候我未曾省悟，不能完全聽其自然。命運弄人，作不得主。

　　查士像一陣旋風闖進了這自由生活方式的圈內，他請我去當時最熱門的素食餐館。那美食館位於海岸邊緣，晚上可以望到北海岸的燈光像群星在晃動，一般需要三四個月前才能訂到餐位，而因這餐館與禪寺的關係，查士在幾天內就拿到靠窗沿海的餐位。

　　只要在醫院不值班的晚上，我不是被請去音樂會，就是被

邀去把他的一些摯友介紹給我認識。週末他買好食物到我後院裏鋪蓆野餐，帶着莎士比亞的情詩選來吟詠，或請我到舊金山的禪院清晨打坐。

初遇後的幾個星期，他把我們在一起的活動排滿，比我和保羅幾個月的節目還要多。

一個多月後，保羅在電話上告訴我他遇到一位新的朋友，其實我已從朋友那裏聽到這消息。

雖然我們保持着友誼，可是沒有多少機會見面。這個過程表面上看着好像很隨性，輕鬆得好比那天午後的陽光，一群的蝴蝶在我眼前飄過，以為自己無顧無憂平靜快樂。

「你可知道保羅被感染上了？」半年後，小趙在電話上説。我們之間的朋友圈子不大，有人告訴我看見他們在一起我不覺得稀奇。他們兩人在我那裏見過面，我也知道保羅偏愛亞裔男人，不過，沒聽到這個消息。

「你肯定是事實嗎？」我震驚地反問小趙。

那可怕的黑斑開始在舊金山出現不久。我在醫學院的書裏讀過，這種罕見的皮膚癌症，只是偶然在地中海一帶的老人身上發現；那時期，愛滋病的來源還未被發現，既無診斷方法，更不可能治療痊癒。

當時有一位美國傳教士在教堂裏對信眾説，這是上帝在懲罰同性戀者。另外一位電視台著名的評論員建議應該把所有同性戀者，像二次大戰德國納粹政權，在猶太人和吉普賽人身上一樣，刺上號碼等待被消滅。

得到這個消息，我未曾為自己擔心，是否我們在一起的時候

保羅已把我感染上，即使我想知道，那時候也沒有診斷的方法。

那是一段可怕的黑暗時期，好比前一個世紀的肺結核和梅毒，不知犧牲了多少人。數年後診斷方法出現了，可是得到愛滋病的診斷，就好比是被判了死刑。初期的醫藥都無效用，那正是我跟鈞在一起的一兩年期間。

新的診斷方法出現後，診所裏擠滿了等待診斷的人，每個人的臉上都充滿了恐懼，好像在法庭等待法官判刑。鈞和我已相處一年多，我建議共同再去測驗。

那時候朋友相會，在發生密切關係前，必定先問對方可曾檢驗過。初認識不久，鈞曾告訴我他的前任相好，患愛滋病去世，不過醫生告訴他本人沒有問題。

這回他要求醫生再驗，醫生說他已被去世的朋友感染，以前告訴他「沒有問題」，是安慰他，不要他擔心，因為體格還好「沒有問題」，反正也沒有醫療方法；醫生未曾說，他沒有被感染。

他痛苦得快要哭出來，傷心地對我說，「醫生以前告訴過我，『沒有問題』！」 他跟着哭出來說，「如果我把你也感染了，怎麼辦？」

我安慰他說，我測驗結果未被感染。同時心裏又難過又矛盾，不知道為甚麼閻王爺恕了我，而把我面前這位同伴拉走。連我的兩個孩子都說，鈞是他們識得我的朋友中最善良的人。

我帶着鈞去找一位摯友，愛滋病專家，請教他我們怎樣能夠維持共同生活下去。雖然這位專家耐心的把詳細的方式告訴我們，保證我不會被感染，鈞依舊誠惶誠恐地沮喪着走出醫生

診所。我過去摟着他，想安慰他，他猛然把我推開，他說感覺自己已是個痲瘋病人。

他把我推開，讓我感到非常難過，因為我願意與他共患難共存亡直到最終。

那時候我已改變，不像和保羅在一起的時候，一切為着解放自由。保羅和查士都已仙逝。

在我為查士主辦的追悼會上，鈞跑過來摟着我，表示同情和感謝。我被他的誠懇忠實的眼神深深地感動，自己也開始醒悟友愛需要帶有承諾。

他第一回來我家，帶着一張唱片，爵士樂歌星比利．好樂迪的名曲「Billie Holliday，Lady Day Blues」和一個大的藍玻璃魚缸。這唱片是我最寶貴的紀念品，搬家時候工人打破了魚缸，那幾塊碎玻璃我留着好久仍不願丟棄。

當年一首惠特尼．休斯頓主唱的「我們幾乎擁有了一切」（Whitney Houston，"*We Almost Had It All*"）是我們兩人最喜愛的，它表達了我們內心的共鳴。

不過，我們最後還是分手了，因為即使我們在一起的時候，他已經和我保持距離。他不願我們有任何身體接觸，唯恐會把病菌傳給我，即使我想牽着他的手，他也怕會發生更親密的接觸。最後我告訴他，我不能繼續這樣維持下去。

如果老天爺再給我一次機會，我會堅持到底，不與他分開。

可是，當他朋友來電話告訴我，鈞已患有愛滋病人特有的肺炎，我馬上趕到他床前。我心裏知道，我們同愛的歌星的那首歌曲，「我會永遠愛你！」

　　小趙繼續在電話上告訴我，「診斷不會有錯，是由垢能醫生自己診定的。」

　　垢能醫生是當時舊金山對愛滋病經驗最豐富的專家，保羅在他的診所裏擔任心理科醫生。一時間我不能在電話中繼續說下去，只感到天旋地轉。

　　「一定是小趙告訴你吧。」保羅在電話中說。

　　「能約你吃頓飯或喝杯茶嗎？」在電話中我不便多說。

　　「沒問題。」他的聲音沒有改變，仍與前一樣的溫和。

　　他依舊選了我們以前愛去的日本餐館，離他的診所不遠。

　　他跟年前沒有甚麼改變，一副開朗樂觀的樣子，臉色紅潤，兩眼天藍。

　　他告訴我，他並不擔心，韓戰和越戰都挺過來了，應可以克服這小毛病，並且，垢能的診所裏具有最新的治療方法。他把褲子拉起來給我看小腿上的小手術，看上去和我割去病人一般的皮膚癌後的樣子沒有甚麼分別。

　　可是，黑斑開始在他臉上出現，垢能醫生割掉一個，第二個又出來，令他來不及割除；他給保羅試用一種新藥，據說一半病人見效。

　　每隔一星期我都跟保羅通電話，讓他知道我依舊對他關心愛護，不過，也不要讓他感覺我在可憐他或讓他感覺絕望。

　　新藥的副作用把他的血球降到危險低數，垢能把藥的成份減低一半。

　　一個多月後他告訴我，決定停止診治病人，「病人看着我臉上這些黑斑，反而增加他們的焦急和徵狀。」

可是他繼續自己出去買菜和日用品，不理會外人的目光。我們見面的時候，他依舊和我像以往一樣親切擁抱，沒有表現憂鬱或絕望，同時，他告訴我，已決定把與朋友合資的房產出售。

他也開始提到他的三個孩子。我們初遇的時候，發覺孩子和他們的成長和養育也是我們背景相同之處，所以能夠互相了解。

他的老大也是個女兒，相貌出眾，不肯讀書，善於交際。「反正，找到一個有錢人就好了。」我聽着有點不順耳，幾乎是把女兒當作物質出售。不過，在這樣的情況下，也不便多說。

老二是男孩，身高體壯，可以入空軍校接受訓練。老三幼女最聰慧。「我猜想她有一天會入高等學府，去讀博士學位。」說到這裏，他突然不再繼續說下去，「可惜，我留下的這點錢不夠她的學費。」他的聲音低到聽不見，原來已在哽咽。

這是我唯一一次目睹他流下男兒淚，不然他全副精神都注重在尋覓各種治療方法去維持生命。

當時沒有正宗醫療方式能針對治療和痊癒，可是偏方仙丹則眾說紛紜。他聽說苦杏仁治癌有效，遂趕赴墨西哥邊界診所治療一星期，回來後對我說，感覺有效，可是我看不出分別，那時候他兩頰和身軀已瘦得不似人形，原來衣着趨時的他，現在的這些衣服好像掛在骷髏架上。

臨終前的一個月，他買好機票，僱用一位年輕人陪伴着去菲律賓，他由新聞報道看到那裏有位神醫，不需做手術就可以把病人腹中的毒瘤治癒。

他滿懷希望，我不願令他洩氣不忍道破。除了苦杏仁，他

已試了無數其他偏方，我眼看着他日漸衰弱。

「記不記得那所小山丘上的房子？」最後那個月，我坐在他床邊，他虛弱地問我。

當年我們之間的互愛是最理想化的，在小山丘上看到一棟可愛的小房子，圍着寧靜的庭園，我們幻想着兩人白頭偕老，有那麼一天，坐在搖椅上遙望着海邊的晚霞。

這絲回憶差點令我淒然淚下，可是我強忍着淚水，把手伸過去握着他消瘦的手臂。

「前兩天在舊書店裏找到一本關於莊子的書。」他平靜地說，「那個蝴蝶夢看着蠻不錯呢。」

不知道是否在他目前的情況下，莊子的《逍遙遊》為他帶來格外的超世感。

「你記得嗎，我在那海邊的平台上告訴你看到一群群的蝴蝶像天上長虹向我飄來？」

「而我對你說好像有數以千計的孔雀羽毛在摩挲我的胸膛。」他似乎是把當日的體驗那麼鮮明地回答我。我也記得他當時對我說：「我們會有各自不同的際遇。」

保羅仙逝多年後，我與小趙回顧那段歲月，我問他有否和保羅告別。

「沒有。」他低着頭像是沒顏面對我說，音調告訴我他的內疚，「我實在沒有勇氣再去看他。」

也就是保羅的那句話——各人有各人的際遇，在紅塵道上，各人踏着各自的人生旅途。小趙的佛學，保羅的孔雀羽毛鵬程，我的蝴蝶夢。

第二十八回：情人書店

電影看完，我們三人還注視着在不斷滾動的銀幕上，先是導演的名字湯姆‧福特（Tom Ford），幾乎到最後才看到這本六四年著名小說的作家克里斯托弗‧伊瑟伍德（Christopher Isherwood）的名字。

「你們覺得怎麼樣？」戲院的燈亮着後，我急着想知道渝和她姊姊對這片子的感想。她姊姊說看過幾本這作家的著作，覺得很入味，不過，這本著作的題材不同，我帶着她們來看，因為我自己終究還是要看的。

「我覺得不錯。只是最後一幕⋯⋯。」渝的反應不是出乎意料，當那男主角突然心臟病發作倒地死去，渝和她姊姊都被愣住，驚心動魄地抓緊椅子扶手不放，一般觀眾都沒預料這就是書裏面那位中年同性戀教授的壽終。

「你看過這本書嗎？」渝的姊姊問我。

「多年前了。」我眨着眼睛回答她，眼珠還未充份地適應戲院大廳的亮燈，腦子裏不斷地想到這本書的主題──愛與創傷，「這本書還在我的書架上吧。」

那晚三更後，渝已進入夢鄉，我起床去洗手間經過書架。我的書架像查士的書店一樣，按照字母排列，在「I」字部找到，抽出來再看。

那書的封面很令人矚目：一個光身人影站在正中，一堆灰

影像鬼魅在後面圍繞着他，血紅的書名像刺青在他赤裸的胸前——「一個單身的男人」。

我沒來得及穿上衣服，就在旁邊椅子上坐下來，翻開第一頁就看到作者的手跡——誠懇，開朗，像他本人一樣：贈宗元，讓我們共同回憶中國，克里斯托弗·伊瑟伍德。

這幾個字登時令我追憶起三十年前，他和唐·伯卡迪（Don Bacardy）來查士書店的週末。

伊瑟伍德坐在書店的後面，四方臉，灰白的頭髮已開始脫落，露出一圈頭頂，好像帶上了光環。

加上一雙溫和開朗的眼睛，幾乎是一位和善的老祖宗在坐鎮，耐心地為排着長龍的讀者在著作上簽名。

當天他的現身為書店蓬蓽生輝，查士在不久前把書店遷至卡斯特街口最繁盛的角落，可以更接近他的讀者群眾，而伊瑟伍德是當代知名同志作家中的老前輩，等着簽名的讀者人龍一直由書店門外排到下一個街口，他的多年伴侶伯卡迪，像一位愛護老人的孝子，站在他後面。

其實，那天是為慶祝他們兩人合作的書出版，伯卡迪的畫，伊瑟伍德的文筆。伯卡迪的畫已開始出名，不久後倫敦的國家人像美術館即將為他開個人展覽。

可是這位老人的年輕伴侶非常知趣，耐心地站在老伴後面，任那些崇拜他的讀者，像一群蜜蜂圍着蜂后旋轉，偶然也和認識熟人談笑。伯卡迪長得嬌小秀俊，兩額漸顯灰白，足以勝任中年男士服裝雜誌的模特兒。

他們兩位從南加州到達的前夕，查士找我幫他將作者簽名

時需用的桌子，和查士祖父傳給他的十九世紀扶手椅子特地搬來書店，地下還鋪好一條心愛的波斯人祈禱專用地毯。

查士雀躍而忙得不可開交，緊張得像在準備嫁妝。伊瑟伍德的光臨，對查士來説，比開始嶄露頭角的年輕作家埃德曼‧懷特（Edmund White），或在棺木裏簽名的哥特式小説家安‧萊斯（Ann Rice）還要重要得多，一方面也是由於他認為我倆之間的關係和伊瑟伍德與伯卡迪的也有共鳴。

我們那時候已交往了一年多，他在找到書店的新址時也邀我與他合股，進一步地堅定我們之間的關係。他要設立一個文人墨客群集的書店，集藏所有關於同性戀的書籍和資料，而且不准賣咖啡食物和飲料，雖然已有店商給他建議這樣可以增加幾倍收入。

他常愛詠頌莎士比亞的情詩給我聽，尤其是《十四行詩》第一一六首的第一句：

> Let us not to the marriage of true minds admit impediments.

簡單的説，他認為知心人之間，不該有任何隔膜阻礙，也是他要繼續鞏固我們之間關係的原因。

這個觀念與我以前和保羅間的關係相反。保羅和我都經過結髮的婚約，承諾過永不分離，而最後未能遵守諾言。我們認為最有意義的承諾，不如每個清晨面對心愛的對象，真誠的感到心心相印。

這也正逢由六十年代開始，七十年代盛行的各式各樣解放

運動，而八十年代的愛滋噩夢還未普遍出現。我們正陶醉在這自由的空間，我認為查士的觀念要追回十九世紀維多利亞女王的保守生活方式。

「該看伊瑟伍德和伯卡迪的多年恩愛關係。」這是第一次查士提起這對模範情人。伊瑟伍德最初遇到他知心人的時候，伯卡迪還不到二十歲；作家送他年輕的愛人去倫敦，培養他成為藝術天才，如今伯卡迪已成為知名畫家。可是，查士沒有告訴我，那位著名作家心胸廣闊，並未限制他年輕情人的交往和接觸。

當天把我介紹給他們後，查士也邀請我參加晚上以他們為主的宴會，設在東灣的一個山居的大庭園裏，有許多舊雨新知的作家、詩人、出版社代表，愛好文學人士，以及這對名人的朋友。查士把我安排與這對模範情人同桌，我看出來他的雙重用意。

伯卡迪換上了一套米色的便裝，那淺色更顯出他那副南加州充滿陽光氣息的健康模樣。他上了年紀的情人安詳地坐着，臉上充滿了和藹，令人立時感到這位老前輩的成就早已不需虛張聲勢。

在席上，查士告訴老人，我幼年曾住上海。

「你生在上海嗎？」 伊瑟伍德隨着問我。

「不，我出生在漢口，現在改名武漢了。」

「我和奧登（Auden）也去過漢口。你是哪年出生的？」

「一九三七年出生，我父親在漢口任職鐵路局。」

「正是我和奧登在那裏的時候。」他熱情的回答幾乎給我

一種同鄉的感覺。

「他們出版了一本關於抗戰時期在中國經歷的書。」查士插嘴說，他已告訴過我那本著作《戰地遊記》（*Journey to a War*）。

「對我們中國人來說要稱呼你為老前輩了。」我心想在美國，老人經常被排斥或淘汰。可嘆西風東漸目前的中國也有這種趨勢，吸收了西方社會的陋習，反而現在的台灣，恢復了我國歷來的敬老尊賢，這在七、八十年代還未盛行的。

「不能那麼說，當時我和奧登不過是兩個年輕人借着記者名義蒙混，那時的名稱確實是戰地報導記者，聽着不錯，其實我們甚麼經驗都沒有。」

「我在漢口只待了幾個月，父親就把我們撤退到廣州。」

「我們也沒有待多久。還記得日本人跟着就來了。」他又接着說，「當時的漢口，的確有不少各樣的熱門活動。」

我點頭認同說，「那時候我太小，甚麼也不記得，可是我知道那是武昌起義的名地。」

在查士的作者和文人圈內，我經常做門外漢，只做聆聽者甚少發言，尤其在這位老文豪面前，要班門弄斧，我會不知所措，可是他真誠和藹的態度，令我沒有感到絲毫尷尬。

我生日的時候，查士送給我一本伊瑟伍德的著作初版，他認為是作者的最佳作品《一個單身的男人》，當時已絕版。當日我隨身帶來，不過不好意思請他簽名。

「我知道你不敢開口，讓我來問吧。」查士把書拿過去放在伊瑟伍德面前。

「我很樂意為你簽名！」他朝着我微笑地說。

當時我不便打開來看，事後讀了他寫：「讓我們共同回憶中國……」等句子，令我無限感動。

「你不冷嗎？」渝瞇着眼睛往廁所去，看我光着膀子在看那本書。睡前她把頭髮梳成兩條辮子，看上去年輕了五十年。

我正看到第一頁的文末，「他光着身摸索着去廁所，」書裏形容主角的關節炎，已影響到他的指頭和膝蓋。

他是一位上了年紀的人，像我一樣，未婚。作者像在預言我將來的路徑。

我明白自己已不能說是個單身的男人。朝朝暮暮，渝和我分享喜怒哀樂已有二十餘年，可是我們未曾有一紙婚書；偶然我會夢醒，以為自己還在以往的生活環境中。

有時候我也會設想，如果當年我沒有離開查士，現在會怎麼樣？

他愛對我說，我們的命運好比是兩隻蝴蝶在天空飄過，相遇是多麼偶然，也是緣分，如果不抓住這個機會，以後難再相逢。

當時，我堅持要維持自由的生活方式。現今回想當時是否太天真，尚未有歲月磨煉出來的智慧，或是我對他的感情沒有像他對我那麼深刻衷情。

查士繼續盼望着我會被他感動和說服，能夠進入他理想中的桃花源，他又把莎士比亞的情詩搬出來：

Love is not love, when it alteration finds.

永恆的愛，才是真心的愛。可是，他逼得越緊，越令我堅持我的自由。像我母親所說，這就是我的牛脾氣。

那時侯我有位朋友，隱居在離城兩小時的海邊，一心研究佛學和打坐。她對我説：「查士不是鈴木禪師的徒弟嗎？怎麼沒學到一個基本修為，就是不該執着。」

我沒有把朋友的話傳給查士，不過，答應同去請教心理醫生來幫我們解圍。

那位醫生的診所地址與保羅以前的診所都在同一座大樓，我們兩人坐在診所的沙發上，令我不期然地回想十年前，在離開史丹福醫院不遠的診所裏我面對着愉，希望心理醫師能幫助解決我們分手的問題。

當時愉建議在愉苑的盡頭，建一所小房子，那個庭園面積很大，也有足夠林木把兩所建築物分開，讓我有朋友來的時候可以避開不見。

不過，我覺得這不過是個臨時折衷求全的辦法，既對不起愉，也不能誠實地面對自己。因為我已不是當初與她結髮時的同一個人，自從發覺自己的另外一面，就不能再對她全心全意。

六個月後，那心理醫生分析了，我們的破鏡不可能重圓。

與查士同面對着醫生，我有像十年前同樣的清晰感覺，雖然，這次的環境和理由完全不一樣。與查士的情形，我並非需要與任何其他的男人或女人交往，我只是堅信互愛不需要正式簽字或承諾，因為自己已經驗過信誓旦旦的婚姻，領悟到合同承諾不能保證萬全。

不過，查士卻和愉當時一樣，認為我們不該分手，並且我

們之間的關係需要再加一層的承諾。

那醫生看出我們明顯的各走極端，建議我們暫時分開，六個月後再看情況。

這個辦法聽起來合理，所以，我們決定每個月見面一次。現在回想起來，其實查士並不滿意。

一個半月後，查士告訴我他有了新朋友，邀我一起見面和午餐。

那位新朋友非常年輕，名叫凱勒，長得很帥，皮膚黑得發亮，在我面前不發一言，不管是有關文學或是任何其他話題。

事後，我明白查士的用意，向我證明他那句話，我們像兩隻飄遊的蝴蝶，一旦錯過結合機會，就不會再來。

我並沒有心痛或後悔的感覺，只令我領悟到對他的愛不像他對我那般火熱；相反地，我竟然感到一身輕鬆，沒有以前的壓力。

幾個月後，他約我在離他書店不遠的小館午餐，他興奮地告訴我他在準備擴大他的書籍外購部門，因為有不少讀者住在遙遠地區，沒有好的書店，更不要說看到同性戀的著作。他準備發展郵購生意，一方面他也聽說有一家大的連鎖書店準備發展到城裏來，他需要有所準備。

「凱勒好嗎？」我隨意的問他。

「我希望他回學校讀書。」我聽出他帶着不耐煩的語氣，欲言又止，但最後按捺不住開始埋怨他懶惰。

「可是他人很甜。」我又添上一句，「長得也夠帥的。」

他堅持要請客，結果我只好說，下次由我作東。

　　我們見面的時候，漸漸地恢復自然，談一些關於書籍、作者和他對郵購的進展。慢慢地他也透露更多關於對凱勒的不滿，說他整天愛看些無聊的電視劇，我也漸漸的減低自己對於我們分手的愧疚感。

　　「耐心點，慢慢來，他到底還年輕。」一方面我勸着說，一方面也記得他的急性格，容易不耐煩。

　　幾乎我們同時發覺下個月是我們分開的第六個月。

　　「下次我們去族尼吧。」這家餐館他帶我去過，離開書店稍遠，靠近市政府。聽說生意比前更興旺，查士愛去光顧因為餐館也與禪院有關係，他總能得到好的坐位。

　　帶位的服務員把我們帶到二樓，一個比較清靜的角落。我們各叫了一杯白葡萄酒，不是我們午飯慣常的飲料，可是兩人都感到這次比較特殊。

　　查士好像開始接受凱勒的本性，告訴我，他準備讓凱勒在書店工作，另外僱用一個比較對藏書內行的人來幫助管理。

　　分手後已有相當一段時間，我不再感覺到跟他在一起有甚麼壓力──開始另外一種友誼，任憑各人的興趣和愛好而相聚。他對於郵購發展和新作家出現依舊滿腔熱誠興致勃勃，我聽着都感到興奮。

　　「你若對書店還有興趣，可以隨時跟我合股啊。」他帶笑的喝了一口白酒說。

　　這次的建議，以單純的友誼作出發點，沒有以前的牽絆，令我很感動。「多謝了。讓我好好的考慮吧。」

　　飯後他又堅持付賬，我覺得過意不去，因為叫了龍蝦餃，

價錢相當貴。他説,沒關係,因為這餐館總是對他賓至如歸。

分手的時候我們很自然地互相擁抱告別,他往書店的方向走去,我找到車子開回家。

當晚凌晨三點,床頭電話把我吵醒。

「你知道這不是我輪班當值的週末嗎?」我對醫院總機接線生有點不客氣地説。

「陳醫生,我知道,可是看護説病人是你的朋友。」接着看護就在電話那頭説,「我是五樓腦外科看護,基勒曼先生剛由東灣醫院轉過來,他説是你的私人朋友,要我通知你。」

聽到查士的姓名時,感到很震驚,在我腦海中的印象,還是數小時之前他正向書店方向走去的身影。

「甚麼診斷?」我急着問看護。

「腦瘤,現預備早上去手術室活檢。」

「他目前情形怎樣?」

「還可以。」

「請告訴他,我馬上就到。」

連內衣都來不及穿,我跳進車子往離我家不到十分鐘的醫院駛去。

趕到醫院看急診,對我來説並不罕見。有時候,幾分鐘的差別確實關乎病人的生死存亡,但我知道這次不是因為幾分鐘會有差別,而是我自願地只想盡快趕到。

我任職的醫院是主治腦外科的醫院,所以查士被轉過來。沿途我不斷在思考看護告訴我的診斷。所謂「腦瘤」的可能性有幾個。一般掃描只能看到腦裏有個黑影,不能斷定病原;腦

瘤也分良惡，也可能因腦充血的積血，或者我們會發現到與愛滋病有關的巨細胞病毒入侵腦部的現象。

記得在我們分手前的不久，兩人都去體檢過沒有病毒。如果是腦充血，看護不會對我報告說情況還可以，那麼剩下來確定是腦瘤。而我知道腦瘤多屬於惡性。我的腦子不斷在旋轉，不知道哪一個選擇對查士最為有利，雖然明知選擇權不由己。突然，我驚覺到不能再胡思亂想，因為兩旁古桐樹的葉枝已伸出馬路，需要注意駕車安全。首先要趕到他身旁，告訴他我會盡力幫他治療。

他在五樓病房床上，白被單蓋着他，頭已剃光，預備清早的切片活檢。帶我到他房門前的是與我通過電話的看護，她朝我看了一眼表示同情，然後，知趣地走開，讓我單獨走近病床。

查士躺在床上，光頭白被，臉上一副超現實的安詳，好像禪院修行的和尚，令我回想到我們初遇不久，他送給我一首詞，米紙信箋上有他畫的青竹。

「我可是你尋覓的貧僧，手拿飯缽由寒山下來？」

我過去緊握着他的手，也顧不得看護或侍工會走進來看見。

「我們分手後，我感覺走路有點問題，好像腳步不穩，所以直接開車到醫院，不過途中把車子撞壞了一點。」

「沒關係，不要擔心車子。那是小事。你的狀況我也可以在你病歷上看得到。」

「凱勒知道了嗎？」我接着問。

「明天再告訴他吧，不需把他吵醒。」

「現在訂好早上切片檢查，你知道吧？」

「他們已告訴我了。」

「需要甚麼嗎？」我握着他的手說。

「帶點閱讀物給我。」

「書、報、雜誌？」

他想了想說，「伊瑟伍德那本書吧。」

「《一個單身的男人》？」

他點了點頭，然後就把眼睛合上了。

＊　　　＊　　　＊

伊瑟伍德的書我看了幾頁後放回書架，雖然文筆簡單流暢，容易閱讀，但夜半光身，開始感覺陰涼。渝已回到床上熟睡，可以聽到她像隻小貓樣溫柔的呼嚕聲。

與她這些年的共同生活，出乎我意料。鈞走後，我自以為已經活過半世紀，往後會經歷一個單身男人的歲月。

鈞是我結識的人裏面最可親的一個，可是人生變幻無常，周易在數千年前就已預知。鈞捨我而去了。近代西洋哲學家薩特（Sartre）所提倡的現實主義，其實很接近《易經》。既然未來難卜，我們應該珍惜目前，所謂「今朝有酒今朝醉，活在當下。」

我和查士分手後，那位愛研究禪宗佛學的朋友已對我說的話回味無窮，「查士是鈴木禪師的弟子，他應該知道萬物沒有永存的。」

當時，她又真誠地對我說：「我們隻身而來，隻身而去。」聽在耳裏不免覺得消極，可是回想起來卻能領悟到這句話所含的深意。我領會到這位摯友要安慰我的善意，可是我也知道人與人之間的感情不是那麼簡單，雖然我和查士分手，愛意猶存。

美國的一位近代詩人作家保羅．奧斯特（Paul Auster）在他自傳式的著作裏提及——有些東西失去後，永不復返，有些存於回憶中，有些則遺失了，再追回，又再次遺失。

我不期然回想起——晚霞透過秋色照着他，朝我誦讀莎士比亞和惠特曼的情詩，北海岸沙灘上交換我們母親的故事，她們兩位都是時尚的女強人，以及在禪院打坐的清心共鳴。不用說，我們分享對文學和藏書的熱忱，我們多方面的興趣相近，心心相印，難怪他想把我們結為一體。

*　　　　*　　　　*

把查士的病情轉告他的母親，是最令我心酸的一件事，甚至比目睹他蒼白地躺在病床上，或次晨通知凱勒更難過。

腦切片化驗的診斷出來，查士的腦瘤屬於最惡劣的一種。腦外科醫師告訴我，壽命不到三個月。這位醫生是我的同事，沒有問我和查士的關係，雖然他看得出我的關心非比尋常。

我沒有想到這種腦瘤會這麼惡性，查士的情形要比愛滋病人所得的巨細胞病毒入侵腦部的情況更壞，因為我聽報導巨細胞病毒已有新藥可以治療。

查士曾帶我去見過他的母親凡妮，她住在東灣的老人院，

看得出是個很有個性的女人。雖然見面數次，卻寡言少語，可是我感覺到她對我有好感。

查士告訴我他成長期正是美國的大蕭條，經濟崩潰時中部受影響最大，母親在那裏一手獨力把他帶大。

走進小客廳看見她坐在一張老式的木製搖椅上，我端了椅子坐在她旁邊，握着她僵硬的手，感覺到她已猜到我帶給她的不是好消息。

「盼望醫院會盡力為他醫療。」她很鎮靜的對我說。「幸虧有你在。」

她知道我和查士已分開，查士告訴我曾帶凱勒去見他的母親。

我問她有甚麼需我幫忙，她輕輕說：「我希望去看看他。」我答應肯定會帶她去。

我把凡妮的願望告訴查士，他說不想讓她看到目前狀況，等他痊癒一些再讓他母親來，不然會令老人不安。

我只得回去告訴凡妮，正在準備把她接去。

這次她把我的手抓的緊了一點，兩眼朝着我帶哀求的樣子，「如果你有空，過來看看我。」

查士的狀況沒有好轉，他開始連說話都出現問題，接着大小便也失禁了。我記得他那份好強的性格，這對他是沉重的打擊。醫生決定必須馬上開始電療，並且把他送到療養院，因為醫院裏已沒有其他更好的治療方法。

我看出他的情形日漸惡化，飲食都有問題，昏睡時間越來越多。

我眼看不能再等，得馬上去接他母親來看他。

當我告訴她將接她去看查士，她拉住我的手，不斷地朝我道謝。不過，我對她說，由於各種治療，查士非常疲倦，希望預先給她一點心理準備。

看護建議下午時間最恰當，早晨要去電療。

帶着凡妮來到療養院，用輪椅把她推到查士床旁，他的臉朝向牆，毫無動靜。

「查士，你母親來了。」我大聲地告訴他。

他依舊毫無動靜。我走到他對牆的那邊，見他兩眼閉着，靜靜地在呼吸。我把手去輕輕搖動他肩膀，依舊沒有反應。

「可能電療使得他過於疲倦。」我想安慰他母親，於是這樣對她說。

我把輪椅推近他的床，她還是觸不到查士的腦袋，只好把手放在他肩上。他的頭頂為電療被黑筆畫上許多槓子，像集中營的罪人一樣。心裏抱怨看護明知他母親來訪，也沒有在他頭上戴頂帽子遮蓋。

她的手安放在查士的肩上，嘴裏喃喃地咕噥着他的名字，看不出來她是否像母親在輕輕地哄着她的孩子安睡。

我忍着淚對她說：「隨你要待多久都可以。」

她反而說：「讓他休息吧，我該走了。」

回程途中，雖然想說幾句安慰她的話，但一般俗套的詞彙並不適當，起不到作用，她不是一個平凡無知的庸人。

回到她住的老人院，把她安頓下來，片刻後再問她需否我幫忙。

「沒有甚麼了，多謝你。」她兩手合掌地握着我的手説，「你該走了吧，一定也有其他需要你做的事。」

我屈身摟抱着她説：「我會再來看你。」她也淚流滿臉回抱着我，那是唯一看到她激動的時刻。

很快她就恢復過來説：「好吧。」

我正要走出門口，她把我叫回去説：「有樣東西我要給你。」她指向靠飯桌盡頭的矮櫥櫃對我説，「在那櫃子最下面的抽屜裏面。我的腰彎不下去了。」

飯桌旁的矮櫃屬於三十年代的淡色整套傢具之一件，鋪着一條精細的蕾絲，原有的白色已轉淺黃。上面有一隻玻璃缸，裏面放着用絲帶捆着的一疊舊信件。查士的左手字跡很容易認出來，旁邊放着幾張照片——查士大學畢業，手裏拿着文憑；另一張他站在書店門前，春風得意的滿面笑容；母子同影的彩色照片像是早期的，顏色和人像已模糊不清；最後一張是凡妮的單人相，看上去是在相館所照，身穿衣領繡花邊的白襯衫，莊嚴權威。

我跪在地下，照她指示把最下面的抽屜拉出來，「請你把最下面的盒子拿過來。」

藏在一些摺得整整齊齊的桌布和餐巾下面，我找到一個用毛線捆着的老牌欣爾縫衣機盒子。

她打開盒子從裏面抽出一張舊照片，「這是我的父親。」那位中年人戴着眼鏡，小鬍子修的一絲不苟，胸前一條掛錶金鏈、額頭很高、四方的下巴，看得出來查士長得很像他的外公，盒子裏面有不少其他遠近親屬的照片。

　　我看見一個很特別的雞皮小盒子，我好奇的拿出來。「你可以打開看。」凡妮對我說。

　　裏面是一張壓花的銀板照片。我在博物館裏見過這種十九世紀中期的照片，裏面人像隱隱約約看不太清楚。「查士小時候也特別對這個着迷，他以為有個鬼影在裏面。」她好像遲疑了片刻，才繼續告訴我，「根據家傳，這位老祖宗從未婚娶。」

　　查士曾告訴我「未婚娶」在十九世紀，惠德曼時期的涵意是同志。當時我在猜想凡妮告訴我的用意，可能是間接的告訴我她很清楚兒子的生活方式和取向，而她並不認為這是個問題。

　　同時我聯想到當時自己猶疑不決，許久才鼓起勇氣告訴我母親，而她卻不動聲色地對我說：「你該去問你父親關於北京的相公堂子。」

　　凡妮把他們家這些紀念品放回盒子，伸手交給我。她看我在猶疑遂說：「你拿去吧。不給你，我走了也不知道留給甚麼人。」

　　「我會好好地保留。」我用雙手握着她的手，知道這位老人已完全了解她兒子的處境和狀況。剎時間我感覺她可以做我的母親，又如果我母親處於她的立場，眼見兒子將比自己早逝會有甚麼感觸。

　　不久前我在整理一些家人留下來的紀念品：母親的親筆食譜，不少父親的勳章和證件，連帶美國國會給他的獎章；同時又看見凡妮交給我的那個縫衣機盒子。

　　我站在書架一側，往對面山丘望去。雙峰後山的幾盞小夜

燈在隱隱閃亮，好比印度恆河上浮着的招魂燈。

＊　　　　＊　　　　＊

渝依然溫柔地熟睡，令我想到普魯斯特，也是查士愛看的作家，他書內關於阿爾貝婷的那句話：「目睹她熟睡的時刻，就能感覺到她的那份甜蜜溫柔，而不是清醒時我們之間的口舌。」

我回想起近三十年前，她第一次靠在我肩上休息，墨西哥的晚霞隨着公車送我們回首都。

我們同車的摯友目睹我們的初戀，好意地勸告渝：「不要與同性戀的男人發生關係。」

走回睡床時經過書架，看到在查士送我的一套新譯本普魯斯特名著的附近，我放着那個細小的雞皮盒子。辦完查士的追悼會後，我把他六歲的小照換到壓花的銀板照片的位置，另外一邊是他心愛的那張惠特曼留影和親筆簽名。

中陰中有

佛學說，生命輪迴的一部份包括此生和來世之間的中有身，也稱為中陰、中蘊。我覺得自己在此生也不斷地在輪迴。

小時候在慈母的懷抱中成長，不覺歲月流逝，相反地盼望着早日能踏入成人的圈內。雖然早年母親從未令我感到壓力，需要成熟，失去天真。

她常愛說有信心我會循規蹈矩，因為我是她的骨肉，身上的每個細胞她都熟悉。聽了這些說話，幼時只感到母親的親切，隨後卻令我質疑，覺悟我不能只過她為我規劃的人生，要活出真我。

一旦經過人生的歷煉，發覺從前溫柔、慈悲的觀音女菩薩，其實異常複雜。初在印度祂是一名勇猛的男人，不是我幼時所見的那個形像；祂變幻無窮，適應各時社會演變，有三十三個不同的化身，不像我初見時那麼簡單。

開始覺悟我的遭遇，有的偶然，有的必然，相比我父母的，就算不是大相逕庭，也大有不同——時代、社會、文化的變化幾乎不是他們所能想像，我必須在人生的大海中找到自己的船舵、自己的方向盤和意志。

到了中年和愉分開之後，把我的性取向告訴母親，她反叫我去問父親關於北京男妓的事；到我把真相告訴父親，希望得到共鳴，同時也發現至少有兩個堂兄有相同的取向。當時父親未曾表示任何同感，卻在一、兩年之後，問我是否再準備婚娶。

我所選擇的路徑和個性與父親完全不同，與他的時代背景和環境也不一樣。記得他教過我的一句格言「守口如瓶」，猜想他如活到今天，也會對我說同一番話。如果我遵從父訓，那

麼十幾年的心理治療，尋求得到的解脫都白費了。

在我寫這些回憶的過程中，不由自主地重塑雙親的生前經歷。許多方面令我欽佩羨慕，甚至偶然會懷疑是否變成像母親一樣。記得二十世紀詩人瑪莉安‧摩爾（Marianne Moore）曾幽默地說：「我們常會變成我們不願模仿的人。」不過，女兒安慰我說：「爸爸不要怕，你跟奶奶完全不一樣。」

母親那句老話：「等你自己有孩子，你就會瞭解了。」可是，她的預言不是完全準確，因為我希望我的孩子們會選擇他們自己的道路和方向。

自己踏在八旬的道路上，好像在看着現今行人道上的指揮燈裏的小紅人，開始時逍遙自在，不覺時光流逝，漸漸地步驟越來越神速，彷彿唯恐未趕到終點燈就暗滅了，只盼望能夠從頭開始再走一趟，甚至三趟才到燈滅。

這紅塵道上，也好比是馬拉松賽跑，到最後同行的人都走了，只剩下自己，孤單地走向終點。又會想到我和查士分開之後，那位摯友對我說的話：「我們單身而來，單身而去。」也就是那句佛偈「不要執着」，或另外一種說法，「今朝有酒今朝醉」。

父親臨終，我趕到他的床前，他還清醒地等着我，凌晨醫院來電話，不用看護說我也知道他已仙遊。母親走前，兩個孫兒飛來看她，可以看出來他們為她帶來的安慰。

父母遺下的足跡與我的截然不同，可是令我領會到這是輪迴的人生，教導我怎樣生存。

父親曾對我說，沒有留下重要遺物，只有一幅扇面，是第

五世祖的墨跡，現在掛在我家的那首晚唐詩人馬戴的五律詩：

野人閑種樹
樹老野人前
居止白雲內
漁樵滄海邊
呼兒採山藥
放犢飲溪泉
自著養生論
無煩憂暮年

盼望留下這些回憶是山中溪邊種的一棵樹，後人能在旁取泉水沖一杯茶，頭一道可能苦澀，第二道也許能感到清心。

第四段

人生如此

第二十九回：難為父親

「爸爸！」電話裏傳來兒子歡樂的聲音，我把眼罩推開查看床邊的電鐘。只有醫院的接線生或急救室會在凌晨把我叫醒。

「阿南在兩點半產下一個八磅多的女孩。」兒子好像比中了頭獎還要興奮。我也隨之深深地鬆了一口氣。愉和我在醫院實習的年代還沒有聽說過分娩中心，生孩子都需要趕到醫院去，除非意外，產婦有特殊問題，救護人員才會趕來接生。

「你們選定了名字嗎？」我情不自禁地把被單拉上蓋起來憂心地問。

一個多月前，兒子在電話上對我說，已堅定要孩子們隨母姓。自從他們確定懷孕後，他就表示傳統慣用父姓很不公平，比方說，舊家譜中所見妻氏原姓只會出現一次，隨後就再無蹤影，彷彿女方不繼續存在。

雖然我竭誠支持女權運動的宗旨，可是聽兒子要改子孫姓氏，令我震驚。常言道不孝有三，無後為大，如果孫輩連姓氏都更改，還有甚麼後代可言，彷彿目睹兒子將要違反祖先的行為。

我在想人生在世最原始和基本的開端，就是一個適當的姓氏。即使輪到我自己，說實話是個私生子，依舊是承續父姓。

「這正是我們該要推翻的父權制度。」兒子利用多年來在法官面前辯論的方式來應對我。

「我不能了解為甚麼你對這件事這麼固執。」他憤憤不平說。

我們兩人同樣固執，不能接受對方的觀念。

「我感覺你在當眾打了我一個嘴巴子。」我把心中的恥辱和犯祖的感觸申訴出來。

「爸爸，我沒有想過你會這麼反對這件事。」他顯然激動到極點，片刻平伏後，「爸爸，我依舊愛你、尊重你。」

＊   ＊   ＊

「還沒有確定她的名字，我們正在考慮德娜亞或是瑪勒。」在電話中可以聽到孫女嘹亮的聲音。兒子沒有再提改姓，我鬆了一口氣，不願在報喜訊時刻又鬧不快。

「你們在分娩中心還要待多久？」

「大概到明天吧。」他隨着問：「你們哪天來啊？」

「啊⋯⋯。」我躊躇不決尋找藉口。

「我知道你很忙，難抽出空來。」好在他知難而退沒有逼我。

稍後聽出我沉默不語，他說：「我會把手機繼續開着。」

其實，我一肚子塞滿了想說的話。我要把父親留下的那瓶陳酒，一九三六年紀念英皇登基的特選白蘭地，開瓶以示慶祝。我要告訴他三十五年前目睹產科醫生拍打他嫩小的粉臀，促使

他大力呼吸而令他開始大聲啼哭；我要再提醒他當時他的誕生，為他的爺爺帶來前所未有的歡樂，單為他取名就翻遍了經書辭典，才選定「中天」二字的多重含意。俗語説望子成龍，而他爺爺卻把孫子捧到上天中心，同時顧慮到孫子在國外出生，不宜選擇太複雜的名字。

遺憾的是他與我父親相隔萬里，未有機會多接觸以培養對爺爺的情感。終究必須怪我自己沒有遠見，當時過份顧慮夏天台北潮濕炎熱，不宜強迫在灣區成長的孩子多去探望爺爺，唯恐得不償失，令他們起反感。

電話掛斷後，兒子和孫女的聲音不斷地在腦子裏迴響。心中千言萬語卡在喉頭，未能把喜悦之情表現出來，反而令我翻來覆去，整夜耿耿於懷。

我自問是否像當年母親一樣，不能接受下一代的觀念。自小愛護和養育我，無微不至的慈母卻不能接受我和愉的婚姻。最難忘我站在冰天雪地下的公用電話旁，苦苦哀求母親的認同，最後換來她冷冷地説：「等你自己有孩子，才能領會到我的忠言。」

一個多月前，兒子在電話中所説的話仍言猶在耳，「爸爸，我一直以為你是我們家最開明和前衛的人。記得嗎，跟你並肩走在紐約第五大街上，紀念二十五週年石牆同性戀解放大遊行，多麼為你驕傲和祝福？」

我永誌不忘兒子當年從劍橋，帶着兩個哈佛同學到紐約來打氣，我禁不住熱淚盈眶。當日兩人拍照留影，他穿着純白的汗衫，我的印有粉紅三角上面加綠字「石牆 25 週年」。這張

照片和女兒的婚照同放在我書房，女兒手拿着鮮花牽着我正向她未來夫婿走去。

「你和媽媽一向教導我們要為正義抗議。」他把推翻父權制度和同性戀解放思想相提並論，理直氣壯地說：「當年你把自己的真相告訴奶奶，不是同樣地推翻傳統規範和世俗模式？」

可是我指出，其中有一個很大的基本差別。

我是為着不由自主的本性掙扎，爭取解放、尋求解脫。若能自主改變，甚麼人會自願承受或明或暗的歧視和侮辱，甚至偶然的死亡？成長過程被同學嘲弄，娘娘腔像個小姐，或當同學和同事談到女朋友時，自己含糊其詞不敢說出實情所造成的自責和自卑。

兒子改後代的姓氏卻埋沒了從明朝開始，有紀錄的十六世祖族譜的關係。

而他提醒我，我曾提及「行善無止境」的家訓。父親修繕重印族譜後，特地囑咐把這段史實詳告他的子孫：我們原籍紹興府山陰縣，離南宋首府杭州不遠的水鄉，四世祖經商至廣東不幸身亡，其子五世祖赴粵扶屍回鄉，留宿某鹽商家，聞其鹽業失敗瀕臨破產，乃將扶親回鄉旅費傾囊慷慨施予鹽商，因而不得回鄉而開始在廣東立足，成為粵系家族始祖。

「爸爸，這位廣東始祖，不得回鄉而在他鄉成家立業不是表現他憑良心行事，不惜打破傳統嗎？」兒子善用律師那一套辯論對我說。

「不過，他未曾拋棄祖宗姓氏羞辱家族。」我不服氣地說。

　　同時，我又想到聖方濟的傳說。離開我們意大利住家不遠的亞西西大教堂裏，有被認為喬托（Giotto）傳世之作的壁畫，相當於宋末作品。除了那幅眾人所愛的聖人與鳥獸連心，最動人的另外一幅描繪他捨棄父親所給的華麗衣着，為了追從自己的感召換上修道人的樸素寒衣。

　　我母親也是一位不遵從傳統習俗，個性很強的人。上世紀二十年代大戶家庭離婚屬於奇聞，那時她還很年輕，卻違抗父訓堅持離婚，甚至與父脫離關係，由管義芬改名管鈺章。

　　自問為甚麼不能接受兒子改姓氏，自以為奉行了傳承給他的家教，讓他憑良心走正義的道路。

　　可是，卻心痛事與願違。

　　數星期後收到兒子寄來一疊照片。他抱着女兒，專注的喜悦神情很動人，顯然是做爸爸的面對着掌上明珠；另外一張，嬰兒把父親的鼻子當作乳頭，可愛的小嘴像要父親餵奶的樣子。

　　渝幫我寫了一封回信給他們，恭賀他們並祝福這位小天使的來臨。

＊　　　　＊　　　　＊

　　「爸爸，」兒子在電話裏的聲音有點遲疑，估計孫女即將滿月。「我們選定名字了，德娜亞瑪勒。」

　　我很忐忑不知道他會再告訴我甚麼，強作鎮定地問：「她現在怎樣了？」

「她很容易帶，很少哭，除非是餓了。」

「阿南餵奶沒有問題吧？」我還記得當年愉的奶量不足，需用其他乳料輔助。

「一切都很順利……。」他等了片刻凝重地說：「阿南要跟你說話。」

「爸爸，」阿南的高音在電話中傳來，「我們決定了用雙姓『陳林』，可是不連起來。」她一口氣說出來，「希望你會認同。」

「我認同。」我那不安的心終於放鬆，吁一口氣幾乎連話都說不出來。

「這幾個星期我一直在焦慮，睡得不好。」阿南繼續說。

「實在很抱歉！分娩已經令你辛苦，再加上焦慮，真是令我過意不去。」不免引起我的自責，想對她解釋我心裏的各種矛盾。

因為自己母親被祖母排斥，否認是陳家媳婦，我也不禁懷疑自己是私生子，經過多年的徬徨與掙扎，最後終於被家人接受，好不容易才列入從明末以來的十六代陳氏族譜，所以陳家姓氏對我有一言難盡的深刻意義，不像我兒子，陳姓來之理所當然，沒有心理包袱。

「爸爸，」兒子的聲音又回到電話上，不像原先那麼遲疑。

「你們考慮到我的觀點，我感動得幾乎說不出話來。」我真誠的告訴他，幸好他已回復心平氣和，很自然地問我：「甚麼時候來看你的孫女啊？」

「我肯定會去看你們！」我已急不及待要去摟抱可愛的孫女。

第三十回：母親曾孫

　　我強迫自己深呼吸，盼望能使揪心的惆悵像窗外的凌晨濃霧隨天明而散。我披上陳舊的晨衣，踏着拖鞋，不由自主地走向書桌上的電腦。

　　迷迷糊糊地在亂麻一團的腦子裏，摸不清楚是噩夢還是尿意把我驚醒，心理嘀咕，還是不免想看電腦上可有兒子的回信。三天前我給他的電郵，依舊未有回覆。昨天我生日，他都沒打一個電話來。

　　電腦像眨眼般的打開，只有一條占星術的信息。雖然我並不真相信算命占星術，有一次偶然好奇開看其網站，卻被這網站抓住不放，經常來不及把它寄來的預卜刪除。當晚正要刪除，朦朧間看到銀幕上跳出來一個人，怒氣沖沖地在急駛的火車頂上追惡人，算命先生警告：不可動怒追隨。這不是針對我説嗎？

　　數年前為着兒子要改姓氏，我們發生爭執，回想真是得不償失，何苦而來。

　　不久後狹心症發作，掃描和血管造影發現主要心臟動脈幾乎完全堵塞。我本認為不可能與心情有關，動脈堵塞不是在短時間內所能造成的病徵，可是後來遇到紐約哥倫比亞病理科專家稱，許多心臟病發作而死亡者，解剖發現動脈並未堵塞，所以他認為有不少病原屬於動脈痙攣以致死亡。

　　這醫生問我：「動脈雖然堵塞，為何突然開始有狹心症狀

況？」他認為與情緒有關。

因此我督促自己，以後必須避免激動，要盡量看開，不要執着，試學菩薩的修心養性。多年前兒子特意逗我，稱我做老菩薩。

回到床上，輾轉反側，無法入睡，感到觸犯了九泉之下的母親。自從我發現保存在書房的丹砂漆盒內母親的一束遺髮失蹤，她像譚恩美（Amy Tan）小說裏面一位怒髮蓬頭的惡鬼在責備我。

數星期前，我和渝還未從意大利回到舊金山，兒子全家在我們家住了幾天。我回到家發覺好比一陣旋風捲過書房和臥室，床頭乳瓷觀音手執蓮枝折斷，地上碎綠玻璃閃亮——意大利穆拉諾玻璃青蛙失去前足，原放在長條桌上的丹砂漆盒被遷移到書架上。

發現盒內金色小紙包存有一部份父親的骨灰尚在，可是一束母親遺髮卻無影無蹤。這束遺髮是當年把她壽衣穿好後剪下的遺物，因生前父母分離，我想安慰自己，讓他們在陰間也有機會重圓。

我到處搜尋，包括垃圾桶反覆倒出來都未能尋回，感到就像是祖上靈牌被侵犯，不知會承受甚麼處罰。

那年孫子正是又可愛又淘氣的年齡——一雙拉斐爾（Raffaello）所畫小天使般的大眼睛，充滿聰慧，到任何場所都像是一陣小旋風。可是兒子告訴我他的個子特小，遠不及同年齡小孩，雖然胃口很好，但腸胃吸收不夠健全，我同時想到親屬中已有人患遺傳性腸炎，一時聯想到是否受祖宗懲罰，不由的心驚膽顫。

　　三天前，我給兒子發出電郵，詢問他們夫婦有否看到母親的那束遺髮，我心焦地盼望着他的回音，好像在盼望觀音菩薩的寬恕。

　　自我安慰要想得開放得下，不要執着多慮。猜想當時小孫兒好奇打開雕花丹砂盒把父母親遺物撒開，兒子收拾起來只把小包父親遺骨拾起而未曾注意到母親遺髮，然後隨便把盒子放在書架上。在美國成長的年輕人，不會想到前人遺物的重要，不會想到盒子裏面保存着他爺爺和奶奶的靈灰遺髮。

　　卻聽到另一把自責的聲音：一向對兒子過於寬容。回想到他要改姓氏，和以前種種不敬老的行為，多年前母親的預言不由得又出現，「等你自己有了孩子就會明白了！」

　　佛學禪修的教訓又回到耳邊，要想得開放得下，反正自己走後管不了這麼多，並且兒子已經顧慮到我的願望，他的孩子們將用雙性。腦子裏思前想後，突然左胸開始感覺壓力，雖然，心臟專科醫生在安支架後告訴我檢查指數正常。

　　正在這時候，床頭電話響。我告訴自己必須鎮靜不要激動，以免增加胸口壓力。

　　「爸爸……」兒子的聲音帶着歉意。

　　我繼續控制自己情緒，必須鎮靜。隨即聽到兒子說，「我們非常抱歉！」

　　我期望母親在九泉之下也聽見了愛孫深深地道歉的聲音，我還記得她臨終前的兩個月，孫子孫女得到奶奶肺癌快離世消息，都放下課本和學業，特地由東海岸飛回來看她。我記得當時她看見孫子進門時臉上的笑容，我想她一定會原諒她的愛孫。

第三十一回：患者是我

　　我的單人房不但寬闊，還有大塊玻璃窗對着海灣。無微不至的護理人員像是五星級酒店的招待員般照顧着我，如果不去留意床邊的心臟監察機和吸水機，幾乎能想像會有人來問我要不要一杯雞尾酒。

　　其實出門旅行我們並不愛光顧大旅館，我和渝寧可找民宿，或一個安靜的禪寺，或意大利眾多的修道院。

　　這是我退休後的第一個夏天，我們剛由意大利度假後回家。到醫院去完成一個滿以為是簡單的醫療程序，沒想到幾乎送命。

　　「我會為你安排做冠狀動脈造影。」老同事對我説。

　　我們在同一個史丹佛大學鄰近的醫院工作了二十多年，不過，我們工作的部門內，一切有關心臟的手術都集中在舊金山城裏的醫院，卻正好離我家很近，方便多了。同時我知道如今這已是一個很普遍和簡單的心臟動脈支架小手術，當天就可以出院。

　　我心想這也不過是把導管插入動脈隨後造影。我自從進入醫學院，為病人在靜脈或動脈抽血已不計其數，所以不覺得是一件嚴重手術，當我細看這位同事的專業已被列為侵入性心臟專科醫生，心中不由得驚訝。不過，自從由他掌舵醫療我的狹心症，一切都很順利，不需要我操心。

　　第一次經驗心臟病跡象是在德國法蘭克福機場，我度過七旬的頭一個春末，手上拿着行李，趕去搭往翡冷翠班機。那個機場有名的複雜廣大，趕到預定登機站口，發覺已改到機場另外一個航空大樓，而剩下時間無幾，必須加緊趕上。

　　我突然感到左前胸像被石頭壓得難以呼吸，胸骨下絞痛，蔓延到左肩左手。這是醫學教科書裏的典型狹心症病徵，可是我一時間未能面對事實，自我安慰，找藉口認為也許因為準備行裝，把胸前手臂的肌肉扭傷。

　　並且，在醫學圈裏混了四十多年，即使是狹心症也不需當作嚴重問題。回想父親暮年，患此病症歷時一、二十年，即使最後住在病房仍照開董事會，若無其事地召見親屬朋友。

　　那時候父母已離婚，母親懷疑父親其實意圖躲避女朋友藉口入院。那女士也是父母離婚的主因，母親說：「你父親向來不願開門見山，喜作暗示。」

　　總之，我一時未曾把這問題放在心裏。

　　可是，到意大利中部的翁布里亞家裏安頓下來，症狀依然。雖然我外表安詳，其實一向動作神速，渝經常抱怨我走得太快，令她無法跟隨，為避免症狀發作，我反常地跟在她後面，令我無法不把變化理由告訴她。

　　「不要以為我未曾注意到！」她立時把我拉到當地醫院。

　　出乎意料這醫院的設備非常完整。意大利的急救室叫Pronto Scorso，也不像我以前任職的醫院急救候症室那樣擁擠。我把手上字典裏查出來的病情症狀告訴分診護士，不到半小時就坐在醫生面前。經過驗血測試和心電圖後，確認只是狹心症

而心臟未受損傷，不過我要留宿一晚，次日安排看心臟專科醫生用跑步機做壓力測試。

專科醫生看我病歷，知道我是剛退休不久的同行，對我格外熱誠並問我：「你為何退休後選擇來意大利？」

「猜想我的內人前世是意大利人。」不過，我還是誠實地告訴他：「我最喜歡的是巴黎。」

說出口後，我唯恐觸怒了這位像六十年代法尼尼著名電影《甜蜜的生活》（*La Dolce Vita*）的男主角馬塞洛‧馬斯特洛安尼一樣帥的醫生，所以即刻補說：「現在我也很喜歡意大利。」

誰知他卻帶有同感地說：「我也很愛巴黎。」

在美國境外，提起渝的時候，我習慣簡單的說是我的內人，因為一般沒有這樣嚼舌的複雜名詞──也就是說，她是我的終生伴侶和情人。

專科醫生已看到報告，我在見他之前做的掃描和壓力測試，查出左面冠狀動脈嚴重堵塞，隨即推薦我去翡冷翠的美國醫院做冠狀動脈造影。那裏有他認識的侵入性心臟專家。當時我們已經拿到意大利居留證，在當地一切治療完全免費，包括醫藥。

雖然我面前的醫生非常誠懇可親，而且這也不屬於嚴重手術，但畢竟需要讓陌生醫生把導管插入心臟。

隨後與我以前醫院的同僚心臟科醫生聯絡，把病情和檢驗結果前後詳告，他說如果症狀不惡化，加上自己行動謹慎，可以等回到加州再治療。

　　我把回美治療的決定告訴這位和諧可親的意大利醫生。我告訴他在加州的醫生與我同僚多年，希望他能諒解，同時我拿出一瓶法國名酒致謝，雖然意大利也有不少知名好酒，但他們還是很看重法國名酒。

　　他非常和善的說：「沒關係，我了解你的立場。」隨即過來握着我的手說，「In bocca al lupo.」這是意大利人的祝福。從字面上來說是「在狼的口中」，跟我們老話「大難不死，必有後福」意義相同，不過是他們的祝福語。

＊　　　　＊　　　　＊

　　在舊金山寬大舒適的五樓病房裏，我等待着下去二樓心臟科專用手術室。從以前自己做手術的經驗，知道預先需要把病人皮膚上的汗毛剃盡，而當年冠狀動脈造影程序，是由腹股溝位置進入動脈，隨問看護剃毛手續將在病房還是等去到手術室才進行。

　　「這些都在手術室做，他們怕我們剃得不夠乾淨。」

　　入院前朋友逗我說，盼望有帥哥為你刮毛。

　　把我放上運輸病床的服務員很瀟灑輕鬆，若無其事地把我由病床搬到運輸專用床上，我見他粗壯的手臂上都有刺青，耳垂掛着耳環。

　　「你在這裏多久了？」我閒聊地問他。「喜歡在這醫院工作嗎？」

　　「非常喜歡這裏。」他輕輕地拍了一下我的手臂以作安慰，

然後微笑説：「這份工作我已做了無數次，不用擔心，一切都會很順利地度過。」

　　我也向他報以微笑，不但表示感謝，並被他的熱誠深深地感動。心想同樣的去一個陌生的餐館，如果招待員服務周到又和諧，會令客人感覺整頓飯也吃得舒服，相反的，如果招待冷淡，食物粗糙，會感到吃下去的餐食也難消化。還記得退休前，當病人到診所來，情緒特別緊張的，我會格外對他們款待，讓他們感到安心；在適當時機也會輕輕地拍一下他們的手臂，表示同情，並且令他們不要感覺醫生高高在上，不敢查問病情。

　　手術室裏的服務人員已經在忙着準備各樣所需的工具和儀器。看護過來把我安置在手術台上，她個子矮，一副慈善的臉像意大利典型的慈母，腰圍也像意大利中年婦女那樣粗壯。

　　「我會把靜脈點滴放進你手上。你要鎮靜劑嗎？」她隨着問我。

　　「需要嗎？」我反問她。

　　「隨你意願。」她的口吻像慈母在安慰孩子。

　　「我已看慣手術室的程序，不需要鎮靜劑了。」我知道病人用了鎮靜藥必須多在醫院逗留一段時間，而我希望盡快回家。

　　我為病人割去面部皮膚癌的時候，經常有病人需要在點滴裏加上鎮靜劑，因為面部感覺痛的神經纖維特多，並且有時候我為病人做的手術時間長達多個小時。而心臟科醫生在腹股溝位置插管，那裏的神經纖維不多，並且我的心臟科醫生告訴我手術時間不用一小時。

「現在我需要把右面腹股溝位置的毛剃乾淨。」她接着提醒我：「這種皮膚消毒劑有點涼。」

她沒有言過其實，那消毒劑好像是從北極冰窟裏拿出來的，冷得我下身顫抖。這卻也有益處，因為這樣令我沒有感覺到剃刀在皮膚上刮動。事後我發現，可惜這位意大利慈母模樣的看護，操作剃刀的技術欠缺意大利人的藝術感，留下一片像幼稚園頑童的手跡在我下身。

「比到化驗室抽血還要簡單。」我對正在為我做手術的同僚心臟專科醫生説。他預先將皮膚局部麻醉，然後把入心臟導管插進我下身的動脈。

那位看護很善於分散我的注意力。閒談中她發覺我剛從意大利回來，她告訴我一個月前，她探訪在羅馬教烹調的朋友，晚餐好比哈德良皇帝別墅（Villa Adriana）的盛宴，正是我還在意大利度假的時候。

「造影上看得非常清楚。」醫生把注意力轉回手術過程，「你的左面冠狀動脈 95% 到 99% 被堵塞。」不用他解釋，我在醫學院讀書時候就知道這是供給心臟的主要動脈。這種情形下若不是幸靠側枝循環開展，我早就不能生存。「其他動脈都沒有問題。」醫生繼續告訴我。

「Andrew，」他帶着更親切的音調説，「我未能為你支架，因為你對阿斯匹林過敏。」這並不令我驚奇，雖然我們是多年的同事，我知道醫生慣於把壞消息等到最後才披露。

「我需要研究怎樣使你對阿斯匹林脱敏。」

「沒有其他的抗凝治療方法嗎？」我幾乎不能相信在廿一

世紀的醫療中，找不出其他的抗凝藥。

　　「我已經請教了這裏經驗最豐富的心臟專科醫生，他認同最安全的支架後治療方法是需要用兩種抗凝藥，其中的一種是阿斯匹林。」隨後他到我病房來，再詳細說明，雖然有其他方法，最安全的還是需要兩種抗凝藥包括阿斯匹林。既然如此，我只得等候脫敏治療。

＊　　　＊　　　＊

　　「五分鐘，你必須完全身體不動，以避免經過手術後的動脈充血。」一把像大都會歌劇院的田浩江那洪亮的男低音對我說。「我需把手按壓在你的下身，以免手術後動脈流血。」

　　原來對我說話的竟然是一個金髮藍眼睛的年輕人，好像翡冷翠博物館收藏的達芬奇油畫裏的加布里埃爾天使下凡。手術進行中室內很暗，因為需要在銀幕上看到造影，未留意他在甚麼時候進到手術室來。

　　「聽說你在翡冷翠附近也有個家。」這天使像是要和我閒談。

　　「沒錯，離翡城東南方向一個多小時的翁布里亞。」

　　「可曾去那附近的名牌折扣商店？」

　　「沒有，你去過嗎？」

　　「兩星期前我剛從那裏回來。」

　　「那些商店在哪裏？」

　　「就在離翡冷翠不遠的郊外。」他隨着嘩啦嘩啦地說出一

串豪華名牌商店。

＊　　　　＊　　　　＊

記得我和渝在翡城住了三個月，她偏愛將近日落攝影亞諾河畔的古橋。有一座叫做聖三一橋（Ponte Santa Trinita）建於文藝復興時期，是全球最老的橢圓拱橋，當晚霞映照着橋下的三個橢圓拱，那河上的倒影令人難忘。

橋的東北角落是菲拉格慕老店，佔據整條街口。對面是後起之秀蒂芙尼，遠比不上這家老店的氣氛，裏面顧客疏落，估計買得起的人不多。

＊　　　　＊　　　　＊

「退休去意大利居住肯定非常精彩。」他換了一隻手繼續壓着我。

「我們計劃每三個月在意大利和這裏輪流住。」雖然這樣兩地來回奔走偶然也會感覺匆促，不是想像的那種退休後的寧靜悠閒生活方式，若向朋友抱怨也不會有人同情，所以對這位年輕人説：「到我這把年紀，來回飛機旅行也夠受的。」

「我卻一點也沒有感到吃力，上了飛機就是幾杯香檳，又加上美食，然後我甚麼也不記得了。」他侃侃而談，很天真並不是炫耀。

「你的運氣不錯。我只坐過一次頭等艙從紐約回來，還是

偶然，因為普通艙客滿，服務員安排我到頭等艙。」還記得位子像沙發椅那麼寬大舒適，新鮮三文魚上撒着刺山柑。「那是往事了。現在的班機，即使有好位子空着，也不讓你去坐！」

「我的男朋友是 Conde Nast 的品酒和旅遊編輯。」難怪這位年輕人能享受到頭等艙。

「在那些商店裏我瘋狂地把信用卡的限額都花光了。」我幾乎不能相信那個沉實的男低音，會說出這種開誠布公的話來。

同時我也為他慶幸，能夠這麼開朗坦率，毫無保留地把私生活對外人說出來。雖然我們都住在舊金山灣區，在美國算是最先進少偏見的社會，近於三十年前，還極少人會當着陌生人提及男朋友。

「你的名字叫甚麼？」 我想抬頭細看他身上掛的醫院身份證。

「傑生。」 他回答，「抱歉，身份卡翻轉了，所以你看不見。」

「要記得不能抬頭。」說完了他繼續用力壓住我的下身。

回到病房，那位滿臉笑容的看護迎面而來。她外貌像二、三十年前在卡斯特區，很受歡迎的一位唱爵士音樂的黑人女歌星菲‧卡羅爾（Faye Carroll）。

「他們告訴我醫生說沒能為你支架。」

「我像一個未過門的新娘，轎子抬到門口，但新郎卻失蹤了。」往手術室之前曾和這位看護談笑，她說話帶着幽默感。「希望醫生很快能為我找到脫敏治療方法。」

「上星期我們有個病人經過脫敏治療。」

聽到這消息，我鬆了一口氣。當時我正苦惱如何解決脫敏問題，竟沒多想採用脫敏治療。

自從在意大利發覺心臟問題後，這位心臟專科醫生同僚在長途電話中，耐心地聆聽我訴說病狀，熱心地告訴我若有問題，可隨時跟他通電話。他又把私人手機號碼給我，以及安慰我說可以繼續旅程，等回到灣區才治療，令我對他無限地感激，忘記質疑為何他會不知道我對阿斯匹林過敏。

看護給我的消息已經是很大的緩解。她也把渝帶到我床邊，從她的臉上表情可以看出，渝看到我安全回到病房後的安心。

渝的前任伴侶既是我的初中同學也是世交，他最後幾年被癌病磨折，多次入院急救，不但本人受了不知多少痛苦，對渝來說也是無限打擊。臨終前幾個月，除我以外，他不願見其他的親人朋友。他走前曾告訴我，過去曾經體驗過靈魂出竅，感覺自己在紅塵凡間外遊走，他走後我常懷疑他在西天做紅娘，成全我和渝的結合。

看護走出我房間之前，睞睞眼囑咐渝說：「你要幫我們叫他不能把頭抬起來，也不能移動右腿！」

那天傍晚，我的主診醫生史蒂夫也來看我。雖然我們未曾在同一醫院任職，但已認識很久。他是當年的愛滋病專家。因為那時候愛滋的危急性，我常去參加他的講座；在社交場合譬如音樂會，我與鈞都遇到過他和他的伴侶雷克。發現鈞感染病毒後，我想盡辦法希望為他找到治病的新藥或治療方法。

　　鈞走後不久，我遷居到城裏就請史蒂夫做我的主診醫生，不是因為他的專科，因我沒有感染到病毒，而是因為這些年來跟他在交流中所見的誠懇忠實態度。他告訴我，父母在中國傳教，生在天津。雖然我對洋人來傳教有疑問，認為他們基本上含有歧視本地信仰的態度，可是，他們的孩子在中國成長，好比賽珍珠，常對我們表示好感。

　　史蒂夫走進我病房，看見渝也在我床邊。他們已在音樂會見過面，頭一次以病人身份看他，我把我的私生活詳細說明。記得我和渝結為伴侶後，有一位老朋友對我說，他不能了解我為何又選女人做對象，等了三年才再次和我聯絡。

　　史蒂夫和渝打招呼後，他說已在我病歷上詳知我的現狀。「我馬上為你去約見過敏專科，明天可以嗎？」雖然我還靜臥在床上，但因為心臟科醫生的囑咐，估計隔夜應沒有問題。

　　五分鐘後他回來告訴我，已約好過敏科主任，明天上午可以在診所見我。

　　「我已經把你出院手續辦好，一切不該有甚麼問題了。有些藥需要帶回家，可以先請渝幫你去取。」他魁梧的身軀站在我床頭，彷彿在衛送我安全出院。

　　「明天早上我不來看你了，如有任何問題可以隨時聯絡心臟科醫生。明天開始我會放兩星期假。」

　　「多謝你在放假前，仍然幫我把一切安排妥當。預祝你好好享受這幾天，得來不易的悠閒假期。」

　　「雷克和我會去科德岬，我們在離普洛不遠的海邊租了一個小茅屋。」

「我偏愛那裏一望無際的沙灘。祝你們假日快樂！」我不由得地回想到近於半世紀前，入醫學院的前的那個暑假，和愉在那海邊訴說我們各人的志願，好像是一個前途光明的美夢。

次晨，渝把我送到過敏科診所。我的行動遲慢，因為下身仍綑着大繃帶。我手上拿着一本《紐約客》雜誌，希望透過書內大衛‧塞達里斯（David Sedaris）慣常的幽默專欄能舒緩我的緊張和焦慮情緒，因為我知道自己的命運全掌握在這位過敏科醫生的手上。

「陳醫生，你好。」這位過敏科主任，我曾因治療過敏性鼻炎時見過，她是菲律賓裔，年紀與我女兒差不多，對我非常客氣。也許因為我曾告訴她，愉是我的前任妻子，當年在灣區她是早期過敏科專科醫生之一，所以這位年輕女醫生，也把我當作老前輩看待，因此令我感到她對我也有點拘謹。

「我感覺自己像是面對着觀音菩薩，盼望得救的消息。」

「可惜你的心臟科醫生昨天沒有與我聯絡，不然我可以當場為你做脫敏治療。」

沒想到她竟然毫無顧忌坦誠地把實情告訴我。一般來說，醫生都不願批評同僚，或謹慎地避免引起猜疑。

當我的心臟科醫生在手術室告訴我不能支架的理由，我沒有和這位面貌像愛因斯坦的多年同僚追究原因，並滿懷信心和感謝他親切的治療和幫助。

回家後把這些事情告訴女兒，她的第一句話就問：「你未曾把對阿斯匹林過敏告訴過醫生嗎？」

在醫院的病人病歷上，封面就用大的紅字寫明所有的病人

過敏藥物和食物。

「顯然你的醫生疏忽了！」女兒馬上一口斷定說。

我自問在半世紀的行醫過程中有沒有忽視病人病歷上的資料，有沒有因為失誤而令病人受到傷害，雖然我一直以來小心翼翼，就是為了防止因為疏忽，而令病人抱憾終生。

在我們的社會和文化中，直到不久前，醫生還是被視為神聖的職業，高高在上地不會有錯，更莫論要醫生認錯。從小到大，人所共知，有錯必受懲罰，聰明人能知錯而改，可是只有開明有承擔的高人才會有認錯的勇氣。

這回的經驗令我聯想到一位非常能幹的同僚，堪稱腦外科的第一把，有一次為同事做手術，居然搞錯開刀位置。雖然事後那位同事已表示原諒，可是他本人的良心很自責，相信永難消除。

同樣地我已不把這件事放在心裏，認為女兒到底年輕，沉不住氣並為我抱不平，我卻覺得能夠得到脫敏治療已是不幸中的大幸。反而這位老同事日後見到我，已不像從前那麼親切自然，有心迴避了。

「我會即刻與你的心臟科醫生聯絡，準備為你脫敏治療並進行手術。」過敏專科醫生爽快地說。

我終於鬆了口氣，知道往後有治療的方法。

第三十二回：我還活着

　　四天之後，重症監護室的看護把脫敏治療所需用的一切材料，都整整齊齊的排好在床前等着我。醫院裏的消息傳得快，他們知道我的手術被失誤耽延，所以這次的準備十分充足，表示一切應該順利。

　　他們為我安排的房間正對着護理中心，令我懷疑是否會有意外發生，不然他們為何把我放在最適宜急救的病房。

　　退休之前，每次站在重症監護室外，等待警門打開才能進入，我總要深深地吸一口氣，讓心理做好準備。因為這道門裏面的病人多數徘徊生死之間，佛學裏所謂中陰或中有境界。

　　裏面的病人，有許多都昏迷不醒，或半知半覺，全靠滿室的機器來維持生命。人工呼吸的機器上下擺動的聲音，就好像一個絕望的人在掙扎嘆氣。

　　我被呼喚去看裏面的病人，通常已是奄奄一息，然後我必須把診斷告訴在門外久待的家人，他們惶恐不安的表情，彷彿不知道面對的是觀音還是閻王。有時候我也可以聽到親人在喃喃細語祈禱着，希望我會為他們帶來佳音。

　　也有時候我被叫去時，病人狀況已無可挽救，那種情形下我不只是以專科醫生身份去通知親人，更得準備給他們所需要的心理、精神及心靈上的安慰和幫助，設法為他們在絕望中找到安慰和解脫。那是我感到最矛盾和為難的處境，因為在醫學

院所學只限於如何醫治和救生，沒有教導如何面對無法救治的病人和他們的親人。最不忍見的是還未成人奄奄一息的病人之父母——人生慘事之一「白頭送黑頭」。

我的一舉一動都會被他們看成含有特別的意義，那時候他們不只需要一個專科醫生，醫藥和科學已不中用。他們需要一個牧師、和尚、長者或聖人。並且，每個病人、每個家庭和親人的需要都不同，不能一概而論，必須看情形和需要，協助他們渡過難關。

「我是大衛，幫你做脫敏治療的看護。」他洪亮的聲音把我由回憶中拉回自己的病床前。雖然我不是教徒，聽到他的名字令我聯想到《舊約聖經》中，大衛非常勇敢，竟然能把巨人打敗。心想這是個良好的預兆。看他把所有治療材料都準備妥當，可知大衛非常能幹，病床上已預備好像開襠褲的病人衣着。

「我們把你安置在這間病房，因為離開出口最近，估計你很快就會出院。」他樂觀地告訴我這個好消息，他出去又回頭說：「你可以換好衣服。我馬上就回來。」

換好衣服坐上病床，幸虧不需要調整高低。這是一張有護欄和許多按鈕的病床，如要調整還相當的複雜，記得有時候我來看診，想把床頭放下或床腳舉高，卻找不到適當按鈕調整。經常病人昏昏沉沉地也無法適用，有時候他們的手，還被捆在護欄上以免點滴針管被拉出來。

大衛回來看我已坐好在床上，讚許地對我微笑，彷彿在稱讚小孩子，令我感到在醫院裏，病人幾乎都變成一個兒童，近乎所有都要靠護理人員安排，完全失去自由。

　　測量好血壓、心跳和溫度後，大衛開始準備脫敏治療，他拿起一張印好的程序問我：「你可曾拿到一張？」

　　「沒有。」我朝站在一側的渝看了一眼，不知她可曾收到一份，「沒有人給我們任何資料，只囑咐我準時到醫院來。」

　　「既然你未拿到一份，那麼讓我肯定一下這些程序。」然後抬頭問我，「你昨晚可曾吃一粒強的松？」

　　我知道這是一種類固醇，為抗過敏反應而使用的藥，有時候做完整形外科手術，為防止病人皮膚容易形成疤痕，我也用來注射在皮膚下。不過，我只有回覆：「抱歉，沒人告訴我。」我又朝着渝看了一眼，因為醫院來的電話通知都是她接的，不過她也只是搖頭。

　　「請稍待，讓我問值班醫生有沒有其他辦法。」看得出他是一個經驗豐富的護理人員，這不是他首次遇上的情形。不久，他面帶微笑來告訴我，「我們可以用點滴給你類固醇。」

　　「太好了。」這種用法我熟知，使用於急診或手術室內，如遇到病人有特殊的反應情況。

　　大衛按着程序表繼續看下去，「你可曾停用調整心臟機能的藥？」這回他朝着我和渝兩人問道。

　　我只能重複地回答，「醫院通知只囑咐準時來做脫敏治療。」

　　「啊唷。」這回他的聲音帶着猶疑，不過還是說：「讓我再去問醫生想想辦法。」

　　他雖然沒有明說，但顯然已對安排治療的服務員不負責任而不滿，可是又不能影響病人的情緒，所以盡量保持鎮定。

這次大衛回來，依舊保持着平靜，可是把話題轉向塞翁失馬的角度對我解說。心臟調劑藥的作用包括降低血壓和心跳，換句話說，心臟輸出量被壓制；萬一在脫敏治療過程中發生反應，危險性都太高，為百分百安全起見不宜進行。

「我感覺像個醜媳婦第二次被新郎拒絕了。」

明知這些不是他的錯誤，並且，他已盡了能力來幫忙我的治療。其實，如果不是他這樣細心認真，隨便地開始脫敏治療，可能我就會沒命。

我只得強笑着說，「如今，怎麼辦？」

「讓我看看怎樣把你再作安排，我知道這已經是你第二次進來做手術了。」大衛非常無奈，帶着同情地說。

十五分鐘後，他跟着值班醫生進來。

這位醫生看上去比我兒子還年輕，他重複地對我解釋不能進行治療的原因和危險性。我知道他已盡能力來解圍，而且也不是他的疏忽，對他抱怨發怒，於事無補。

「本來心臟科護理主任是一位非常有負責心的人，但不巧聽說正好輪她度假。」值班醫生說。

「我們可以為你安排在後天。」大衛解圍地忙把好消息公佈。

其實，我也同情他們兩人的處境，錯誤不在他們。我也知道醫生、看護和服務人員都不過是常人，不是聖人，偶然會有錯失，但卻切實地會影響到病人的生死。

我屈指一算，後天是七月四日美國國慶，「你們在國慶日也工作嗎？」

「我會在這裏。」跟着大衛睞睞眼帶着微笑説，「為你，我會進來工作。」

看起來這位重症監護室的經驗看護已有四、五十歲，我想不到像他這樣資深的看護，還要在國慶日值班工作。

「這是我特地要求來工作的，國慶日加班薪水一倍半，我工作十二小時就夠錢把我同住的趕出去了。」他的那份瀟灑態度令我想起五十年代的一首歌曲《我會把他從我頭髮裏洗出去》（*I'm Gonna Wash That Man Right Outa My Hair*）。當時來美國不久，常在無線電台聽到廣播，根據米切納的著作變為百老匯風行多年的音樂舞台劇而創作。

「那倒不錯，不愧是個好辦法，可是也夠你辛苦了。」

「我不在乎，兩千塊錢能把他從我的生命中趕出去不算太貴。」

「希望後天回來，能再得到你的照護。」這回的經歷令我感到大衛的專業精神可靠、直爽、幽默可親，既然必須要回到沉默嚴肅的重症監護室，有他照護更好。

「那肯定沒問題，以我的年資可以選擇工作病房。並且，做脱敏治療不需要許久，做完後還可以趕上看國慶煙火。」

他説的沒錯，果然國慶日做脱敏治療順利完成，不過，我未看到煙火，醫院沒批准我回家。次日就是第二次造影支架手術，以我所遇到過的各種問題，估計醫院也特別謹慎。他們雖然願意特許我到醫院頂層看煙火，但幾天的折騰已夠累了，我也就作罷。

次日清晨，手術室為我準備了，但在我前面那病人的手術

臨時被取消，所以把我替補上。我當作是個良好的預兆，可以早點出院回家。

渝看我這麼樂觀，問要不要到外面買午飯給我。她吃不慣醫院的飯，不像我，吃慣了醫院裏中午總有會議或講座所供給的午餐，雖然只是像以前飛機上的普通艙食物，不是很美味的食物。現在的航機連這種食物都沒有提供了。

我們旅行時，她總愛笑我，必須有三餐，不然肚裏蛔蟲會叫餓。我雖然不斷吃食物，她卻比我嘴刁。

她下樓前親了一下我的臉，我告訴她，隨便她想買甚麼食物給我做午餐都可以。

「只要素食就好。」我逗着說，她卻確實認為我的心臟問題源於改吃素，因為本質不習慣素食。

她沒有再說甚麼，電梯門關上之前，我朝着她把大拇指舉起來，表示這回肯定一切順利。

進了手術室看見服務人員，忙着安排妥當一切所需要的工具。雖然當中沒看見上次遇到的金髮藍眼天使，自我安慰地想至少這回可以支架，最晚明天可以回家。

許多天後女兒問我：「這次手術前可有任何的預感？」我說：「一點也沒有。」

臨到意外發生，最令我擔心的卻是渝站在我房間裏，目睹着突然一群醫生湧進來，手忙腳亂地急救，我擔心渝不像我，從未看過這種情形。

當時，我也毫無預感意外會發生，不過在退休前，卻常要對病人和家人解釋，意外可能發生，甚至死亡，可是機會極小，

比加州的地震，房屋會垮下來壓死人的機率更低。

母親臥病在床上的時候，看到我憂心忡忡，總是安慰我說：「乖兒子別擔心，我會好的。」

她跟着輕鬆地說：「你看，我穿着外婆給我做的這件夾襖，是我十三歲那年，大夫說我有嚴重的心臟病，躺在床上，她做給我的。」每次提起外婆，母親幾乎都要流下眼淚的。「雖然我的病好了，不過，每次我穿上這衣服，都會感到外婆在身邊保護我。」

那夾襖我有印象，嫩綠緞子帶淺粉紅色的小花瓣，繞着細緻的銀絲，總是保存在樟木箱裏。

為她自己的後事她也早做好壽衣，春夏秋冬各兩套再加內衣和皮斗篷，「別忘了找和尚來唸《金剛經》。」

「我不要任何醫療。」母親對治療了她多年的醫生申明，當醫生告訴她，肺癌位置和深度無法徹底消除，「既然不可能消除，所謂治療就等於延長我的病痛和死亡。」

我不知道她為何沒穿外婆為她做的那件護身符。

「太舊了，袖口和滾邊都穿破了，我把它丟了。」

可能母親以為活過八十，擋過了無數波折病痛，不需要護身符了。

臨終前的三個月，她好像若無其事，只是為她僱用了從菲律賓來的看護，可以朝夕在家裏陪伴，她認識多年的理髮師傅還特別優待到家來為她整髮。

最令她感動的是兩個孫兒女，多次從東岸飛過來看他們的奶奶，只是臨到最後兩星期需用重量嗎啡，直到昏沉離世。

　　母親幼年在俄國唸過屠格涅夫（Turgenev）的著作，他曾與另外一位俄國巨匠作家托爾斯泰（Tolstoy）有不少來往波折，並且忠告他的朋友如何度過生命的最後日子。我目睹了母親的這段足跡，其實她也教了我如何為人、如何生存。

　　她的自信心向來很強，雖然我在這方面不像她，可是多少也跟她學到一點。

　　我的護身符是母親。她仙遊後的兩三年，有一次我從醫院回家，在高速公路上倦極昏睡了幾秒鐘，車子從速行線越過五六條行車線，才突然驚醒，在那一剎間感到全身一陣溫暖，好像童年夜深時母親把絲棉被輕輕地蓋在我身上，那種溫暖令我感覺可以戰勝任何難關。

　　這條閻王路對我並不陌生，我牽着朋友或病人的手走過已不止一次。

　　愛滋病早年出現時，無藥可治。一位相當有名氣的畫家不能繼續忍受病魔的折磨，邀我坐在他床旁，看他把藥吞下，閉上眼睛，播放他最愛聽的交響樂，然後安詳地入睡。直到他的呼吸慢慢地歇止直到踏上黃泉；他的親人不忍目睹在隔壁等候。

　　我開業不久，最早來找我的病人之一，是一位從南部遷居到加州來的人，身材高腰板挺，非常注重衣着；與他同來的女士也儀表不凡，活像上世紀中期的混血女歌星和民權活動人物莉娜‧霍恩（Lena Horne）。他愛抽煙斗，卻不幸下顎出現癌症。

　　那時我初出茅廬，看起來比三十多歲還年輕，不過這人對我很有信心。我為他做手術割去毒瘤隨後用電療，不幸數年後

癌症復發，化療亦無效。他從一位身高體壯的中年人，變成一個消瘦落髮的殘軀，原先淺咖啡色的皮膚帶着蒼白，筆挺的衣着彷彿掛在骷髏上，不過，他始終不屈服，依舊挺着肩到我診所來，直到他實在支持不住。

我免費繼續到他家去看他，他總要勉強地站起身來，握着我的手表示感謝。即使到他衰弱得不能下床，也不曾失去他應有的尊嚴。

＊　　　　＊　　　　＊

我的手術像前一樣開始得很順利，毫無問題。這回為我做手術的醫生，是當地最富經驗的心臟專科醫生，也許是因為這醫院避免再次重蹈覆轍之前所犯的過錯，這位醫生已白髮灰額，滿顏和善慈祥，一副良醫長者模樣，足以得到病人的徹底信任。

手術完畢後，他到我面前説，為我主要冠狀動脈支了兩個架。

然後，他指着透視銀幕上已可見動脈管裏血流通暢，稍頓，他繼續平靜地對我説，發生了一個小問題。

他隨即指出在一側，一支微小動脈邊上顯出一顆極小的墨珠，「這個不應該會有問題，小動脈極微小破損也會自然地凝止癒合不用擔心。」他用多年經驗和信心來給我安慰。

「為謹慎起見，我會要他們替你做超聲心動圖（Echocardiogram）。」

「感激不盡。」我對這位充滿醫德和信心的良醫説。

不是每個大夫都有這樣的醫德，我感到欣慰。

在黑暗的超聲心動檢查室裏，我的心臟像浮於銀河上的星雲，不停地波動着，被一個極薄而漆黑的圈子罩住，做檢查的技術員指給我們看，這是血流到圍着心臟的包囊。

差不多五十年前，在醫學院的解剖室裏，被那位人人懼怕的極權威女教授面試，她撿起心囊問我是甚麼，我顫抖着説不出正確的答案。

「這點血應該會被吸收。」這正是我所要聽到這位具有多年經驗的專家對我説的話，「同時為了謹慎起見和保持安全，我們會把你安排到重症監護室去。」

這次入重症監護室的手續不像脱敏治療那麼簡單，做心臟手術病人的程序眾多和複雜，等到安置下來，我已很累像要入睡的困倦感覺，感到胸口開始有些壓力。

我看到他們把渝帶進房間裏，遠遠地站在一個角落向我望着，我想對她説不用擔心，治療我的醫生是最有經驗的專家。

同時看護正在忙着測量我的血壓，隨後只記得一片混亂，好比電視劇中的急救室出現在眼前。

醫生、護士和各種技術人員，化驗、抽血、透視及不計其數的各種儀器，都統統趕進我病房來。

我看到一位看護把渝領出去，想請她把情況解釋給渝知道；不習慣看到這種情形的人會被驚嚇，因為這不是電視劇而是現實情況。我想告訴她我沒有疼痛沒有受苦，不用擔心，可是她已被看護領出去了。

事後，發覺我的血壓突然降到危險的水平，超聲心臟透視現出，包圍心臟的積血突然擴闊了很多，壓着心房影響血液循環到身體其他器官。

這種情形我在醫學院的書中看過，叫做心囊壓塞（pericardial tamponade），屬於心臟急救狀況最危險之一，百分之五十死亡率，在我退休之前，常幫我做手術的一位非常能幹的護士，就是因這症狀而送命。

幸虧當時情況突然發生，我也記不清那些細節，只聽見床前三位心臟專科醫生討論，是否能夠即時把我送到手術室，還是需要即刻在床前把心囊的積血抽去：一位是為我做手術的良醫，另一位是駐重症監護室的心臟科醫生，第三位是心臟科教授，正帶領着一群實習醫生觀看。這種心臟急症一般很少見到，我自己以前也沒有遇過，想不到今天我卻身臨其境參與其中。

「應該加用多巴胺！」我聽到一個人在指揮看護。我記得做實習醫生在急症室值班時，當病人從外面被抬進來急救，因流血過多一時來不及輸血或點滴，為免血壓降到危害生命時，使用多巴胺可以令各處血管收縮，減少心臟供應血量的需要，可以暫時維持血壓，不致降低到病人無法生存。另一面，我記得這樣減少鮮血供應到身體其他器官，也可能令那些器官，譬如腎臟崩潰。

當時我已不顧慮這些，只擔心無人到外面去安慰渝令她不要慌張。其實這時候看護已囑咐她去通知我的女兒，告訴她危急的情形。

那天早上進入手術室前，女兒要來看我，我勸她不必取消

已預約病人，留待午後才來醫院。

在那期間除了異常疲倦和胸前壓力的增加，令我開始感覺呼吸困難，就沒有其他的不適，同時，也不曾看到天使或閻王晃在眼前。我當時清楚地分析，既已置身在心臟科聞名的醫院，又有很多有經驗的醫生在這裏，只有順其自然，反而心裏很泰然，感覺即使去見閻王，也不過爾爾，何需掛慮。

多巴胺見效，我的血壓馬上穩定下來。

「我們可以轉到手術室去。」我聽見一位醫生說。

觀察他們動作的速度，可知他們需要盡快把我放到手術枱上，手術室的看護和各項服務人員都加緊把一切準備妥當。

數星期後，不少親朋好友到家來探望他們這位九死一生的親人，「在那危急的時刻你沒害怕嗎？」當我微笑着搖頭否認，他們感到不可思議。

當年，我在診所和醫院工作的時期，向來不把有關工作的問題帶回家；愉也在同一棟樓開業，並且是當時唯一的一位過敏專科醫生，她下班回家後，卻經常把病人和診所以及為她下屬們的各種問題也帶回家，不斷地惆悵苦惱，朝我抱怨說：「不懂你為甚麼這麼輕鬆無慮？」

我試對她解釋，腦子裏好像是一具老式的草藥櫃櫥，分隔着許多抽屜，每個問題有個別的抽屜，盡能力解決後即放回原有的抽屜，不令牽涉到其他事情，這樣能夠保持自身安寧，即使到退休年齡也不會對工作厭倦。

輪到對付自身危機，我也沒有改變。我知道周圍為救我的每個人都在盡他們的能力，如果我再加上自身的焦急，也於事

無補，相反的可能會影響他們在專注地執行急救任務。

　　父親臨終時刻，雖然因為多年住院而面色蒼白，最後又被插鼻喉管以輸送飲食，可是依舊泰然自若，等着我回到他身邊再見一面。

　　他的態度與他的行事作風從沒改變，令我聯想到父親與前任美國總統奧巴馬的性格相似，凡事必須三思而行。父親也不多言，終究是母親總愛逗着說的那句話：即使大卡車壓着他，也壓不出個屁來。

　　因為他寡言少語，令我難忘他的幾句忠告和教訓。我才八、九歲的一次晚餐，在飯桌上我對廚師發小孩脾氣，怪他不曾做我要吃的菜，飯後，父親拉我到書房，叫我設想把自己置於那廚師的位置——已年越四十，必須與妻子兒女分離，每年相聚只有不到幾天。

　　他柔聲的繼續說：「對下人，尤其是靠我們吃飯生活的人，他們已經低頭忍氣吞聲，無力反抗，我們必須特別款待。不過，對居你以上的人，你卻應該直言批評，不需要庇護。」這樣我開始注意父親一向對下屬特別謙虛慷慨。

　　他教我的幾句格言也常在我耳邊，譬如：「三人行必有我師」、「守口如瓶」。

　　可是，多年後我面對着心理專家，求解心裏的各種矛盾，以及與眾不同的性取向，醒悟到過於寡言也會引起把自己過份抑壓而衍生的各種心理問題。

　　那天早上，在匆忙雜亂的情形下，已不記得被架上手術枱後，我的心臟科醫生有沒有時間用麻醉劑，然後用長針把心囊

積血抽出，猜想麻醉師可能在點滴中加了鎮靜劑，因為在這種危急情形下，如果用長針抽血無效，需要即刻開胸腔做手術急救。

我只記得，隨後那位和善的良醫握着我的手說，一切順利抽出兩罐積血，心臟機能已恢復功能，他的態度顯得格外親切。我也有這種經驗，當把病人從九死一生中救活後，對那病人會感覺尤其親切，有一種共患難戰勝的快感。

當我離開手術室的時候，看到傑生站在一側對我微笑着招手，上次造影手術後為我按壓下身的天使又再出現。

在手術室門外，渝趄上前握着我的手，彷彿要確定我還生存，我觸摸到她手心上的冷汗。

「我沒事了。」我微笑着安慰她。

照說我確實應該是沒事了，並且也未承受任何痛苦，但我的折磨現在才開始。

為謹慎起見，他們把我遷回重症監護室，同時立即點滴輸血，彌補所消失的兩罐積血。

那天傍晚，我感覺到像是渾身染上蝨子和臭蟲，痕癢不可忍耐，看護過來查看說找不到任何問題。可能他們懷疑我還未清醒過來，神志錯亂以及進入幻覺，於是安慰我說，也許是心電圖使用的一些襯墊令皮膚作癢，我知道他們必須觀察我的心臟機能，即使危機已過。

另一方面，我開始擔心那條被破損的動脈是否確實已停止流血，以及阿斯匹林的脫敏治療是否確實有效，因為我知道過敏反應的主要徵狀是作癢。

　　稍後我實在不能繼續忍受那周身極癢的感覺，要求看護再查看，他們依舊看不出皮膚上有任何異常，我懇求他們給我一些止癢的藥，是那種病人可以隨便買到的抗組胺藥。

　　可是，因為我在重症監護室，他們不能隨便給我用藥，「必須先請教醫生。」看護說。

　　卻不巧正臨國慶後的假日，醫生也較常稀少，度日如年地等了許久。記得父親曾對我說，高僧在山頂禪寺感到安詳不難，但是一個真正有道行的人，可以在嘈雜擁擠的市中心，同樣地達到這境界，雖然有父訓在耳邊，身上確實癢得令我瘋狂。

　　終於看護拿到兩顆抗組胺藥給我，這藥也含有鎮靜的副作用令我入睡。

　　次晨，渝進病房來，我請她幫我查看背脊。

　　「我不能確定，背上好像是長滿了痧子。」

　　我連忙請看護來證實，因為自己無法看到背後。

　　這次看護也不再否認，她再請值班醫生來查看，發覺不但全身的前後皮膚上蓋滿痧症，背後還出了風疹塊，那醫生說可能性眾多：阿斯匹林過敏、輸血裏成份過敏，以及一大串其他怪症，他說將請教過敏科醫生來會診。

　　正巧認識我的過敏科主任還在醫院，她即刻過來，詳細把我全身皮膚檢查一遍。我焦急地等着她的診斷，才能得到治療。

　　可惜，她說無法肯定，不過，決定使用三種抗組胺劑治療，那些藥令我昏睡了一整天，第二天醒來，皮膚停止作癢，風疹塊也消失，痧症減少可是仍未完全消失。醫生說需要再多留我一天在重症監護室，以便查看為妥，那些藥令我昏昏沉沉地又

過了一天。

　　第四天他們終於認為可以把我安排到心臟科的一般病房，我好像被從監獄裏釋放出來一樣。回到一間北向的單人房，遙望到一棟銅綠房頂的高樓，看護告訴我：「克林頓總統夫婦來訪就住在那樓房裏。」

　　在我來説，最受歡迎的是那間寬闊的浴室。在這段時間，醫生與護理人員專注着急救和我的存亡，沒有注意到個人清潔衛生，我已等不及想即刻淋浴。

　　不過，看護説必須得到醫生認可，因為手術室的繃帶還在身上，可是不久她抱着一大疊毛巾和新的塑料繃帶幫我換好。

　　踏入蓮蓬頭下讓那溫暖的水花慢慢地淋在頭上，蔓延到全身細胞的每個角落，令我幾乎可以幻想置身在遙遠的禪寺裏聽着古箏梵音，又像在等待着一群群的蝴蝶由海面向懸崖的平台上飛來。

後記

　　我們的小轎車在法國西南部的窄路上，兩旁的山丘原野，一片片的碧綠鮮黃。仲夏的向日葵像在陽光下朝我們一車人點頭歡笑。若不是要趕到女兒婚宴前的綵排晚餐，渝肯定會要我停在路邊，把像梵高油畫一般的美景，用她那從不離身的相機紀錄下來。

　　當你堂前徐徐走來

　　花開滿堂笛聲瀟瀟……

　　為婚禮寫的賀詞在我腦子裏千旋百轉，最後一句是：

　　這又是個仲夏盛日

　　為你們帶來新活力

　　這回，我不會再牽着你到堂前，你的兩個女兒會拉着你的手，來到這城堡後苑的薔薇藤下，迎向你的新郎面前。正是十八世紀法國畫家卡米耶·柯洛（Camille Corot）筆下的一幅畫。

　　當我致詞之前，摯友丁豪的愛人莫柯的中音長笛會吹出一首歌曲，約翰·菲利普的《若你去舊金山，不要忘了在頭上插些鮮花》（*If you're going to San Francisco/ Be sure to wear some flowers in your hair*）。半世紀前這首歌引進了《仲夏的愛情》（*Summer of Love*），成為花童時代的經典歌曲。

　　我們全家和不少舊金山灣區的親友會雲集，兒子一家人也

會從華府飛到;再過一個星期,孫女即將滿十歲;兩個多月前,孫子滿八歲。記得我八歲那年是第一次看見生父,八年抗戰光復回來,開始教我懸腕書法,孫子同年卻已學會現時最流行的歌舞劇哈姆頓(Hamilton)。為他的八歲生日我飛去華府聽他演唱,正好我也順利地完成第二次心臟造影支架手術,沒有十多年前的那些問題。

這個夏天,雖然沒有像半世紀前花童時代的那種轟動一時的氣氛,可是帶來一股新的活力。年輕人又開始重視婚禮,《紐約時報》上也紛紛刊登不少的同性婚姻;當時查士曾盼望我們能夠舉行一個有意義的結婚儀式,不知他是否已預感到會有今天的情景。

我和渝還未曾舉行正式婚禮,可能是因為我們還在留戀花童時代的解放,或是兩人已嘗夠了結離的甜酸苦辣。

還是十九世紀的詩人羅爾(James Russell Lowell)的那句話活現在我們眼前:「恩愛……是手牽手,踏在每天的生活道上,赤足地感受到一塊塊的硬石,而不令一根心弦出軌。」

我們的情緣已有二十餘年,長孫是她兒子所出,與我整差一個甲子,已將入大學,他和兩個妹妹,就像當年我的兩個孩子,都在這同一棟房子裏成長,雖然現在已沒有掛着「愉苑」的門牌。

丁豪和莫柯與我們同時到達離波爾多不遠的城堡,他摘下太陽眼鏡朝我招手的一剎那,我們同時感受到這三十多年之間的手足友誼。

他們兩個人和我跟渝,兩對結緣的歲月也差不多。每逢農

曆除夕，今人改稱春節或臨中秋，重要節慶都像一家人一樣團聚。如果我和渝旅遊在外，丁豪也會把月餅留下來給我們分享，其實，他對於舊時習俗比我詳知又實行得周到。

每年清明，他會摺好金紅色元寶形墓紙，約我全家為我母親掃墓。現在兩個外孫女已長大，會幫她們的老叔叔為太外婆摺紙元寶；她們跟隨着我女兒的稱呼，在美國也不能太拘謹輩份了。

他做母親的第二個兒子受之無愧，因為住離我母親較近，她在世時每天電話問候，對她有求必應，比我要孝順得多。

當年，同志解放運動活躍，朋友介紹我們認識；不久，結為手足之情，我們認為更有意義。經年我們不但同度佳節，也同睹各人的甘甜苦辣、生離死別。

我相好的小趙、查士和鈞，他都見過，同樣地我也認識莫柯及以前他的朋友。現今，他熟識渝和我的女兒，甚至如果幾天沒有他的消息，她們也會掛念。朋友裏面惟有他可以在閒談時逗渝，又不令她反感。

「我們會帶你們到已安排好的房間裏。」四個孫輩興奮地迎面而來。外孫女德安算老大，比妹妹德玄早出生三分鐘。她們和表妹表弟，四人像探險隊一樣地把城堡的每個角落都已查看，這地方正合他們喜好，因為正看過不少關於歐洲古堡的各種騎士盔甲和神奇探險故事。

「有幾個房間鎖着，不可以進去。」八歲的孫子帶着神秘地報告。「可是我們房門外卻有一副真的騎士盔甲。」

他們熱情地把我們幾個老人抬到我們的房間裏，這四個孫

子女帶着我經過城堡裏曲曲折折的樓梯和通道，有的盡頭沒出路。沒想到像我這有着無數人生閱歷的老人，最後卻聽從着自己的孫輩指引。

因為帶着比我們更年長的渝的姊姊同行，我們的房間比較靠近入口；丁豪和莫柯的房間在高層，城堡的另外一個角落的方向。房間裏有一個十九世紀的大澡缸，下面的護城河盡映入眼簾，以及深遠的後花園和原野，高高的房頂可以看到每一根古房樑。

「我們這房間可有房鎖？」丁豪假裝害怕地問幾個孩子，他一面抬頭看着那些古房樑，每一根都能訴說幾百年的無數滄桑。

「可能有不少鬼魂在這城堡裏夜遊！」德玄想嚇唬老叔叔，老叔叔雖然是他們的長輩，可是他像家人一樣時常見面，所以在他面前既不拘束也無忌諱。

當晚大家飽餐了一頓本地著名的田螺和切肉熟食，又香又脆的法國長條麵包和拉塔土耶雜素食。這道素菜我從小就愛吃，母親在我生日時會特別做出來。

我們回到房間，渝和她二姊已早早上床休息，準備參加次日整天的婚禮節目。我突然聽到有人敲門。

「過來幫我看看。」丁豪站在門外，神色有點緊張，「不知道我們的房間裏有甚麼東西在飛來飛去。」

「你想是甚麼？」

「我不知道。」他的聲音顯得慌張。

我遂跟隨他往他們的房間去，經過的大廳在城堡正中，因

為是仲夏，主人把四面的高窗都打開通風。從大廳頂上吊有巨大的一盞宮燈，看上去已陳舊，燭光很暗。幸有窗外月色，突然感到有東西從我們的頭上飛過，並且唧唧作聲。丁豪急忙蹲下失色道：「這就是在我們房間裏的東西。」

第二次又飛過來時我看清楚了：「那是隻蝙蝠！」

平時比我勇敢多的兄弟，好像是真見了鬼怪在顫抖着。他一向勤於鍛煉身體，常參加長途馬拉松，並且精通各種拳術。

「你不是真的怕蝙蝠吧？」我逗着説。

「我不喜歡牠們，這令我感到像在鬧鬼的凶宅裏。」

「沒想到你會怕蝙蝠，根據我們的傳統，牠們是納福吉祥的動物。」

而他是最懂得傳統信仰的人，我總靠他提醒我各種傳統習俗禮儀，這也是母親很欣賞他的原因之一。他也愛聽母親説老家裏的許多年底迎春習俗，好比年尾為灶王爺清洗廚房爐灶，靠近新年免剪頭髮等等，不計其數。

父親對傳統知識比母親研究得深遠，他愛逗母親説這些都是婆婆媽媽的迷信，不過，經年下來日積月累，我也吸收了一些。

「我不喜歡蝙蝠，因為它們總令我想到那齣電影，裏面的吸血魔鬼就是蝙蝠化身。」

「那麼你才比我洋化了。」我逗他説，經常是他怪我太洋化。「蝙蝠的蝠與福氣的『福』諧音相同。明天女兒婚禮，會為他們帶到鴻福吉祥，好好陪莫柯去休息吧！」

「也許明天我會穿件紅旗袍出來為大家道喜。」他睞睞着

眼向他們的房間方向走去。

大廳裏只剩下我一個人，近午夜的涼風由敞開的高窗朝我吹來，我走到窗前看着寶藍的天空正掛着滿月，不由自主地想到故人。

母親生前和丁豪已近乎母子一般親切。

初中的同學和摯友來為，有一次告訴我，年輕的時候，偶然會感到靈魂出竅，彷彿飄浮在半空，有時唯恐不能回歸下面自己的肉體。他臨終前在醫院對我說，擔心自己走後，心愛的渝無人照顧，我曾對他承諾可以安心，我會一直把她當親人照顧，出乎意料，我竟與她結緣。在這樣一個蝙蝠浮騰的滿月午夜，特別感覺到來為可能是我們之間的紅娘。

不久母親將享一百零八歲冥壽，如果她還在世，知道孫女婿是一位法國人，將令她多麼欣慰。母親年青時在北京最親密的朋友是當時法裔御醫的愛女。次日，她孫女的婚禮將有全家為她慶賀，與母親自己的婚禮多麼不同，她當年唯恐夫婿被刺殺，需在婚後連夜逃脫危險。

女兒曾對我說，多麼敬慕她的奶奶，出生於清末，當時女子還自稱為奴，在四十六歲來到美國，只會說兩三句英語，異地生根做到紐約市立小學老師，並幫助第一個黑女人（Shirley Chisholm）拉票做議員。在北京的表妹頭一次見到我女兒時說：「長得好像她的奶奶！」

我對着天上的銀河，圍着滿月還有一圈明亮，令我感覺到這些已故親人摯友離開我們不遠，甚至感受到一縷母親所偏愛的法國香水，那清馨香氣正幽幽地飄浮在午夜的時空。

中文版後記

　　搖搖晃晃中文版見世，映照着八旬餘的人生。華昌玲、林雅瓊、黃崇瑋三位的熱誠支持是我的拐杖，特此深深鞠躬作揖致謝。

　　中文版下筆的經驗確實與英文版有不少分別，令母親的串流京片子嗓門，和八歲開始以孔明《前出師表》學習粵語的清晨詠調，循環不息在耳邊徘徊；語言、方言、典故和詞彙的不同，彷彿使得潛伏在泛黃舊照裏面，另外一些細節情義復活再生。借用李翊雲的妙語：「人生由無限的角度來看，才不使它消滅。」

　　走筆至此，暫向各位揮手，後會有期。

中文版人物事蹟列表

1868	祖母陳何連科出生。取名連科因她出生後父親連中科舉，丙子翰林，任江南道監察御史。
1894	父親陳延炯出生於廣州番禺，號地球。
1906	溥儀出生。
1907	母親管義芬出生於蘇州，後改名為管鈺章。
1911	中華民國成立。
1925	國父孫文去世。
1932	滿洲國成立，溥儀立為傀儡皇帝。
1936	西安事變，少帥張學良迫蔣介石國共合作。
1936	父母在南京結緣。因受戴笠威脅，等戴笠1946死後，次年母親40誕辰父親在瀋陽披露十多年前的婚事。
1937	作者出生於漢口。盧溝橋事變，又名七七事變。同年日本人佔領南京和上海。
1938	蔣介石遷都重慶。父親去重慶，至光復後重聚。
1938-41	作者與母親移居香港淺水灣。
1939	第二次世界大戰開始。
1941	珍珠港，一二八事變，美國參加世界大戰。日本人佔領香港。
1941	與母親去敵偽上海。初居沈尹默太太褚保權家，後遷居法租界，邁爾希愛路。光復後遷居茂民南路。
1945	光復。父親從重慶回上海。
1946	母親服毒。
1947	在瀋陽慶祝母親四十壽辰，父親同時披露他們十餘年前已結婚。
1947-8	隨父母駐瀋陽。
1949	隨父母到台北，師院附中攻讀初一。

1950	隨父母去日本東京，攻讀國際學校初三至高三。
1952	與日本簽訂戰後合約，父親與祖母去台北。
1954	高中畢業，與母親到美國。
1958	麻省理工化工系畢業。
1958-9	杜邦化學工廠工作。
1959	回麻省理工研究院。母親獲哥倫比亞大學師範學院碩士學位。
1960	入波士頓醫學院。認識劉愉。
1962	與劉愉結婚。
1964	與劉愉同時醫學院畢業。
1965	與劉愉同去約翰斯，霍普金斯任專科實習醫生。
1966	復姨夫婦於文革自盡。
1967	女兒陳琳出生，父母親宣佈離婚。
1969	紐約同志「石牆起義」（Stonewall Uprising）。
1970	兒子陳中天出生。往加州舊金山灣區開業。
1972	建築愉園。
1977	與劉愉分居。
1980-90	與小趙和查士等，幾個同志關係。
1982	父親在台北去世。
1990	母親在舊金山去世。
1994	與渝結緣。
2005	孫女在華府出世。
2006	從醫業職務退休。開始每年六個月在歐洲，意大利和法國各三個月，其餘半年住舊金山。
2007	動心臟動脈支架手術，幾乎送命。
2016	女兒第二次婚姻，在法國波爾多近郊城堡舉行。
2017	《異徑》英文版出版。虛度八旬。